KONSUM

JELLA
hat **genug!**

Dagmar Hoßfeld

JELLA hat genug!

Mit Bildern von Daniela Kohl

CARLSEN

Dieses Buch möchte ich all jenen widmen,
die sich so beherzt für unseren Planeten einsetzen
und dabei über sich selbst hinauswachsen.
Ihr seid die Zukunft.

DAS ERSTE KAPITEL,

in dem ich von einem tollwütigen Handball angegriffen werde, Gunhild und ich zu Müllmädchen werden und meine Mutter plötzlich gegen Haferbrei allergisch ist.

Alles fängt damit an, dass ich beim Handballtraining einen Ball an den Kopf kriege. Peng! Klatsch! Aua! Einfach so. Wie aus dem Nichts.

Boah, denke ich in der nächsten Sekunde. Der hat gesessen!

Ich schaue mich um. Gunhild guckt mich erschrocken an. Genau wie der Rest der Mannschaft.

„Jella, Mann! Oh, nee …", jammert Gunhild. „Ich hab dir doch ein Zeichen gegeben, dass ich dich anspielen wollte!"

Der Ball kam also von ihr. Aber wovon spricht sie? Anspielen? Zeichen? Hä? Ich sehe grob geschätzt eine Trillion Sternchen und Schmetterlinge vor meinen Augen herumflirren und -flattern. Dann sind die plötzlich weg und mir wird ein bisschen schwummrig von dem Schreck, weshalb ich mich vorsichtshalber auf den Hallenboden hocke. Gleichzeitig halte ich mir die Wange da, wo Gunhilds Schmetterball abgeprallt ist. Mein rechtes Ohr fiept. Ich taste vorsichtig daran herum und kann spüren, wie das

Ohrläppchen anschwillt und glüht, als hätte ich zu lange in der Sonne gelegen oder neben einem Pizzaofen gestanden. Beides trifft nicht zu. Ich bin, wie gesagt, beim Handballtraining. Hier scheint weder die Sonne noch gibt es in der Turnhalle einen Ofen.

„Menno", ächze ich. Bis vor zwei Sekunden war Gunhild noch meine allerbeste Freundin. Jetzt bin ich mir da nicht mehr so sicher.

„Stürmerfoul!", brüllt jemand mit Verspätung.

„Quatsch", knurre ich.

„Bestimmt ist ihr Trommelfell geplatzt", flüstert Serafina.

„Wie kommst du denn darauf? Ich kann dich supergut hören", widerspreche ich sofort. Trommelfell geplatzt? Nur weil mir jemand – Gunhild! – einen steinharten Handball mit Karacho an den Kopf gepfeffert hat? Blödsinn. Ich bin doch nicht aus Zucker!

Leo, unsere Trainerin, trällert auf ihrer Trillerpfeife, um das Trainingsspiel zu unterbrechen.

„Ach, du Schreck, Jella!" Sie kniet sich neben mich und macht ein besorgtes Gesicht. So ähnlich wie meine Mam, wenn ich ihr sage, dass ich nicht jeden Morgen einen von ihren quietschgrünen Löwenzahnpetersilienspinatsalatsmoothies mit Gänseblümchengarnitur zum Frühstück runterwürgen möchte, sondern lieber mal eine korrekte Scheibe Weißbrot mit stinknormaler Erdbeermarmelade hätte. Echt jetzt, die Smoothies sehen aus wie gequirlte Frösche und schmecken auch so. Und das soll gesund sein? Nicht, dass ich schon mal gequirlte Frösche probiert hätte. Ich stelle mir nur vor, dass die ganz ähnlich aussehen und schmecken könnten wie diese glibberig-glitschigen Trinkbreie meiner Mam. Also nicht besonders lecker.

„Gehts dir gut?", fragt Leo mich. Sie wedelt mit ihrer Pfote vor meinem Gesicht herum. „Wie viele Finger siehst du?"

„Drölf", antworte ich grinsend. „Mir gehts richtig prima. Großartig. Spitze. – Echt wahr!", schiebe ich hinterher, weil sie so zweifelnd guckt.

„Du hast voll den Ballabdruck auf der Backe", meint Nieke.

Sie hat das Tor verlassen, was ziemlich ungewöhnlich für sie ist. Normalerweise wohnt sie zwischen den Pfosten. Zumindest wenn wir Handballtraining haben. Dann bunkert sie haufenweise Müsliriegel, Trinkflaschen und mindestens zwei ihrer aktuellen Lieblingskuscheltiere griffbereit hinter dem Netz. Mit wir meine ich die weibliche D-Jugend vom TSV Grimmelsburg, zu der ich gehöre. Ich bin elf, die Kleinste, die Jüngste und die Dünnste von allen. Aber ich bin blitzschnell und kann gut werfen. Jedenfalls besser als Gunhild normalerweise. Mein Spitzname ist Jella Wirbella, weil ich ständig herumwirbele. Das ist meine Taktik: Herumwirbeln und die anderen schwindelig machen.

„Als Kreisläuferin kriegt man schon mal was ab. Das ist doch ganz normal", sage ich zu Nieke.

Sie nickt verständnisvoll und anerkennend zugleich. Weil sie Torhüterin ist und regelmäßig solche harten Würfe abfangen muss, weiß sie natürlich, was ich meine. Kreisläuferinnen müssen Lücken erlaufen, Spieler blockieren, Tore werfen, Siebenmeter herausholen und die gegnerische Mannschaft insgesamt beschäftigen. Das kann ich ziemlich gut. Wirbellamäßig eben.
Ich rappele mich hoch. Leo, die eigentlich Bianca heißt, reicht mir die Hand und hilft mir beim Aufstehen. Vermutlich macht sie sich Sorgen, dass ich eine Gehirnerschütterung habe und sie wegen mir gleich einen Unfallbogen in dreifacher Ausfertigung ausfüllen muss.
„Es tut mir so leid. Es tut mir so, so, so leid." Gunhild wringt die Hände, als wären die Finger nasse Waschlappen. Dabei macht sie ein Gesicht, als müsste sie dringend aufs Klo. Das sage ich ihr auch. Sie wird knallrot.
„Spielen wir jetzt weiter, oder was?" Ich schnappe mir den Ball. Die halbe Mannschaft steht um mich herum und starrt mich an. Nein, die ganze. Zwölf Mädchen. Irgendwie ist es mir peinlich, so im Mittelpunkt zu stehen.
„Alles gut, wirklich", sage ich und lasse wie zum Beweis den Ball aufditschen. Er prallt vom Hallenboden ab und springt mir um ein Haar ins Gesicht. Das hätte mir gerade noch an Peinlichkeit gefehlt! Während ich überlege, ob der Ball vielleicht tollwütig ist oder gegen mich als Person etwas hat – warum greift der mich

sonst an? Gleich zweimal hintereinander! –, wirft Leo einen Blick auf die Hallenuhr.
„Nee, sorry“, meint sie kopfschüttelnd. „Unsere Zeit ist um. Räumt bitte auf, baut die Tore ab, geht unter die Dusche und lasst nichts liegen. Wir sehen uns nächste Woche wieder.“ Sie nickt uns zu und guckt mich lange prüfend an. „Soll ich nicht lieber deine Eltern anrufen, damit dich jemand abholt?“
„Nö. Wieso?“, frage ich misstrauisch zurück.
„Na, falls dir schlecht wird und du kotzen musst. Oder falls du ohnmächtig wirst“, mischt Gunhild sich ein.
Ich zeige ihr einen Vogel.
Zu Leo sage ich „Ach, nein. Vielen Dank. Ist nicht nötig“, womit sie sich zum Glück zufriedengibt. „Tschüss!“
Anschließend trage ich den fiesesten aller Handbälle in den Geräteraum.
„Mit dir spiele ich nie wieder!“, zische ich ihm zu, als keiner guckt. Falls ein Lederball schuldbewusst gucken könnte, hätte er jetzt die Gelegenheit dazu. Tut er aber nicht. Ich stopfe ihn schnell zu seinen Kumpels ins Netz – extra tief nach unten! – und gehe duschen.
Im Spiegel über dem Waschbecken entdecke ich, dass ich wirklich einen Ballabdruck im Gesicht habe. Er fällt aber kaum auf. Nur wenn man ganz, ganz genau hinschaut. Mein Ohr pfeift auch nur noch ein bisschen. Ich sags doch: Alles halb so schlimm.

Ich hüpfe unter den pipiwarmen Wasserstrahl und seife mich von oben bis unten mit Duschgel ein. Zehn Minuten später rausche ich aus der Halle. Meine Haare sind ziemlich kurz. Die können gut an der Luft trocknen.

Ich winke den anderen zu. Die meisten werden von ihren Eltern mit dem Auto abgeholt. Ich nicht. Normalerweise fahre ich zwei Haltestellen mit einem Linienbus, für den ich eine Schülermonatskarte habe, aber der nächste kommt erst in zwanzig Minuten. Weil ich keine Lust auf Rumstehen und Warten habe, laufe ich los und mache mich zu Fuß auf den Nachhauseweg.

Gunhild muss eigentlich in die andere Richtung, aber sie begleitet mich trotzdem ein Stück. Bestimmt hat sie Schiss, dass ich über die Straße torkele, umkippe, mit dem Hinterkopf auf einen Bordstein knalle, mein Gedächtnis verliere und zwei Wochen später ohne Identität im Krankenhaus aufwache. So was liest man schließlich dauernd in der Zeitung.

Ich wette, sie, also Gunhild, macht später mal was Soziales als Beruf. Krankenschwester möglicherweise. Oder vielleicht Bewährungshelferin. Manchmal glaube ich, dass sie sich mehr Sorgen um mich macht als meine Eltern. Gegen Gunhild sind die echt gechillt.

Meine Mutter ist Steuerberaterin. Mein Vater fährt nachts und am Wochenende Taxi. Er findet keinen Job, weil er vor vielen Jahren, als er noch jung und dumm war – das hat er selbst mal gesagt –, etwas studiert hat, was außer ihm und außerhalb von Island, Norwegen und dem Rest Skandinaviens kein Schwein braucht: Nordistik und Ältere Skandinavistik. Er steht auf alles, was aus dem Norden kommt – und das nur, weil er da mit seinen Eltern früher immer Campingurlaub gemacht hat. Wenn er nicht Taxi fährt, gibt er hin und wieder Anfängersprachkurse an der Volkshochschule oder er unterrichtet norrönische Literatur bei uns zu Hause. Das ist sein Spezialgebiet. Sein zweites Spezialgebiet ist, mein Vater und ein Hausmann zu sein. Vielleicht sollte ich an dieser Stelle erwähnen, dass er mein Stiefvater ist? Meinen richtigen Vater kenne ich gar nicht. Ich weiß nur, dass er Ricardo heißt, Skilehrer ist und in der Schweiz wohnt. Alle paar Jahre schickt er uns eine Postkarte mit Berggipfeln drauf. Meine Mam hat sich schon vor meiner Geburt von ihm getrennt und wenig später meinen jetzigen Papa kennengelernt. Tom, den Taxifahrer. Der hat mich dann offiziell adoptiert. Postkarten-Ricardo war darüber ganz froh, glaub ich. Jedenfalls hat er der Adoption gleich zugestimmt. Meistens nenne ich meinen Adoptiv-Stiefvater Tom, manchmal Papa und hin und wieder Tompa. Je nachdem, wie's gerade passt.

Aber zurück zu Gunhild und mir.

Wir laufen über den verlassenen, unkrautüberwucherten Pausenhof. Unsere Schule ist uralt. Genau wie die Turnhalle, in der wir zweimal pro Woche trainieren. Die ist keine von diesen schicken

Mehrzweckhallen, in denen auf Knopfdruck Trennwände von der Decke segeln und Zuschauertribünen aus der Wand kommen, die sich wie von Zauberhand entfalten. Wer zugucken will, muss bei uns entweder hinter der Seitenlinie an der Wand stehen oder auf einer harten Turnbank hocken. Aber dafür haben wir einen nagelneuen Sportplatz. Vielleicht sollte ich es mal mit Fußball probieren? Das spielt man an der frischen Luft und auf weichem Rasen. Und vielleicht sind Fußbälle ja nicht ganz so angriffslustig wie Handbälle.

In dieser Sekunde stupst Gunhild mich an und reißt mich unsanft aus meinen Gedanken.

„Hey, guck mal!“, sagt sie. „Da liegt schon wieder Müll daneben!“

„Boah!“ Ich rümpfe die Nase. „Was für eine Riesensauerei!“

Wir kommen an einer Reihe Glas- und Müllcontainer vorbei, die am Rand des Schulparkplatzes stehen. Weißglas, Buntglas, Papier und Pappe, Altkleider, Kunststoff, Batterien, Restmüll – für jedes Ding, was man wergwerfen möchte, ist das Passende dabei, sollte man meinen. Ist aber anscheinend nicht so.

Ich mag gar nicht hinschauen, aber natürlich tue ich es trotzdem und bereue es sofort. Der Anblick ist wirklich schlimm. Neben den Flaschencontainern stapeln sich haufenweise zerfledderte Plastiktüten und aufgeweichte Kartons mit Klamotten, Gläsern, Farbeimern und Lackdosen. Hinter dem Papiercontainer steht ein ausrangiertes krümelmonsterblaues Sofa auf drei Beinen. Daneben liegen ein fadenscheiniger Teppich, zwei abgefahrene Autoreifen und ein Kühlschrank ohne Tür. Vielleicht konnte jemand die brauchen und hat sie mitgenommen? Aber was macht man mit einer einzelnen Kühlschranktür? Hätte der den Rest nicht auch mitnehmen können? Wieso kippen die Leute ihren Müll überhaupt in die Gegend? Das ist einfach nur achtlos und unnötig, widerlich und gemein. Ich werde es nie kapieren.

Der Anblick der wilden Müllkippe macht mich wütend und traurig zugleich. Wie können manche Menschen nur so respektlos sein? Denken die etwa, dass es irgendwo noch eine zweite Welt in Reserve gibt, wohin wir umziehen können, wenn wir die erste kaputtgemacht haben? Nee, so läuft das nicht!

„Wieso schniefst du so komisch? Heulst du etwa? Tut dein Ohr weh?", fragt Gunhild mich plötzlich.

„Nee, gar nicht!" Ich wische mir schnell mit dem Ärmel über die Nase und fühle mich klein und hilflos. Warum hab ich keine Superkräfte? Dann könnte ich mir den Müll unter den Arm klemmen und zu den Leuten zurückbringen, die ihn hier abgeladen haben. Die würden Augen machen!

„Los, komm", drängelt Gunhild.

„Moment noch!" Ich ziehe mein Handy aus der Tasche, schieße ein Foto von dem ganzen Krempel und knipse dann noch das Schild, auf dem eine Telefonnummer der Stadtverwaltung steht. Da soll man sich melden, wenn irgendwo Müll oder Schadstoffe illegal abgeladen wurden.

„Willst du da echt anrufen? Ob das was bringt?", fragt Gunhild zweifelnd.

„Keine Ahnung", gebe ich zu. „Aber nichts tun ist auch blöd, oder? Wenigstens holen die den Müll ab, wenn man Bescheid sagt, und entsorgen ihn anständig. Vielleicht finden die sogar irgendeinen Hinweis. Einen Namen, einen Adressaufkleber oder so etwas. Dann können sie nachforschen und Anzeige erstatten. Wär doch cool!"

„Ja, stimmt", meint Gunhild. „Aber jetzt komm endlich. Ich will nach Hause. Im Rathaus arbeitet um diese Uhrzeit eh keiner mehr. Es ist gleich halb sechs."

Wo sie recht hat, hat sie recht. Ich beschließe, den Anruf auf morgen zu verschieben, und stapfe neben ihr her. Bei jedem Schritt fällt mir plötzlich auf, wie vermüllt unser Stadtviertel ist. Wenn man im Bus sitzt, sieht man das gar nicht so. Aber zu Fuß? Mann, da muss man wirklich gut aufpassen, wohin man tritt! Auf dem Gehweg glitzern Glassplitter von zerbrochenen Flaschen. Daneben sind alte Papp- und Plastikbecher verstreut. Ich mache mir gar nicht erst die Mühe, die vielen Zigarettenkippen zu zählen, die ausgespuckten Kaugummis, die Kronkorken, das zerknüllte Papier, die leeren Burgerschachteln und zerdrückten Dosen. Im Slalom umrunden wir vergammelte Dönerreste und stinkende Hundehaufen. Die Abfallkörbe, an denen wir vorbeikommen, sind so gut wie leer, weil das meiste danebenliegt. Anscheinend sind manche Leute einfach zu blöd, um die Öffnung zu treffen. Dabei ist das doch eigentlich nicht so schwer, oder? Man sollte das am besten schon in der Grundschule trainieren. Müllentsorgung als Hauptfach für alle. Ich wäre sofort dafür. Gunhild auch. Das sagt sie jedenfalls, als ich ihr von meiner Idee erzähle.

„Besser als Mathe auf jeden Fall", meint sie. Dabei ist sie in Mathe richtig gut. Sie langweilt sich nur schnell.

Mit unseren Turnschuhen schieben wir den Müll vorsichtig zusammen – außer der Hundekacke natürlich! – und heben alles auf, was man anfassen kann, ohne ernsthaft krank zu werden. Das werfen wir in einen Abfalleimer und ekeln uns um die Wette.

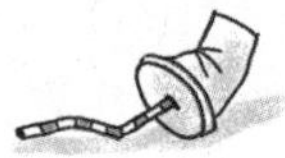

„Wir sind Müllmädchen – Yeah!“ Ich balle die Faust.
Gunhild zeigt mir einen Vogel und wischt sich die Finger mit einem Desinfektionstuch ab, von denen sie immer eine Packung im Seitenfach ihres Rucksacks hat – für den Notfall. Sie reicht mir auch eins. „Wegen der Bazillen“, murmelt sie.
Ein paar Schritte weiter stehen wir an der nächsten Ecke und verabschieden uns voneinander. Sie geht nach links, ich nach rechts. Wir winken uns noch einmal zu, dann ist sie weg und ich hüpfe alleine weiter.
Ich wohne ganz am Anfang einer Einbahnstraße in einer verkehrsberuhigten Zone. Die meisten Häuser sind alt, aber es gibt auch ein paar schicke Neubauten, eine Ladenzeile und eine Bäckerei. Einen Spielplatz haben wir auch, aber für den bin ich inzwischen zu groß.
Bei mir zu Hause ist niemand. Jedenfalls bekomme ich keine Antwort, als ich die Wohnungstür aufschließe und in den Flur rufe, dass ich da bin. Ich werfe meine Sporttasche in die Ecke und

mache einen kurzen Abstecher in die Küche, um mir eine Flasche Saft und eine Banane zu holen, bevor ich in meinem Zimmer verschwinde.

Unsere Wohnung liegt im dritten Stock eines renovierten Altbaus. Wenn ich erwachsen bin, hätte ich gerne ein Haus mit Garten. Ein kleines Haus mit einem richtig großen Garten. Ich würde Sonnenblumen säen, hätte Obstbäume, jede Menge Erdbeerpflanzen, eine wilde Blumenwiese und natürlich Gemüsebeete mit Gurken, Kürbissen, Käfern und Schnecken.

Hier gibt es nur schmale Mini-Balkone, auf die gerade mal eine Getränkekiste und ein Wäscheständer passen. Man kann vielleicht noch einen Topf mit Küchenkräutern dazwischenquetschen, aber mehr nicht. Bei uns geben die Kräuter eh regelmäßig ihren Geist auf, weil die Balkone die meiste Zeit des Tages kaum Sonne abbekommen. Trotzdem liebe ich unsere Wohnung. Sie hat riesige Fenster und einen hellen Holzfußboden, der bei jedem Schritt knackt und knarzt.

Mein Zimmer ist der kleinste Raum von allen, was auf den ersten Blick ein bisschen ungerecht klingt, aber eigentlich nicht so schlimm ist. Schließlich bin ich auch die Kleinste in der Familie. Und außerdem finde ich mein Zimmer total gemütlich, was vor allem an dem Hochbett liegt, das ich mir vor zwei Jahren zum Geburtstag gewünscht habe. Außer mir darf da keiner rauf. Höchstens Gunhild, wenn sie bei mir übernachtet und wir etwas

Wichtiges zu bequatschen haben. Mein Bett ist wie eine Privatinsel. Zwar nicht mit Strand und Palmen, aber dafür mit vielen Kuschelkissen.

Direkt darunter steht mein Schreibtisch, der wie immer viel zu voll und unaufgeräumt ist. Gleich daneben ist ein Fenster, von dem aus ich in den Hinterhof gucken kann. Besonders spektakulär ist der Blick nicht, weil da immer nur Fahrräder, Motorroller und Mülltonnen herumstehen. Dafür sehe ich ein Stück vom Himmel und eine Baumkrone, wenn ich mich ins Bett lege. Die Krone gehört zu einer riesigen Kastanie, die auf dem Nachbargrundstück steht. An ihrer Laubfärbung kann man gut die Jahreszeiten verfolgen.

Wenn keine Blätter mehr dran sind, ist logischerweise Winter. Dann haben die Zweige Ähnlichkeit mit mageren Knochen, was ein bisschen gruselig sein kann. Besonders nachts, wenn der Mond scheint und die Knochenfinger sich im Wind bewegen und sich strecken, als wollten sie nach mir greifen. Aber im Augenblick ist alles ganz und gar ungruselig. Die Kastanie grünt und blüht, produziert Sauerstoff und sieht dabei ausgesprochen lieb und nett aus.

Außer meinem Bett, dem Schreibtisch, einer Kommode, meinem Kleiderschrank, der bunt lackierten Tür zum Flur und dem Fenster gibt es in meinem Zimmer noch verschiedene Poster. Auf dem einem sind springende Delfine abgebildet, auf dem anderen eine blühende Löwenzahnwiese.

Dann gibt es noch eins mit dem Astronauten Alexander Gerst, auf dem er von seiner Raumstation aus auf die Erde blickt, die wie eine frisch polierte, blau-weiße Murmel aussieht. Wunderhübsch. In einer Ecke des Posters steht eine krakelige Widmung: FÜR JELLA VON ASTRO-ALEX. Das hat eine Freundin meiner Mutter organisiert, die in einem Institut arbeitet, in dem Herr Gerst mal einen Vortrag gehalten hat.

Schräg über seinem linken Ohr hängt ein Foto von Greta Thunberg. Die kennt wohl jeder, oder? Wahnsinn, was die alles in Gang gesetzt hat – obwohl sie anfangs noch nicht mal erwachsen war! Sie hat ein Protestschild gemalt, sich in Schweden vor ein Ministerium gesetzt, anstatt zur Schule zu gehen, und gesagt, dass sie da jeden Freitag sitzen und so lange streiken wird, bis die Politiker endlich was für die Erde und den Klimaschutz tun. Auf ihrem Schild steht in Schwedisch SKOLSTREJK FÖR KLIMATET, was übersetzt SCHULSTREIK FÜRS KLIMA bedeutet. Damit ist sie kreuz und quer durch Europa gereist, hat demonstriert und vor Millionen Leuten gesprochen. Inzwischen macht sie das hauptberuflich, hab ich gehört. Jedenfalls geht sie gerade nicht zur Schule, sondern hat sich beurlauben lassen, um sich mit voller Kraft ums Klima zu kümmern. Damit hat sie auch mehr als genug zu tun. Und obwohl sie monatelang freitags gestreikt hat, hat sie ein super Zeugnis bekommen.

Ein Streik fürs Klima – das muss man sich mal trauen! Besonders in dem Alter und ganz allein. Ich weiß nicht, ob ich so mutig wäre. Nee, wohl eher nicht.

Dabei ist das mit dem Klima wirklich wichtig. Jeder muss sich Gedanken machen und versuchen, die Erde zu retten, solange sie noch zu retten ist. Schließlich betrifft das uns alle, die ganze Welt, und nicht nur ein einzelnes Mädchen aus Schweden. Wenn das Klima sich weiter verändert und wir nur zuschauen und abwarten, haben wir ein Problem. Das sagt Greta den Erwachsenen direkt ins Gesicht. Wirklich mutig. Seit ich von ihr weiß und Videos von den weltweiten Klima-Demos gesehen habe, mache ich mir ziemlich viele Gedanken und überlege ständig, ob ich nicht auch irgendetwas tun kann.

Ich hab ja schon erzählt, dass die Kastanie bei uns im Hof mein persönlicher Jahreszeitenkalender ist. Normalerweise mag ich jede Jahreszeit, aber der Sommer ist mir am liebsten. Letztes Jahr wars allerdings sogar mir zu viel. Wochenlang diese Affenhitze – und dann die Dürre! Da hätte die arme Kastanie fast schlappgemacht. Sie hatte schon angefangen, Blätter zu verlieren. Da hab ich beschlossen, etwas zu unternehmen. Boah, das war vielleicht eine Schlepperei, jeden Tag mit zwei vollen Wassereimern quer über den Hof! Aber ich habs geschafft: Der Baum hat überlebt – und ich hab einen kleinen Teil dazu beigetragen.

In dem Sommer sind bei uns im Park viele Bäume eingegangen und das Gras ist komplett verdorrt. Auf dem Schulhof wurde der Asphalt butterweich, auf dem Turnhallendach hätte man Spiegeleier braten können und im Fahrradunterstand ist sogar ein Reifen explodiert. Die Luft hat sich erwärmt und ausgedehnt, bis der Gummischlauch geplatzt ist. Zwei Jungs aus meiner Klasse haben daraufhin am nächsten Tag extra alte Schläuche und Reifen aufgezogen und ihre Räder vormittags in die pralle Sonne gestellt. In den Pausen haben sie gewettet, bei wem es zuerst knallt. Jungs machen manchmal seltsame Sachen. Aber spannend wars schon, das muss ich zugeben. Der Knall war so krass, dass Gunhild fast angefangen hätte zu weinen. Sie hat empfindliche Ohren und ist auch sonst sehr sensibel.

Ich trinke einen Schluck Saft, verdrücke die Banane, schalte die Mini-Anlage ein, die in meinem Bücherregal steht, und schiebe die BEST OF SCHLAGERMOVE-CD ins Fach. Ich finde Schlager super und höre fast nichts anderes. Nicht so langweiliges Gesülze, sondern eher poppige Sachen. Meine Mutter steht auf Hardrock. Tom auf Techno. Vielleicht wurde ich nach der Geburt vertauscht? Oder hab ich meine Schlagerliebe von Ricardo geerbt? Keine Ahnung. Auf jeden Fall sind die Musikgeschmäcker in dieser Wohnung ziemlich verschieden, was manchmal für Diskussionen sorgt. Egal …

Ich drehe die Lautstärke auf, schnappe mir mein Vokabelheft vom Schreibtisch, rolle es zu einem Mikrofon zusammen und laufe damit durchs Zimmer, als wäre ich auf einer großen Bühne.

„*In meinen Träumen ist die Hölle looos …*", trällere ich. Okay, der Text ist ein bisschen bescheuert, aber der Rhythmus ist toll!

„Jella!"

„*… was machst du blooß?*", gröle ich in das Heftmikrofon.

„Jella!!"

Ich schüttele die Haare und hüpfe wie bekloppt auf und ab. Dass ich außer Greta, Alex und den springenden Delfinen noch einen weiteren Zuschauer habe, bemerke ich erst, als Tom plötzlich vor mir steht und mit beiden Händen vor meinem Gesicht herumfuchtelt. Vor Schreck lasse ich das Mikrofon fallen.

„Mann, Tompa!", schimpfe ich. „Du sollst doch anklopfen, bevor du reinkommst!"

„Hab ich ja, aber du hast es anscheinend nicht gehört. Kein Wunder. Geht das nicht noch ein bisschen lauter?" Er knirscht mit den Zähnen. Das kann ich nicht hören, aber sehen, weil er die Kaumuskeln so anspannt.

„Nö, leider nicht", antworte ich. Was für eine blöde Frage! Das

CD-Player-Radio-Ding ist ungefähr hundert Jahre alt und hat nur zwei Mini-Lautsprecherboxen. Damit kann man überhaupt keine laute Musik hören. Das weiß Tom genau. Schließlich hab ich die Anlage von ihm geerbt, als er sich ein neueres, größeres und stärkeres Modell für seine Technomusik gekauft hat.

Ich drehe die Lautstärke runter. Er atmet theaterreif auf. Ganz schön albern.

„Ich dachte, es wär keiner da", brumme ich.

„Ich bin aber da. Und unsere Nachbarn vermutlich auch. Hilfst du mir beim Abendbrotmachen? Swantje muss jeden Moment da sein. Sie wollte nach der Arbeit noch kurz zum Arzt. Anscheinend hat sie sich den Magen verdorben."

Swantje ist meine Mutter. Sie arbeitet ziemlich viel und macht oft Überstunden.

Ich bugsiere Tom aus dem Zimmer, bevor er sich nach meinen Hausaufgaben erkundigen kann. Die meisten habe ich schon in der Schule in einer Freistunde erledigt, aber ein paar Sachen muss ich noch machen. Vokabeln pauken, eine Tabelle für Erdkunde ausfüllen und zwei Gedichtstrophen auswendig lernen.

„Hat sie gekotzt?"

„Wer?"

„Mama."

„Jella!"

Ich verschwinde kichernd in der Küche.

Tom folgt mir kopfschüttelnd.
„Ich hoffe nur, dass es nicht dieser Magen-Darm-Virus ist, der gerade in Umlauf ist“, murmelt er vor sich hin. „Dann stecken wir uns garantiert auch noch an.“
„Bloß das nicht!“ Ich reiße die Kühlschranktür auf, um nachzuschauen, was da ist. Dabei muss ich automatisch an den Kühlschrank vom Sportplatz denken. Ich erzähle Tom davon. Auch von dem Foto, das ich geknipst habe, und der Telefonnummer der Stadtverwaltung. „Kannst du da morgen früh vielleicht anrufen? Wir dürfen in der Schule doch nicht telefonieren.“
„Ja, klar. Mach ich“, verspricht er. „Schön, dass du auf so was achtest. Die meisten gehen einfach weiter und denken, dass es sie nichts angeht.“
„Oder sie schmeißen ihren Müll noch dazu“, sage ich grimmig.
Er nickt.
Wir haben gerade alles fertig aufgebaut, den Tisch gedeckt und einen Rest Gemüseauflauf von gestern in den Backofen geschoben, als meine Mam die Wohnungstür aufschließt. Ich gehe in den Flur, um sie zu begrüßen.
„Hallo, Süße“, schnauft sie. Warum schnauft sie? Und warum klingt ihre Stimme so erschöpft? Ich fürchte, sie hat sich tatsächlich diesen fiesen Virus eingefangen.
Ich nehme ihr die Tasche ab, während sie aus den hochhackigen Schuhen schlüpft, die sie immer zur Arbeit anzieht, und die

Fußknöchel kreisen lässt. Erst den einen, dann den anderen. Zuerst linksrum, dann entgegengesetzt.
„Soll ich dir eine Wärmflasche bringen? Kamillentee kochen? Einen Teller Haferbrei vielleicht?“
Bei dem Brei-Wort zuckt sie zusammen und wird noch ein bisschen blasser, als sie sowieso schon ist. Ich glaube, ihr gehts wirklich nicht gut. Okay, dann also nicht. Aber ob ofenwarmes Gemüse von gestern besser ist?
„Vielleicht erst mal nur ein Butterbrot“, überlege ich laut. „Oder ein Zwieback mit gar nichts?“
„Nein, danke.“ Sie gähnt. „Ich hab überhaupt keinen Appetit. Am liebsten würde ich mich gleich hinlegen und schlafen.“
Genau das macht sie dann auch, während Tom und ich den aufgewärmten Auflauf essen.

DAS ZWEITE KAPITEL,

in dem ich von einem Walross geweckt werde und eine alte Dame stirbt, die ich nicht kenne.

Am nächsten Morgen werde ich von einem seltsamen Geräusch geweckt. Es klingt wie ein Walross, das Futterbrocken für sein Junges hochwürgt. Keine Ahnung, ob Walrosse (oder heißen die Walrösser?) so etwas machen – also, Babynahrung in Form von durchgekauten und vorverdauten Heringen für ihre Kinder hochwürgen –, aber es hört sich wirklich so an.

Würg-jürg, gnörg-brörg … Krass!

Es muss ziemlich früh sein. Mein Wecker hat noch nicht geklingelt, aber in meinem Zimmer ist es schon taghell. Ich strecke mich und gähne. Die Kastanie winkt mir zu. Ich winke zurück, wackele mit den Zehen und gähne noch einmal. Im Bad rauscht die Klospülung. Dann hustet jemand und dreht den Wasserhahn auf. Unsere Wohnung ist leider sehr hellhörig. Man hört alles, einfach ALLES – ob man will oder nicht.

Ich überlege, ob es sich lohnt, wieder einzuschlafen. Wahrscheinlich nicht. Ich muss noch meine Schulsachen packen, und wenn ich jetzt aufstehe, habe ich gleich ein bisschen mehr Zeit fürs Frühstück. Also wühle ich mich aus dem Bett, klettere die Leiter runter, lande auf dem Fußboden und sammele meine Klamotten vom Teppich auf. Sie liegen noch genau da, wo ich sie gestern Abend fallen gelassen habe. Swantje und Tom haben schon vor hundert Jahren aufgegeben, hinter mir herzuräumen oder mich zu ermahnen, doch bitte ein bisschen ordentlicher zu sein. Sie sind selbst ziemliche Chaoten und verteilen überall in der Wohnung Krimskrams, DVD-Hüllen, Teebecher und meterhohe Bücherstapel, über die man ständig stolpert. Was das angeht, passen wir gut zusammen.

Ich bin frisch geschrubbt, gekämmt und fix und fertig angezogen, bevor meine Mutter ihren Smoothie-Mixer anwerfen kann. Sie ist noch nicht mal in der Küche. Dabei ist sie morgens sonst immer die Erste und schlürft in Ruhe einen halben Liter lauwarmen Kräutertee, bevor sie anschließend voller Hingabe Brokkoliröschen, Spinat, büschelweise Petersilie, Radieschenblätter, Gurkenscheiben und alles Mögliche schreddert, das sie in die Finger kriegt. Hauptsache, es ist grün.

Ich nutze die Gelegenheit und toaste schnell zwei Scheiben Weißbrot, die ich anschließend mit Marmelade bestreiche, zusammenklappe und mir zwischen die Kiemen schiebe. Dazu gibts Kakao. So lecker! Ich stelle mich ans Fenster, schaue hinaus, kaue vor mich hin und könnte vor Wohlbehagen grunzen.

Als meine Mam nach weiteren fünf Minuten immer noch nicht aufgetaucht ist, fange ich allerdings an, mir Sorgen zu machen. Vielleicht hat sie verschlafen? Dann sollte ich sie wohl lieber wecken.

Ich schmiere mir noch fix zwei Pausenbrote zum Mitnehmen und packe sie in die Frühstücksbox, die ich zusammen mit meiner meergrünen Lieblingstrinkflasche und einer getüpfelten Banane in den Schulrucksack stopfe.

„Guten Morgen", nuschelt plötzlich jemand hinter mir.

Ich drehe mich um. Tom grinst mich an. Er sieht strubbelig und verpennt aus. Kein Wunder, normalerweise schläft er um diese Uhrzeit noch.

„Hi", antworte ich. „Wo ist Mama?"

„Sie bleibt heute zu Hause. Es geht ihr nicht so gut."

„Oh", sage ich. Ich muss an das komische Geräusch von vorhin denken. Dann war das wohl doch kein würgendes Walross, sondern meine Mam, die sich im Morgengrauen übergeben hat. „Soll ich ihr einen Kamillentee kochen?"

„Nee, lass mal. Lieb von dir, aber sie schläft jetzt wieder." Tom gähnt. „Hast du schon gefrühstückt? Brauchst du noch was?"

„Nö. Alles paletti." Ich werfe mir den Rucksack über die Schulter, gehe unter dem Gewicht in die Knie und schließe die Wohnungstür auf. „Ich mach mich jetzt auf die Socken. Sag Mama gute Besserung von mir."

„Richte ich aus." Er nickt und winkt.
Die Tür fällt mit einem leisen Klicken hinter mir ins Schloss. Ich hüpfe die Treppe hinunter. Meine Schulsachen hoppeln im Takt auf meinem Rücken. Draußen vor dem Haus bleibe ich stehen und atme tief ein und wieder aus. Die Sonne scheint, Vögel zwitschern. Es verspricht ein wunderschöner Tag zu werden. Zu blöd, dass ich die nächsten Stunden in einem Klassenzimmer hocken muss. Viel lieber würde ich durch den Stadtpark schlendern, mich auf eine Wiese setzen, picknicken und dabei auf den Ententeich gucken. Aber nein, stattdessen Schule …
Erwachsen müsste man sein, überlege ich, während ich zur Bushaltestelle gehe. Dann könnte ich tun und lassen, was ich will. Obwohl – so einfach ist das auch nicht. Wäre ich erwachsen, müsste ich jetzt zur Arbeit. Dabei weiß ich noch nicht mal, was ich später werden will. Biologin oder Physikerin vielleicht. Oder Straßenmusikerin. Oder jemand entdeckt durch Zufall mein Gesangstalent und ich werde Schlagerstar und Millionärin. Ja, das wärs doch!
„Träum weiter", murmele ich vor mich hin, als ich in den Bus steige. Der Fahrer nickt mir verständnisvoll zu. Ich werde rot und schiebe mich schnell an ihm vorbei. Der Gang ist vollgestopft wie eine Familienpackung Fischstäbchen. Ich quetsche mich zwischen zwei dünne, langhaarige Jungs, die konzentriert auf ihren Smartphones herumwischen, und halte mich an einer Stange fest. Es

lohnt sich nicht, für die kurze Fahrt einen freien Platz zu suchen. Zwei Haltstellen weiter muss ich eh wieder aussteigen.

Zum Glück vergeht der Vormittag in Nullkommanix. Wir schreiben einen Vokabeltest in Englisch, tragen in Deutsch unsere auswendig gelernten Gedichtstrophen vor (Theodor Fontane: „Herr von Ribbeck auf Ribbeck im Havelland, ein Birnbaum in seinem Garten stand“ und so weiter. Nur für den Fall, dass es jemand wissen will), haben anschließend eine Doppelstunde Kunst, dann Mathe und zum Schluss noch mein Lieblingsfach: Biologie.

Wir nehmen gerade Muscheln durch und gucken uns ein Video an. Hinterher sprechen wir darüber, wie Muscheln Wasser filtern. Richtige kleine Bio-Filteranlagen sind das. Schon erstaunlich, was die Natur alles kann, wenn man sie lässt. Vielleicht sollte ich später wirklich Biologie studieren. Und dann werde ich Muschelzüchterin. Nicht um die Dinger zu verkaufen, sondern um sie in Flüssen und Seen freizulassen, die eine Reinigung gebrauchen können. Ob man davon leben kann? Wohl eher nicht. Es sei denn, ich würde die Muscheln vermieten. Aber wer mietet Muscheln?

„Guck mal, da sitzt ein Vogelbaby. Ob das aus dem Nest gefallen ist? Vielleicht braucht es Hilfe.“ Gunhild stupst mich mit dem Ellbogen an und zeigt aus dem Fenster. Unter einer Hecke sitzt eine junge Amsel und piepst mit breitem Schnabel.

„Nee, das ist ein Ästling. Der kommt schon klar. Bestimmt sind seine Eltern ganz in der Nähe und passen auf ihn auf“, erwidere ich.
Wie auf Bestellung kommt in dieser Sekunde die Mutter des Kleinen angehüpft und serviert ihm einen leckeren Regenwurmsnack, den er gierig runterschlingt.
„Ästling?“ Gunhild prustet los.
„Die heißen wirklich so“, bestätige ich kichernd. „Zuerst Nestling, danach Ästling und dann –“
Es klingelt. Die Stunde ist rum. Heute ist Freitag. Da bleibt keiner freiwillig länger sitzen als unbedingt notwendig. Blitzschnell springen wir auf, raffen unsere Siebensachen zusammen und stürzen mit den anderen hinaus ins Freie, ins Wochenende. Herr Bürkle, unser Biolehrer, kommt nicht mal mehr dazu, die Aufgabe für die nächste Stunde an die Tafel zu schreiben.
„Lest bitte das Kapitel über die Flussmuscheln zu Ende und schreibt eine kurze Zusammenfassung!“, brüllt er hinter uns her.
„Was hat er gesagt?“, fragt Jan-Niklas, ein Junge aus unserer Klasse. Seine kurzen schwarzen Haare stehen in alle Himmelsrichtungen ab.
„Ich hab nichts gehört“, sage ich.
„Ich auch nicht.“ Gunhild wird rot. Sie ist ein bisschen in ihn verknallt, glaube ich. Jan-Niklas pfeift vor sich hin. Ich grinse.
Auf dem Weg zur Bushaltestelle kommen wir an dem Müll-

containerplatz vorbei. Er sieht noch genauso aus wie gestern. Vielleicht sogar noch schlimmer.

„Wolltest du da nicht anrufen?“, fragt Gunhild sofort.
Ich nicke. Hoffentlich hat Tom daran gedacht!
„Meine Oma in Dortmund hat eine Dreckpetze-App auf ihrem Smartphone“, mischt Jan-Niklas sich ein.
„Hä?“, frage ich.
„Eine was?“ Gunhild reißt die Augen auf.
„Eine App, mit der sie illegalen Müll melden kann“, erklärt er uns. „Sie fotografiert den Krempel mit der Handykamera, der Standort wird per GPS ermittelt und schwups geht die Meldung automatisch an die Müllabfuhr oder wer sonst dafür zuständig ist.“
„Das ist ja cool! Wieso haben wir das hier nicht auch?“ Ich stolpere vor Begeisterung fast über eine Bordsteinkante. Gunhild hält mich in letzter Sekunde am Ärmel fest.
„Weiß ich auch nicht.“ Jan-Niklas zuckt mit den Schultern. „Vielleicht gibts das inzwischen bundesweit. Musst du einfach mal googeln.“
„Jella googelt nicht. Sie benutzt Ecosia. Da wird nämlich für jede Anfrage ein Baum gepflanzt“, sagt Gunhild wichtig.
Jan-Niklas guckt mich verwirrt an.

„Vergiss es“, sage ich schnell. Ich muss mich beeilen. Mein Bus steht schon an der Haltestelle. „Ich verklickere es dir ein anderes Mal. Aber danke für den Tipp mit der Dreckpetze!“
„Kein Problem.“ Jan-Niklas kratzt sich am Hinterkopf und fängt wieder an zu pfeifen. Gunhild strahlt ihn verliebt an.
„Bis morgen!“ Ich winke den beiden zu und sprinte los. Sekunden später sinke ich schnaufend auf den letzten freien Platz ganz hinten im Bus.

Tompa sitzt zu Hause am Küchentisch, den Kopf in beide Hände gestützt, einen halb leeren Kaffeebecher neben sich, und brütet über einem Blatt Papier. Zuerst denke ich, dass es eine Rechnung ist und dass er darüber nachgrübelt, wie er die nun wieder bezahlen soll. Als Taxifahrer verdient er schließlich nicht so viel. Beim zweiten Blick sehe ich, dass es ein handgeschriebener Brief ist. Der Umschlag ist heruntergefallen und halb unter eine Schranktür gerutscht. Ich hebe ihn auf und betrachte ihn von beiden Seiten. Dicke, dunkelblaue Tinte, altmodische Schrift, hübsche Briefmarke mit einem Strandkorb am Meer.
Den Absender kann ich leider nicht entziffern.
„Hi!“, sage ich und lege den Briefumschlag auf den Tisch.
Tom war so tief in Gedanken versunken, dass er mich noch gar nicht wahrgenommen hat. Er zuckt zusammen und starrt mich an. „Jella! Was machst du denn hier?“

„Wohnen?“, schlage ich vor.

„Äh, ja, natürlich.“

„Wo ist Mama? Schläft sie immer noch?“ Ich schaue in den Kühlschrank, klappe die Tür gleich wieder zu und drehe mich um. Tom faltet den Brief zusammen und seufzt.

„Nein. Sie wollte noch mal beim Arzt vorbeischauen und sich etwas gegen die Übelkeit geben lassen.“

„Wie gehts ihr denn?“ Ich lehne mich mit dem Po gegen die Kühlschranktür.

„Noch nicht besonders gut.“ Tom sieht blass aus. Als hätten Mamas miese Viren geknobelt und ihn zu ihrem nächsten Opfer auserkoren. Oh Mann, dann bin ich wohl bald die letzte Gesunde hier …

„Gibt es trotzdem was zu essen? Ich hab echt Hunger!“

Meine Stimme klingt nörgelig. Das merke ich selbst. Aber der kurze Blick in den Kühlschrank lässt mich nicht gerade in lauten Jubel ausbrechen. Im Gegenteil …

Ich frage mich, wie wir zu dritt mit einem kleinen Becher Heidelbeerjoghurt, einem halben Stück Biobutter, einem angebrochenen Glas Gewürzgurken, einer Flasche Curry-Ketchup und einer fast leeren Tube Senf das Wochenende überleben sollen. Brot und Obst ist auch keins mehr da. Die letzte Banane hab ich vorhin in der Schule verdrückt. Ob wir vielleicht noch ein, zwei Dosen Gemüseravioli in der Vorratskammer haben?

„Tilda ist tot", sagt Tompa leise.
„Wer?"
„Tante Tilda, eine Großtante von mir. Ganz entfernt, um drei Ecken. Ich hab sie vor zwanzig Jahren das letzte Mal gesehen. Jetzt ist sie gestorben."
„Oh, das tut mir leid", sage ich, weil man das in einer Situation wie dieser wohl so macht. Mit toten Tanten habe ich null Erfahrung. Vor ein paar Jahren ist mein Opa gestorben. Aber Tante Tilda? Keine Ahnung, wer das ist.
Tompa stupst den Brief mit zwei Fingern an und seufzt wieder. „Valentina Kiekbusch hat mir geschrieben, Tildas alte Nachbarin aus Kleefeld. Die Beerdigung ist nächste Woche."
„Muss ich etwa mit?", frage ich alarmiert.
Zum Glück schüttelt er den Kopf. „Du kanntest sie ja gar nicht. Ich weiß noch nicht mal, ob ich überhaupt hinfahre. Wie gesagt, es ist lange her."
Das klimpernde Geräusch von Wohnungsschlüsseln lässt uns aufhorchen.
„Hallihallo! Ist jemand zu Hause?", ruft Mama in den Flur. „Ich könnte mal etwas Hilfe brauchen!"
Ich sprinte um die Ecke. Tom steht auf und folgt mir. Mama stellt ihren Einkaufskorb ab, richtet sich auf und umarmt zuerst mich, dann ihn.
„Gehts dir besser?", frage ich sie. „Hast du Tabletten bekommen?"

„Ja und ja", antwortet sie lächelnd. „Das heißt, es sind keine Tabletten, sondern Tropfen gegen die Übelkeit. Aber vielleicht gehts auch ohne. Im Augenblick fühle ich mich ganz wohl."
Meine Mutter nimmt nicht gerne Medikamente. Nicht mal, wenn sie Zahnschmerzen, Fieber oder einen steifen Hals hat. Falls sie krank ist, was echt selten vorkommt, kocht sie sich erst mal eine große Kanne Kräutertee und legt sich einen nassen Waschlappen auf die Stirn, bevor sie zum Arzt geht. Diese Tropfen wird sie nur im äußersten Notfall nehmen, da bin ich mir sicher.
„Unten an der Treppe steht noch eine Einkaufstasche. Die war mir zu schwer", wendet sie sich an mich. „Läufst du runter und holst sie?"
„Logo." Ich flitze los und bin schneller wieder da, als die beiden Piep sagen können. Sie stehen immer noch im Flur.
„Tante Tilda ist gestorben", sagt Tom gerade.
„Wer?" Mama runzelt die Stirn. „Ach, warte … War das nicht diese verschrobene, uralte Tante, die ganz allein auf einem baufälligen Gutshof an der Nordsee gelebt hat?"
„Ostsee", stellt Tom richtig. „Es war kein Gut, sondern ein Bauernhof. Und Tilda war nicht verschroben, sondern nur ein wenig eigensinnig."
„Ja, genau. Ich erinnere mich." Mama lächelt. „Aber du hattest ziemlich lange keinen Kontakt mehr zu ihr, oder? Vielleicht war sie am Ende doch verschroben. Wer weiß?"

Tom zuckt mit den Schultern. Er sieht traurig aus. Obwohl er seine tote Tante jahrelang nicht gesehen hat.
„Warum eigentlich nicht?", frage ich ihn.
Er guckt mich verständnislos an. Ich trage die Einkaufstasche an ihm vorbei in die Küche und stelle sie auf den Tisch. „Warum hast du deine Tante so lange nicht gesehen? Wir hätten sie doch mal an der Nordsee besuchen können."
„Ostsee", sagen Mama und Papa im Chor.
„Ist doch egal. Wir hätten sie trotzdem mal besuchen können", entgegne ich und füge grinsend „am Meer" hinzu.
„Tja, dafür ist es jetzt leider zu spät." Tom seufzt.
Während meine Mutter die Einkäufe auspackt und im Kühlschrank verstaut, erzählt er uns, dass Tilda wohl wirklich ein bisschen seltsam gewesen sein muss. Auf jeden Fall hat sie sich vor vielen Jahren komplett von der Familie zurückgezogen, weil sie mit dem ganzen Gedöns nichts mehr zu tun haben wollte.
„Gedöns." Ich muss kichern, als ich das Wort höre.
„Die Beerdigung ist nächste Woche. Ich werde wohl hinfahren", sagt Tom in Mamas Richtung.
„Ja, das solltest du wohl." Sie nickt.
Und dann machen wir endlich was zu futtern. Es gibt Spaghetti mit Tomatensoße. Meine Mutter isst nur einen Teller Spaghetti. Ganz ohne Soße, weil sie Angst hat, dass ihr sonst wieder schlecht werden könnte. Aber dann steht sie auf und verdrückt

zum Nachtisch eine dicke Gewürzgurke mit Senf, wovon mir um ein Haar schlecht wird. Plötzlich fällt mir etwas ein.

„Hast du eigentlich im Rathaus angerufen? Wegen dem Müll, von dem ich dir erzählt hab?“ Ich stupse Tom an.

„Wegen des Mülls“, korrigiert er mich.

Ich stöhne auf. Ich hasse es, wenn er mich verbessert. „Von mir aus wegen des Mülls“, wiederhole ich. „Hast du?“

„Nein“, gibt er zerknirscht zu.

„Mann!“ Ich trete gegen das Tischbein. Okay, es ist kindisch. Aber ich bin wirklich sauer. Da bitte ich ihn mal um etwas, und dann vergisst er es!

„Jella“, sagt meine Mutter warnend.

„Was denn?“, zische ich.

„Tante Tilda ist gestorben. Sei ein bisschen rücksichtsvoller.“

„Wieso? Ich kannte die doch gar nicht!“

„Jella, es reicht.“ Mama funkelt mich an.

Tom seufzt schon wieder. „Sie hat ja recht“, meint er. „Sie kannte Tilda nicht. Und ich habe vergessen, etwas zu erledigen, worum sie mich gebeten hat. Tut mir leid.“

„Schon gut“, knurre ich. Obwohl es überhaupt nicht gut ist. Nichts ist gut. Weder dass seine olle Tante plötzlich tot ist noch der wild wachsende Müllberg hinter der Schule. Alles ist doof. Wirklich alles.

„Kann ich in mein Zimmer?“

„Natürlich." Mama nickt mir zu.
„Ich rufe gleich bei der Stadtverwaltung an", sagt Tom schnell. „Vielleicht erreiche ich noch jemanden. Und sonst versuche ich es Montag früh noch einmal."
Er hält mir die Hand hin. Ich schlage ein.
Zwei Minuten später singe ich in voller Lautstärke: *„Mein Herz schlägt Schlager, hey-uh-oh …"*
Drei Minuten später bin ich nicht mehr ganz so sauer und spiele noch ein bisschen Mundharmonika. Danach setze ich mich auf die Fensterbank und schaue hinaus. Der Himmel ist grau. Es sieht nach Regen aus. In der Kastanie sitzt ein Vogel und zwitschert sein Abendlied. Es hört sich schön an. Viel schöner als das, was ich gerade auf meinem Instrument produziert habe. Aber ich bin ja auch nur eine stinknormale Elfjährige und kein hübscher Singvogel mit buntem Gefieder und besonderen Begabungen.

DAS DRITTE KAPITEL,

in dem ich eine aufgeplatzte Mülltüte finde, mich mit drei Modepuppen herumschlage, für wenig Geld wichtige Dinge kaufe und außerdem beschließe, einen Unterschied zu machen …

Jürg-Würg-Gnörg-Örg-Brörg …

Das ist es, was ich höre, als ich am nächsten Morgen die Augen öffne. Kurz darauf rauscht die Klospülung, dann der Wasserhahn. Oh, nee … Nicht schon wieder! Ich schiebe den Kopf unter mein Kissen und stöhne auf. Heute ist Samstag. Ich möchte ausschlafen und wie jeden Samstag im Schlafanzug frühstücken. Danach vielleicht noch mal ins Bett krabbeln und mindestens eine Stunde lang lesen, vielleicht sogar zwei. Das würgende Mutter-Walross bringt meinen wunderschönen Plan komplett durcheinander. Warum kann sie nicht einfach ihre Tropfen nehmen? Dafür hat sie die doch schließlich bekommen, oder nicht?

Ich versuche, wieder einzuschlafen, aber es funktioniert nicht. Möglicherweise liegt es daran, dass es unter dem Kissen nicht genug Sauerstoff gibt. Bevor ich ohnmächtig werde und womöglich ersticke, tauche ich aus der Versenkung auf und werfe einen Blick nach draußen. Der Himmel ist hellgrau. Es regnet.

„Na, super“, grummele ich. „Das auch noch!“
Heute ist eindeutig NICHT mein Glückstag. Aber wenigstens komme ich unfallfrei aus dem Bett. Und als ich meine Ringelsocken suche und dabei einen zweiten Blick aus dem Fenster riskiere, stelle ich fest, dass es gar nicht richtig regnet, sondern streng genommen nur nieselt.
Vielleicht entwickelt sich dieser Tag ja doch noch positiv?

Ja, das macht er allerdings. Und wie! Es gibt ausnahmsweise keinen Smoothie, sondern Kakao und frische Brötchen vom Bäcker. Sie sind noch ganz warm und knusprig. Tom hat sie geholt, als ich im Badezimmer war. Eine Zeitung hat er auch mitgebracht. Hinter der versteckt er sich mit seinem Kaffee. Tompa ist der größte Morgenmuffel, den ich kenne.
„Hast du gut geschlafen?“ Mama steht im Bademantel mit einer Tasse Tee in der Hand am Fenster und lächelt. Sie sieht heute kein bisschen krank aus. Im Gegenteil. Ihre Wangen sind ganz rosig.
„Ja, danke.“ Ich lasse einen meterlangen Honigfaden auf eine Brötchenhälfte rieseln, pieseln, fließen, flutschen und muss mich voll konzentrieren. Wie lang wird so ein Faden wohl, bevor er abreißt? „Bis ich dich gehört hab jedenfalls.“
Mam wird rot.
„Oh, ähm, ich …“, fängt sie an zu stammeln. „Tut mir leid, dass ich dich geweckt habe.“

„Macht nix. Dafür gibts ja jetzt Brötchen." Ich beende mein Honigexperiment und grinse zufrieden.

„Was hast du heute vor? Irgendwas Schönes mit Gunhild?" Sie setzt sich zu uns an den Tisch, stellt den Tee ab und gähnt hinter vorgehaltener Hand.

„Nö. Die hat keine Zeit. Vielleicht fahre ich nachher ein bisschen mit dem Rad rum. Du kannst ja mitkommen, wenn du willst." Ich beiße in mein Honigbrötchen, dass es kracht.

„Radfahren? Ach, ich weiß nicht …" Sie gähnt noch einmal. „Vielleicht lege ich mich lieber noch ein bisschen hin. Es ist ja noch früh. Das Wetter ist auch nicht so doll, oder?"

„Vielleicht würde die frische Luft dir guttun?", nuschelt Tom und raschelt mit der Zeitung.

„Das musst du gerade sagen, du Stubenhocker!" Meine Mutter lacht. „Weißt du schon, wann Tildas Beerdigung ist? Wie willst du da überhaupt hinkommen?"

„Nein, weiß ich noch nicht. Ich nehme den Zug." Endlich lässt er die Zeitung sinken und guckt uns an. „Das ist zwar umständlich und eine halbe Weltreise mit drei Mal Umsteigen mindestens, aber ich hab ja Zeit. Ich such nachher mal ein paar Verbindungen raus."

Ich falte den Rest des Brötchens zusammen und schiebe es mir in den Mund. Dann fege ich mit einer Hand die Krümel von meinem T-Shirt und springe auf. „Ich bin dann gleich mal weg, okay?"

„Ist gut“, murmelt Tompa. Er ist schon wieder hinter seiner Zeitung verschwunden.
„Nimm dein Handy mit und ruf an, falls was ist.“ Mama gießt sich noch eine Tasse Tee ein.
„Klaro. Mach ich.“

Zehn Minuten später schließe ich mein Fahrrad auf. Aber erst, nachdem ich die Kastanie im Nachbarhof umarmt habe. Die Rinde fühlt sich rau und borkig an, aber gleichzeitig weich und warm. Fast so, als würde sie atmen. Aber das tun Bäume ja auch. Alle grünen Pflanzen machen das. Sie holen das Kohlendioxid aus der Atmosphäre und verwandeln es in Zucker, den sie zum Wachsen und für den Stoffwechsel benötigen. Dazu sagt man Fotosynthese. Als Abfallprodukt entsteht dabei Sauerstoff, den wir zum Atmen brauchen. Jeder Baum verbraucht auch Sauerstoff für seine Wurzeln. Das ist ein Teil der Bodenatmung. Es ist eigentlich gar nicht so kompliziert, wenn man sich ein bisschen für Bio interessiert.
„Tschüss, Kastanie!“ Ich schwinge mich aufs Rad und rolle durch die Hofeinfahrt auf unsere verkehrsberuhigte Straße. Nach dem Regen glänzt das Pflaster wie gebohnert. Die Sonne spiegelt sich in den Pfützen zwischen den parkenden Autos. Es nieselt immer noch ganz fein, aber die Luft ist warm. Vorsichtshalber hab ich eine Regenjacke mitgenommen und sie zusammen mit meiner

Trinkflasche auf den Gepäckträger geklemmt. Es macht mir Spaß, durch die Gegend zu radeln, ganz gechillt und ohne festes Ziel. In unserem Viertel ist nicht viel los. Hier wohnen ziemlich viele Studenten. Die schlafen um diese Zeit immer noch.

Studieren muss anstrengend sein, überlege ich, während ich an einer Ampel stehe und darauf warte, dass sie auf Grün springt.

Ich schlage den Weg Richtung Schule und Sportplatz ein. Erstens gibt es da in der Nähe einen Wald mit schattigen Radwegen und einem Froschteich, und zweitens möchte ich noch ein paar Fotos von dem Müll machen. Die kann ich dann direkt an die Stadtverwaltung mailen. Oder lieber an eine Zeitungsredaktion? Einen Fernsehsender? Den Bürgermeister? Die Müllabfuhr? Irgendjemand muss doch dafür verantwortlich sein, oder? Zuerst mal natürlich die, die den Krempel dahin geworfen haben, das ist klar. Aber die werden ihr Zeug ganz sicher nicht wieder einsammeln und zum Recyclinghof bringen. Wenn sie das gewollt hätten, hätten sie's schließlich gleich machen können. Aber nee, stattdessen ist es ja viel einfacher, den Schrott einfach wegzuwerfen. Es wird sich schon jemand darum kümmern. Und wenn nicht, ist es auch nicht so schlimm. Dann wächst eben Gras darüber.

Oh, Mann … Ich trete in die Pedale und werde schon wieder sauer. Dabei hatte ich gerade so gute Laune.

Dass es eine Riesenmenge Müll gibt, über den nicht einfach Unkraut wächst – Plastik zum Beispiel, alle möglichen Schadstoffe, die in Kühlschränken, Fernsehern, Handys und ähnlichen Dingen stecken –, darüber denken die wenigsten nach. Aber ich tu's. Keine Ahnung, wieso. Das heißt, doch. Ich möchte nicht in einer Welt groß werden, die immer mehr kaputt gemacht wird. Luftverschmutzung, zugemüllte Meere, Treibhausklima, aussterbende Tierarten – all das fällt mir plötzlich ein. Ich hab genug davon! Ich will das nicht mehr!

„Mir reichts!", rufe ich, so laut ich kann.

Eine Dame mit einem Dackel an der Leine kommt mir entgegen und guckt mich erschrocken an.

In dieser Sekunde beschließe ich, etwas zu unternehmen.

Ich, Jella Blume, werde etwas tun.

Fragt sich nur, was. Genügt es, den wilden Müllplatz zu fotografieren und zu melden? Es ist besser als gar nichts. Aber warum fange ich nicht damit an, den Müll einzusammeln, anstatt ihn mir nur anzugucken und mich darüber aufzuregen? Ich könnte doch zum Beispiel versuchen, anderen zu verklickern, wie blöd es ist, unsere Umwelt so zu verschmutzen. Ich bin zwar nur Jella Blume, ein Mädchen auf einem Fahrrad, und keine fliegende Superheldin, aber ich habe einen Lieblingsspruch:

NO ONE IS TOO SMALL TO MAKE A DIFFERENCE!

Das heißt übersetzt ungefähr „Niemand ist zu klein, um etwas zu ändern". Greta Thunberg hat das gesagt. Und die muss es schließlich wissen.

Der Spruch passt. Und wahr ist er auch. Jeder kann einen Unterschied machen und etwas bewirken. Nur muss jeder bei sich selbst anfangen. Man darf nicht einfach nur dasitzen und darauf warten, dass einem andere Leute die Arbeit abnehmen, denn das wird leider nicht passieren.

Ich mache eine Vollbremsung. Neben dem Radweg liegt eine halb aufgeplatzte Mülltüte. Na, die kommt mir ja wie gerufen! Ich lehne das Rad gegen eine Mauer und hebe den Beutel mit spitzen Fingern hoch. In seinem Innern befindet sich etwas, das wie Windeln aussieht. Und zwar wie benutzte Windeln. Die Dinger stinken zum Himmel. Voll eklig. Ich halte die Luft an und gleich-

zeitig nach einem Abfalleimer Ausschau, in dem ich die Bescherung versenken kann, als hinter meinem Rücken jemand lacht.
„Reicht euer Hartz IV nicht mehr?“, fragt eine gehässige Stimme. „Hast du jetzt einen Nebenjob bei der Müllabfuhr?“
Ich drehe mich um, den Windelbeutel in der Hand, und stehe Gina, Filiz und Annelene gegenüber, den fiesesten Mädchen, die ich persönlich kenne. An unserer Schule gibt es eigentlich kein Mobbing. Eigentlich. Diese drei möchten das gerne ändern und nutzen dazu jede Gelegenheit, indem sie zu denen gemein sind, die sich nicht wehren können. Oder die allein unterwegs sind, so wie ich an diesem Vormittag. Sie gehen in meine Parallelklasse.

Wir haben noch nie miteinander gesprochen. Ich wundere mich, dass die mich überhaupt bemerkt haben. Normalerweise ignorieren wir uns nämlich. Das funktionierte bisher ganz gut, weshalb ich beschließe, sie jetzt auch einfach nicht zu beachten. Ich hab keine Lust, mich zu streiten. Dafür ist der Tag viel zu schön. Und außerdem möchte ich gerne diesen stinkenden Müll loswerden.
„Aus welchem Altkleidercontainer hast du denn deine schicke Clownshose gezogen? Krasses Teil!" Gina lässt eine hellrosa Kaugummiblase platzen und funkelt mich spöttisch an. Sie steckt in einem quietschgelben Minikleid und dazu passenden Sandalen. An ihrem Unterarm baumelt eine alberne Handtasche mit lauter goldenen Schnallen und Bommeln und überflüssigen Kettchen. Ihre glatten schwarzen Haare schimmern wie Pferdefell, nachdem man es stundenlang gestriegelt hat. Ich weiß das, weil ich mal auf einem Ponyhof war und da einen Rappen gebürstet habe. Der hat hinterher auch so geglänzt.
Annelene und Filiz lachen, als hätte ihre Freundin einen richtig tollen Witz erzählt. Die beiden tragen fast genau die gleichen Taschen, Kleider und Sandalen. Allerdings nicht in Gelb, sondern Türkis (Annelene) und Pink (Filiz).
Ich ziehe die Augenbrauen hoch und seufze. Die Latzhose, die ich heute anhabe, ist meine absolute Lieblingshose. Sie hat bunte Aufnäher und ist superbequem. Entdeckt hab ich sie in einem Tauschrausch-Laden. Da bringt man ein Kleidungsstück hin, das

einem nicht mehr passt oder gefällt, vollkommen egal, und darf sich dafür etwas anderes aussuchen. Weil ich in letzter Zeit wie Rübenkraut wachse – das behaupten meine Eltern jedenfalls –, kaufen wir nur selten neue Klamotten, sondern gehen stattdessen in diesen Tauschladen. Ich finde das total praktisch. Es gibt da richtig schöne Klamotten. Wie das Blümchen-T-Shirt zum Beispiel, das ich unter der Latzhose trage. Da war sogar noch das Preisschild dran. Die Klamotten sind also wirklich wie neu – genau wie das Zeug, das wir im Tausch dort abgeben. Von wegen Altkleidercontainer …

Aber das können die drei hohlköpfigen Bergziegen natürlich nicht wissen. Nur weil die ständig shoppen gehen, jede Mode mitmachen und von ihren Eltern immer die teuersten Handys und garantiert einen Haufen Taschengeld kriegen, muss man sich doch nicht genauso blöd benehmen, oder? Also, ich jedenfalls nicht. Abgesehen davon mache ich mir eh nicht viel aus Telefonen, Klamotten und solchem Schnickschnack.

Oh, das ist ja ein Abfalleimer!

„Darf ich mal vorbei?“ Ich schiebe mich mit meiner stinkenden Windeltüte zwischen Gina, Annelene und Filiz durch. Sie weichen zurück, als hätte ich Beulenpest oder sonst eine ansteckende Seuche, und schnappen nach Luft. Ich schwenke die Tüte extra noch einmal in ihre Richtung und grinse. Vor denen hab ich doch keine Angst! Wenn mir drei große Jungs gegenüberstünden oder meinetwegen ein fieser tätowierter Riese mit einem geifernden Pitbull – ja, dann sähe die Sache anders aus. Aber diese drei Tussis? Was sollen die mir schon tun? Mich mit ihren Handtaschen verhauen? Hey, ich bin Kreisläuferin! Ich hab Muskeln! Und ich bin sauschnell. Zur Not kann ich immer noch weglaufen. Oder ich wende meine Wirbeltechnik an und fege die einfach aus dem Weg. Aber zuerst lasse ich noch einmal die kaputte Mülltüte kreisen. Das macht echt Spaß.

Annelene quiekt. Filiz hält sich eine Hand vor den Mund und würgt, als müsste sie sich jeden Augenblick übergeben.

„Bäh! Was ist das denn? Euer Mittagessen für heute?“, fragt Gina angewidert.

Ich bleibe stehen und schaue ihr ins Gesicht, ohne mit der Wimper zu zucken. „Das“, antworte ich betont freundlich und halte ihr den Beutel direkt unter die Nase, „sind vollgekackte Babywindeln. Sind das zufällig deine? Hast du die verloren? Ich könnte schwören, dass auf der einen dein Name steht. Willst du mal nachgucken?“

„Örks, geh weg mit den Dingern! Du hast sie ja nicht mehr alle!“, schreit sie mich an.

Ich muss lachen. Es geht nicht anders. Ich lasse die drei stehen, schlendere betont lässig zu dem Abfalleimer auf der anderen Straßenseite, halte die Windeltüte einen Moment lang darüber und öffne dann die Hand. Mit einem satten Flatsch landet das

Paket dort, wo es hingehört. Als ich mich umdrehe, sind die Modepuppen weg. Futschikato, einfach so. Als wäre ein Ufo herangeschwebt, hätte seinen Transporterstrahl ausgefahren und sie entführt.

Ich wische mir die Hände am Hosenboden ab und kann nicht aufhören zu grinsen. Dann gucke ich nach, wie viel Geld ich bei mir habe. Ich muss mir unbedingt Handschuhe kaufen. Am besten dicke Bauarbeiterhandschuhe. Oder lieber welche aus Gummi? Es ist wirklich eklig, mit bloßen Händen Müll aufzusammeln. Vielleicht kann man davon sogar krank werden. Oder ich schneide mich an einer Scherbe, greife in eine Drogenspritze oder sonst was. Handschuhe sind wichtig, beschließe ich. Und Müllsäcke! Am besten extragroße Biosäcke. Sonst produziere ich beim Sammeln gleich wieder neuen Müll, was ziemlich blöd wäre. Dazu vielleicht noch eine Greifzange oder ein Müllpikser.

Leider herrscht in meinem Portemonnaie ziemliche Flaute. Einen zerknitterten 5-Euro-Schein und ein paar Cent – mehr hab ich nicht dabei. Ich spare gerade für die Ferien, damit ich nicht immer meine Eltern fragen muss, wenn ich mir mal ein Eis kaufen oder ins Freibad will. Mein Taschengeld wandert direkt in ein Sparschwein – und das steht bei mir zu Hause auf dem Schreibtisch. Aber vielleicht gibt es ja im 1-Euro-Laden irgendetwas, das ich gebrauchen kann. Ein paar Straßen weiter ist einer. Ich hole mein Fahrrad und schiebe es neben mir her. Unterwegs bücke ich mich immer wieder, um Papierfetzen, leere Zigarettenschachteln und Kaffeebecher aufzuheben und in den nächsten Mülleimer zu werfen. Dass manche Leute mich anstarren, als hätte ich ein Problem, einen an der Waffel oder beides zusammen, stört mich kein bisschen. Am liebsten würde ich sie auffordern, mir zu helfen. Zusammen wären wir ratzfatz fertig und die Straße eine ganze Ecke sauberer. Aber die gaffen nur. Einige angewidert, andere amüsiert. Nur die Hunde schnuppern freundlich und wedeln mit den Schwänzen. Ich mag Hunde. Sogar die, die ihre Haufen mitten auf dem Gehweg fallen lassen. Wo sollen die hier in der Stadt denn sonst ihr Geschäft erledigen? Dafür, dass ihre Besitzer den Dreck anschließend nicht wegmachen, können die Wuffis schließlich nichts.

Vor dem Billig-Laden schiebe ich mein Rad in einen Fahrradständer und schließe es ab. Bevor ich durch die Glastür gehe, schaue ich mich um. Wenn Gina, Annelene und Filiz mich hier sehen könnten! Bestimmt würden die sich in ihren Vorurteilen voll bestätigt sehen. Von wegen Hartz IV und so. Die Tussis kaufen garantiert nur in irgendwelchen Luxusgeschäften ein. Aber ob es da Bauarbeiterhandschuhe und Müllsäcke gibt? Bestimmt nicht! Hier schon. Das erfahre ich, als ich eine nette Verkäuferin danach frage. Sie zeigt mir das Regal, wo alles liegt, was ich brauche. Dicke Rollen mit Mülltüten in verschiedenen Größen und gleich daneben Handschuhe für Haushalt und Garten.

„Und die kosten echt nur einen Euro?“, frage ich sie misstrauisch. „Pro Stück oder pro Paar?“

„Hier kostet alles einen Euro. Und Handschuhe gibt es nur paarweise. Also, ein Euro pro Paar.“ Die Verkäuferin verschwindet lachend.

Ich greife zu. Eine Rolle Bio-Riesenmüllsäcke, ein Paar quietschgrüne Gummihandschuhe, die mir bis zu den Ellbogen reichen, und Arbeitshandschuhe, die mir viel zu groß sind, aber kleinere gibt es nicht. Macht nichts. Dafür bezahle ich an der Kasse nur drei Euro. Ich kann mein Glück kaum fassen, als ich das Wechselgeld entgegennehme. Draußen wickele ich alles in die Regenjacke und stopfe das Bündel zu meiner Trinkflasche unter den Gepäckträger. Dann mache ich mich endlich auf den Weg zum Sportplatz.

Die wilde Müllkippe sieht noch genauso wild und wüst aus wie gestern. Das sehe ich schon von Weitem. Aber wenigstens ist auf den ersten Blick nichts Neues hinzugekommen.

Ich steige ab und mache von allen Seiten Fotos. Mehr kann ich heute nicht tun. Oder doch! Kurz entschlossen schnappe ich mir einen Pappkarton mit leeren Flaschen, die ich einzeln in die Glascontainer werfe. Das laute Klirren und Scheppern gefällt mir.

Anschließend reiße ich den Karton in kleine Stücke und stopfe die Fetzen in eine Altpapiertonne.
„Yeah, Jella, gut gemacht!“, lobe ich mich selbst.
Am liebsten würde ich mich auch noch um den Rest kümmern. Aber wo soll ich mit einem türlosen Kühlschrank, einem Sofa, alten Teppichen, Malerrollen und Autoreifen hin? Dafür sind meine Müllsäcke leider nicht groß genug. Und ich auch nicht.
Also, ab nach Hause. Aber vorher noch kurz in den Wald und am Teich nach den Fröschen gucken.

DAS VIERTE KAPITEL,

in dem ich einen Streik verkünde, ein wunderprächtiges Protestschild male und mein Zimmer erst mal nicht aufräume, dann aber doch.

„Ach, übrigens …“, sage ich später beim Abendbrot. „Ich streike.“

„Aber es gibt Pizza“, wundert sich Swantje. „Die magst du doch so gern.“

„Ich meine keinen Hungerstreik“, erwidere ich, „sondern einen Klimastreik. Haben wir zufällig Pappe? Und einen alten Besenstiel?“

„Wozu?“

„Ich will mir ein Protestschild basteln.“

Meine Mutter guckt mich zweifelnd an. Ich gucke kein bisschen zweifelnd zurück. Die Idee mit dem Streik ist mir auf dem Nachhauseweg gekommen. Überall gehen Kinder und Jugendliche auf die Straße und protestieren. Nur bei uns nicht. Das muss sich ändern, habe ich beschlossen. Und zwar dringend!

Ich hab gar nicht gemerkt, dass Tom in die Küche gekommen ist. Er stellt sich vors Fenster, verschränkt die Arme vor der Brust und grinst.

„Machst du jetzt einen auf Greta Thunberg?“, will er wissen. Mama schaut nach der Pizza. Ich hole schon mal die Teller aus dem Schrank.
„Nö. Wenn überhaupt, mache ich höchstens einen auf Jella Blume“, stelle ich klar und knalle die Pizzateller auf den Tisch. Zum Glück sind die Dinger ziemlich stabil.
„Du fängst jetzt hoffentlich nicht an, freitags die Schule zu schwänzen, oder?“ Tom zieht fragend die Stirn kraus.
Doch, klar, denke ich im Stillen. Genau das ist mein Plan! Ist doch logisch. Sonst wärs ja kein richtiger Streik. Es heißt schließlich *Fridays for Future* – und Freitage sind bekanntermaßen Schultage. Außer in den Ferien. Aber da kann man erst recht auf die Straße gehen, finde ich. Sogar die, die sich sonst nicht trauen, weil sie sich Sorgen um ihre Zensuren und Fehlzeiten machen. In den Ferien müssen die deswegen keine Angst haben. Ist doch praktisch.
„Zuerst will ich das Schild malen“, antworte ich ausweichend.
„Aber vorher gibt es Essen.“ Mam zieht die wattedicken Topflappenhandschuhe an, holt das heiße Blech aus dem Ofen und stellt es auf dem Herd ab.
„Hast du keine Bauchschmerzen mehr?“ Ich schnappe mir meinen Teller und halte ihn ihr hin.
„Nein“, antwortet sie lächelnd. „Ich fühle mich heute wieder richtig gut.“

Sie nimmt den Pizzaschneider und rollert die Pizza in Stücke. Mir gibt sie ein Eckstück. Die Ecken mag ich am liebsten, weil der Teig da so knusprig ist. Tompa bekommt was aus der Mitte. Sie selbst nimmt sich etwas vom Rand.

„Haben wir denn nun Pappe und einen Stiel?", komme ich mümmelnd auf meine Frage zurück.

„Am besten guckst du mal im Keller nach. Pappkartons und Altpapier habe ich erst vor ein paar Tagen nach unten gebracht. Nimm dir, was du brauchst." Tom stößt mich mit dem Ellbogen an. „Ich habs vorhin nicht böse gemeint. Ich finde Greta auch toll. Und es freut mich, dass die Jugend von heute so aufgeweckt ist. Wir Erwachsenen habens einfach verbockt. Wenn du die Welt retten willst, nur zu. Unsere Unterstützung hast du."

„Auf jeden Fall!" Mama nickt zustimmend. „Ich wusste gar nicht, dass es hier bei uns eine Demo gibt. Macht Gunhild auch mit?"

„Keine Ahnung. Ich hab sie noch nicht gefragt." Ich zucke mit den Schultern. Anscheinend denkt Mama, dass alles schon organisiert ist und ich nur mitlaufe. Wenn sie wüsste, dass ich und mein Schild wahrscheinlich die Einzigen sind, die demnächst vor der Schule oder dem Rathaus stehen und für das Klima streiken, wäre sie vielleicht nicht so entspannt. Oder vielleicht doch. Meine Mam ist ziemlich locker. Sie hat mal erzählt, dass sie früher selbst auf Demos gegangen ist. Außerdem ist sie in einer *Parents for Future*-Gruppe, allerdings nur im Internet.

Während ich auf meiner Pizza-Ecke kaue, versuche ich mir meine beste Freundin Gunhild mit einem Protestschild vorzustellen. Sie ist eher der ängstliche, zurückhaltende Typ, obwohl sie größer ist als ich. Und richtig gut Handball spielt sie auch, wofür man viel Mut braucht. Aber ob sie sich trauen würde, mit mir zu streiken? Ich werde sie auf jeden Fall fragen. Jan-Niklas vielleicht auch. Und noch ein paar andere aus meiner Klasse. Wenn keiner mitmachen will, mach ich's eben allein. Damit hab ich überhaupt kein Problem. Schließlich war Greta am Anfang auch alleine. Und was ist daraus geworden? Genau: eine riesige, weltweite Bewegung! Man muss sich nur trauen, dann kommt der Rest von selbst. Das hoffe ich jedenfalls …

Ich muss an Inga aus Polen denken und an Howey Ou aus China, über die ich neulich einen Zeitungsartikel gelesen habe. Die beiden wurden ziemlich fies gemobbt, als sie angefangen haben zu streiken. Kein einziger Mitschüler hat sich getraut, sie zu unterstützen. Howey Ou wurde sogar von der Polizei verhört und ihre Familie wurde bedroht. Da haben wir es hier echt besser.

„… jedenfalls, solange du deinen Job machst“, brummt Tom.

„Welchen Job?“, frage ich stirnrunzelnd. Ich hab ihm gar nicht mehr zugehört.

„Dein Job ist es, jeden Tag zur Schule zu gehen“, antwortet er.

Ich verdrehe die Augen. „Wozu sollen wir noch was lernen, wenn wir eh keine Zukunft haben? Das ist doch unlogisch!“

„Unlogisch ist es, den Unterricht zu schwänzen, anstatt zu lernen und zu forschen, was ihr vielleicht ändern könnt, um eure Zukunft zu retten", widerspricht er mir. „Thema durch. Ich muss los."

Mama und ich wechseln einen Blick, bevor wir gleichzeitig seufzen. Heute ist Samstag. Das bedeutet, dass Tom die ganze Nacht Taxi fährt. Seine Kollegen freuen sich immer, wenn er die Schicht freiwillig übernimmt. Die Nachtfahrten sind total unbeliebt, weil man es am Wochenende häufig mit Betrunkenen zu tun hat. Aber die Touren werden gut bezahlt, sagt Tompa.

„Mann, bin ich froh, dass wir inzwischen nur noch E-Taxis haben", meint er und strubbelt mir durch die Haare. „Sonst würdest du mich jetzt bestimmt noch vorwurfsvoller angucken. Hey, ich bin auf deiner Seite!"

„Ich weiß", murmele ich.

„Tschüss, ihr Lieben. Bis morgen. Ich bringe Brötchen mit", verabschiedet er sich und gibt Mam einen Kuss.

„Tschau", sage ich leise und nehme mir noch ein Stück Pizza, obwohl ich eigentlich satt bin. Ich knabbere lustlos daran herum, bis Mama mir den Teller wegnimmt und meint, dass ich genauso gut aufstehen kann, wenn ich will.

„Mal dir ein tolles Schild", sagt sie augenzwinkernd. „Hast du schon einen passenden Slogan?"

„Nö", antworte ich wahrheitsgemäß.

„Dann räum zuerst dein Zimmer auf. Vielleicht fällt dir dabei was ein."
„Hey, cool! Danke!" Ich springe auf und hopse in der Küche herum.
„Seit wann freust du dich so aufs Aufräumen?" Sie guckt mich verwirrt an.
„Ich räume mein Zimmer nicht auf, sondern die Erde! – Das ist der Spruch für mein Protestschild! Ich hab den schon mal in einem Bericht über eine Freitagsdemo gesehen. Danke, dass du mich darauf gebracht hast!"
„Gern geschehen", erwidert sie grinsend. „Der Slogan gefällt mir."
„Mir auch. Und wie!", jubele ich. „Ich bin dann mal im Keller. Zuerst bastele ich das Schild. Dann räume ich die Erde auf. Wenn ich danach noch Zeit hab, vielleicht sogar mein Zimmer."

In unserem Kellerkabuff entdecke ich neben einem Stapel alter Zeitungen und Zeitschriften einige zusammengefaltete Kartons. Einer davon ist aus dicker, stabiler, schneeweißer Pappe. Perfekt zum Beschriften. Einen Besenstiel brauche ich eigentlich nicht, überlege ich. So ein Pappschild ist doch viel praktischer. Das kann ich in der Mitte zusammenklappen und überall mithinnehmen, weil es so schön leicht ist, dass ich es mir unter den Arm klemmen kann. Nur nass werden darf es natürlich nicht. Das wäre blöd. Aber falls es doch mal regnet und die Pappe weich wird, male ich einfach ein neues Schild. Als echte Klimaaktivistin muss man einfallsreich und flexibel sein. Fragt sich nur, womit ich die Pappe beschriften soll. Tusche fällt natürlich flach. Bei Regen würde nicht nur der Karton aufweichen, sondern die Schrift wäre auch sofort futsch. Wasserfester Filzstift wäre prima. Oder irgendeine wasserfeste Farbe.

Ich durchstöbere die Regale und finde nach kurzer Suche einen angebrochenen Topf blaue Ölfarbe. Daneben stecken breite Pinsel in einem alten Marmeladenglas. Ich schnappe mir Pappe, Farbe, Pinsel und eine Zeitung und flitze wieder nach oben, wo ich alles auf dem Fußboden in meinem Zimmer ausbreite.

Meine Mam liegt nebenan im Wohnzimmer auf der Couch und schnarcht vor dem Fernseher. Um sie nicht zu stören, stopfe ich mir die Ohrstöpsel von meinem Handy in die Lauscher und drehe die Musik von meiner Schlager-Playlist auf. Dann mache ich mich an die Arbeit und schwinge den Pinsel.

Schon bald prangt der Satz ICH RÄUME MEIN ZIMMER NICHT AUF, SONDERN DIE ERDE!!! in fetten Druckbuchstaben auf dem Karton. Weil noch Platz frei ist, male ich eine Weltkugel dazu. Es sieht einfach toll aus! Ich bin echt zufrieden mit meinem Werk. Allerdings stinkt das Kunstwerk wie eine ausgelaufene Farbenfabrik. Es ist bestimmt nicht gesund, diese Dämpfe einzuatmen. Dabei stand auf der Dose doch extra Öko und Bio.

Von wegen …

Ich reiße das Fenster sperrangelweit auf, um zu lüften. Das hätte ich lieber gleich machen sollen.
Ich packe Farbe, Pinsel und die alte Zeitung zusammen und bringe alles zurück in den Keller. Das Schild lasse ich in meinem Zimmer liegen, damit es in Ruhe trocknen kann. Immer wieder werfe ich einen Blick darauf, so schön finde ich es. Ganz wunderbar und prächtig. Wunderprächtig sozusagen. Ich mache ein Foto und speichere es als neues Hintergrundbild auf meinem Handy. Ob es Greta auch so gegangen ist, als sie ihr erstes Protestschild gemalt hat? Ich würde sie gerne mal danach fragen.
„Das war das", sage ich zu mir selbst, nachdem ich mir die Pfoten gewaschen habe. „Und was mach ich jetzt?"
Ich spähe um die Ecke ins Wohnzimmer. Im Fernsehen läuft ein ultrakitschiger Liebesfilm. Eine blonde Frau und ein breitschultriger Mann schmachten sich an und küssen sich. Kein Wunder, dass Mama eingeschlafen ist. Sie schnarcht vor sich hin und wacht nicht mal auf, als ich ihr die Fernbedienung aus der Hand nehme, mich auf die Sofalehne hocke und durch die Programme zappe. Vielleicht läuft irgendwo eine Schlagersendung? Nö, leider nicht. Nur Quizshows, Wiederholungen und Sachen, die mich nicht interessieren.
Ich kehre zu dem Kitschfilm zurück und schiebe Mam die Fernbedienung wieder zwischen die Finger. Wenn es in meinem Zimmer nicht so nach Ölfarbe stinken würde, könnte ich es mir

jetzt auf meinem Hochbett gemütlich machen, ein paar Erdnüsse knabbern und lesen. Ich lese sehr gern. Wenn ich nicht gerade Schlager höre, mit Gunhild verabredet bin, in der Gegend herumlaufe und Müll aufsammle, Rad fahre, Handball oder Mundharmonika spiele, ist das meine absolute Lieblingsbeschäftigung.
Eine Freundin meiner Mutter ist Buchhändlerin. Meine Mutter hat viele Freundinnen, nicht nur die mit dem Astro-Alex-Autogramm, aber eine Buchhändlerin persönlich zu kennen, ist wirklich genial. Ulla weiß genau, was für Bücher ich mag, und ruft mich an, wenn es etwas Neues gibt, das mir gefallen könnte. Manchmal kommt sie auch vorbei und bringt mir frisches Lesefutter mit. Außerdem mache ich, seit ich lesen kann, jedes Jahr in einem Ferienleseclub mit. Am besten gefallen mir Bücher, in denen die Kinder die Sache selbst in die Hand nehmen und nicht darauf warten, dass Erwachsene ihre Probleme lösen. Am allerbesten sind überhaupt die Bücher, in denen gar keine Erwachsenen mitspielen. Oder wenn, dann nur am Rande. Sie können von mir aus gerne verschollen oder tot sein. Aber das hier ist kein Buchclub, sondern das wahre Leben. Und ich habe eine wichtige Aufgabe zu erfüllen: Ich muss die Erde aufräumen. Oder vielleicht doch zuerst mein Zimmer?
Vor lauter Langeweile fange ich einfach damit an.
Irgendwo bellt ein Hund. Wahrscheinlich der dicke Mops aus dem Haus schräg gegenüber. Auf dem Dach gurrt eine Taube. Eine

andere antwortet. Die Blätter der Kastanie rascheln im Abendwind. Es hört sich schön an, alles zusammen. Ich nehme meine Mundharmonika und spiele eine kleine Melodie.
Danach fahre ich meinen müden, alten Computer hoch und besuche die Seite unserer Stadtverwaltung. Dort finde ich nicht nur die Mailadresse des Bürgermeisters, sondern auch die des Ordnungsamtes, der Umweltbehörde und der städtischen Müllabfuhr. Ich schicke einfach an alle eine Mail mit der Bitte, sich endlich mal um die grässliche Müllkippe am Sportplatz zu kümmern. *Mit freundlichen Grüßen, Ihre Jella Blume (Umweltschützerin),* schreibe ich darunter und hänge die Beweisfotos an.
Anschließend checke ich im Internet, ob es bei uns vielleicht auch so eine Müll-App gibt, von der Jan-Niklas erzählt hat. Gibt es nicht, stelle ich fest. Dafür entdecke ich eine Website, die MÜLLweg! heißt. Die App funktioniert so ähnlich wie die Dreckpetze von Jan-Niklas' Tante: Fundort angeben, Standort per GPS bestimmen, Foto machen, zuständige Behörde finden, Müll melden. Perfekt! Ich lade mir die App sofort aufs Handy.
„Du hast ja aufgeräumt!" Mama steht in der Tür. Ich drehe mich zu ihr um. Sie lächelt. „Und dein Schild ist auch fertig. Toll!"
„Ja, nicht?", erwidere ich stolz. „Es müffelt nur leider so. Ich lüfte noch ein bisschen."
„Okay. Ich geh jetzt schlafen." Sie gähnt. „Machst du den Computer bald aus?"

„Bin schon dabei!“ Ich klicke auf Herunterfahren. „Ich will sowieso lieber lesen.“

„Aber nicht die halbe Nacht, okay?“, antwortet Mam und zwinkert mir zu.

„Okay“, sage ich grinsend. „Schlaf schön, Mama!“

„Du auch, Süße!“

Ich höre sie im Badezimmer herumwuseln. Die Klospülung rauscht, dann knarrt die Schlafzimmertür. Ich putze mir schnell die Zähne und schlüpfe in ein Schlafshirt. Kurz darauf klettere ich in mein Bett, wo das Buch schon auf mich wartet.

DAS FÜNFTE KAPITEL,

in dem Gunhild sich windet wie ein Wurm, Tom mit meiner Hilfe seine Reisetasche packt und ich zuerst Mails beantworte und danach stapelweise Pfannkuchen backe.

„Streiken? Echt jetzt? Aber warum? Wozu? Glaubst du denn, dass das irgendwas bringt?"
Es ist Montagmorgen, noch vor der ersten Stunde. Wir sitzen im Klassenzimmer und warten auf Frau Borken-Hagen, unsere Mathelehrerin. Gunhild starrt mich an. Man könnte auch sagen, sie glupscht mich an. Ihre Augen sind weit aufgerissen und so kugelrund, als könnten sie jede Sekunde herausfallen. Plop-Plop.
„Es geht nicht darum, dass es irgendwas bringt." Ich male mit den Fingern Gänsefüßchen in die Luft. „Es geht darum, etwas zu tun!"
„Aber warum?", fragt Gunhild noch einmal und zieht die Nase kraus. „Wenn du die Schule schwänzt, kriegst du höchstens Ärger."
„Du machst also nicht mit?"
„Ich??"
„Nein, ich meinte dein Federmäppchen." Ich knirsche mit den Zähnen. „Natürlich du! Wer denn sonst?"

„Keine Ahnung", meint Gunhild schulterzuckend. „Vielleicht jemand, der mutiger ist als ich? Ich hab doch nicht mal ein Schild."

Das Argument lasse ich nicht gelten. „Wir haben zu Hause genug Pappe. Und Farbe ist auch noch da", sage ich.

„Nee, ich weiß nicht … Das würden mir meine Eltern nie erlauben." Gunhild windet sich auf ihrem Stuhl wie ein Regenwurm in der Pfütze. „Und dann steht man irgendwo rum und alle glotzen einen an."

Ich schnaube verächtlich. Mehr fällt mir dazu nicht ein. Außerdem kommt in dieser Sekunde Frau Borken-Hagen um die Ecke. Sie ist nicht nur unsere Mathelehrerin, sondern auch die Schulleiterin, fast so alt wie unsere Turnhalle, also ungefähr hundert, und außerdem sehr streng. Sie trägt ständig solche beigen Gesundheitsschuhe mit Lochmuster und quietschenden Gummisohlen, wodurch man sie immer schon von Weitem hört. Manche behaupten, dass sie in ihrem Leben noch nie gelacht hat. Stattdessen quietscht sie.

„Guten Morgen! Hefte raus, Bücher weg!", bellt sie, kaum dass sie den Raum betreten und die Tür hinter sich geschlossen hat. „Wir schreiben eine Übungsarbeit."

Durch die Klasse geht ein einstimmiges Aufstöhnen. Das heißt, ganz einstimmig ist es nicht. Ich stöhne wegen Gunhild, nicht wegen der Übungsarbeit. Das möchte ich nur kurz klarstellen.

In der großen Pause versuche ich es noch einmal, doch Gunhild bleibt stur. „Vergiss es“, brummt sie und schüttelt den Kopf. „Ich will nicht.“

„Und wenn ich Jan-Niklas frage?“, spiele ich eine Trumpfkarte aus. „Wenn der mitmacht?“

Sie verschluckt sich fast an ihrem Pausenbrot.

„Jan-Niklas?“, wiederholt sie röchelnd.

Ich nicke. „Er hatte neulich beim Sport ein *Fridays for Future*-T-Shirt an. Ist dir das nicht aufgefallen?“

Gunhild schüttelt den Kopf.

„Wer so ein T-Shirt trägt, hat eine Botschaft“, behaupte ich. „Dann interessiert der sich für die Sache.“

„Ach, ich weiß nicht …“ Gunhild windet sich immer noch.

„Denk darüber nach. Bis Freitag ist ja noch ein bisschen Zeit“, sage ich großzügig und beiße von meinem Pausenbrot ab. „Ich hab mir überlegt, die beiden Kunststunden sausen zu lassen. In Kunst stehe ich auf einer glatten Eins. Die Bilder kann ich auch zu Hause tuschen und später abgeben. Ich verpasse also nichts, wenn ich in der Zeit vor dem Rathaus sitze und streike.“

„Vor dem Rathaus? Das erlauben dir deine Eltern?“, fragt Gunhild ungläubig.

„Offiziell erlaubt haben sie es nicht direkt“, antworte ich ehrlich. „Ich hab ihnen gesagt, dass ich streiken will, aber richtig kapiert haben die’s irgendwie nicht. Dafür finden sie mein Protestschild und den Spruch gut, der da draufsteht. Mama jedenfalls. Tom ist mit seinen Gedanken ganz woanders. Der muss erst mal auf eine Beerdigung."

„Ooh", haucht Gunhild erschrocken.

Es klingelt. Die Pause ist zu Ende.

„Keine Panik. Es ist keiner gestorben, den du kennst. Nur eine alte Tante auf einem Bauernhof am Meer." Ich verputze den Rest meines Brotes mit zwei Bissen und schiebe mich durch die Schultür ins Innere. Gunhild folgt mir dicht auf den Fersen.

„Da ist Jan-Niklas!" Sie bohrt mir einen Zeigefinger in den Rücken und kriegt um ein Haar Schnappatmung. Ich frage mich, warum. Jan-Niklas steckt in einem Pulk Jungs und lacht gerade über etwas. Er ist größer als die anderen. Und netter auch. Aber deshalb muss man doch nicht gleich nach Luft schnappen wie ein Fisch auf dem Trockenen, oder?

Okay, er hatte neulich dieses coole *Fridays for Future*-T-Shirt an, um das ich ihn ziemlich beneide. So eins hätte ich auch gern. Woher er das wohl hat?

„Guck ihn nicht so an!", zischt Gunhild. „Das ist voll peinlich!"

Ich pruste los. „Wenn hier jemand peinlich ist, dann ja wohl du!"

Gunhild schweigt beleidigt. Macht nichts.

Als ich nach der Schule nach Hause komme, packt Tom gerade seine Reisetasche. Das heißt, er versucht es zumindest. In Wirk-

lichkeit läuft er nur planlos in der Wohnung herum, wirft Socken und Unterwäsche in die Tasche, holt alles wieder heraus, kratzt sich am Kopf, überlegt, kratzt sich noch einmal, durchwühlt die Kommode im Schlafzimmer, anschließend den Kleiderschrank, nimmt zwei Hemden heraus, betrachtet sie von allen Seiten, hängt die Bügel an die Schranktür und ist kaum ansprechbar. Er murmelt vor sich hin und scheint mich gar nicht zu bemerken.
Ich setze mich auf das breite Doppelbett und schaue ihm eine Weile zu. „Wieso nimmst du die große Tasche? Willst du Urlaub machen? Die Beerdigung dauert doch wohl nicht so lange, oder?“, frage ich schließlich.
Er bleibt mitten im Raum stehen, in der linken Hand ein schwarzes T-Shirt, in der rechten den aufgerollten Fanschal seiner Lieblingsfußballmannschaft, und mustert mich, als würde er sich fragen, wer ich bin.
„Ich bins, Jella“, sage ich und winke ihm zu.
„Ja, ich erinnere mich an dich. Obwohl du gewachsen bist, seit ich dich das letzte Mal gesehen habe. Warst du heute früh auch schon so groß? Meine Güte …“ Er lacht. Dann wird er ernster. „Es kann sein, dass ich ein paar Tage länger in Kleefeld bleiben muss. Die Zugverbindungen sind grottenschlecht. An einem Tag hin und zurück ist das nicht zu schaffen. Außerdem hat mich vorhin ein Notar angerufen. Ich soll irgendetwas unterschreiben. Es hat mit Tildas Hof zu tun. Wahrscheinlich nur eine Formalität, um den

Strom abzumelden oder so. Offenbar bin ich der einzige Verwandte, den er erreichen konnte. – Und wie läufts bei dir?", wechselt er das Thema. „Wie wars in der Schule?"
„Wie immer." Ich unterdrücke ein Seufzen. Besonders gut ist es heute nicht gerade gelaufen. Gunhild will nicht mit mir streiken und Jan-Niklas auch nicht, wie's scheint. „Ich steh in Kunst auf 'ner Vier minus", hat er gemurmelt, als ich ihn nach dem Unterricht gefragt habe. „Ich kann mir nicht leisten, da zu fehlen." Wenigstens würde er bei einer Klima-Demo mitlaufen, falls ich eine auf die Beine stelle. Das hat er jedenfalls behauptet, woraufhin ich gemeint habe, dass er dann ja sein cooles *Fridays for Future*-T-Shirt anziehen könnte, woraufhin er wiederum ein bisschen seltsam geguckt und zugegeben hat, dass er sich das neulich nur ausgeliehen hatte. „Eigentlich gehört es meinem großen Bruder", hat er gebrummt. Damit war unser Gespräch beendet und mein Versuch, einen Mitstreiter für meinen Schulstreik zu finden, fürs Erste geplatzt. Ich könnte natürlich einen Zettel mit einem Aufruf ans Schwarze Brett pinnen, dass alle nächsten Freitag auf den Rathausplatz kommen sollen. Oder ich stelle mich mit einem Megafon auf den Pausenhof und fordere meine Mitschüler auf, sich mir anzuschließen. Mein Handballteam kann ich auch noch fragen. Vielleicht würde sich tatsächlich jemand melden, der mit mir streikt. Besonders optimistisch bin ich nicht, aber wer weiß …

„Freust du dich aufs Meer?“, frage ich Tompa.
„Ja, schon. Allerdings glaube ich nicht, dass ich viel Zeit haben werde, es zu genießen. Eine Trauerfeier ist ja kein so schöner Anlass.“ Er setzt sich zu mir auf die Bettkante. Ich lehne mich gegen ihn.
„Ich würde auch gerne mal an die Ostsee fahren“, sage ich leise.
„Das schaffen wir bestimmt. Vielleicht in den nächsten Ferien?“ Er stupst mich an. „Hilfst du mir beim Packen? Ich weiß gar nicht, was ich mitnehmen soll.“
„Deinen dunklen Anzug“, antworte ich. „Schuhe, eine Zahnbürste, Rasierwasser und ein Buch zum Lesen für unterwegs.“
„Was würde ich nur machen, wenn ich dich nicht hätte!“, ruft er.
„Wahrscheinlich lauter falsche Sachen einpacken“, erwidere ich.

Am nächsten Nachmittag ist er weg. Vorsichtshalber hat er sich für die ganze Woche bei der Taxizentrale abgemeldet. Er kann ja schlecht einspringen, falls dringend ein Fahrer gebraucht wird und er vielleicht gerade mit den Füßen in der Ostsee steht. Ein Kollege hat ihn und seine perfekt gepackte Reisetasche zum Bahnhof gebracht. Die Wohnung fühlt sich total leer an, als ich aus der Schule komme. Mama arbeitet noch. Ich gehe von Zimmer zu Zimmer, gucke mir im Wohnzimmer die Bücher im Regal an, ziehe eins heraus, blättere darin und stelle es wieder zurück. Alles ist blöd. Ich hab nicht mal Lust, Schlager zu hören oder

mich um meine Hausaufgaben zu kümmern. Ich wünschte, wir hätten einen Hund oder eine Katze. Von mir aus auch einen Hamster, eine Farbratte, einen Putzerfisch oder ein Meerschweinchen. Irgendein atmendes Wesen. Dann hätte ich jetzt Gesellschaft und würde mich nicht so allein fühlen.
Aus lauter Langeweile schalte ich den Computer im Wohnzimmer ein, surfe ein bisschen im Internet und gucke mir ein paar Videos von Freitagsdemos an. (Falls sich jetzt jemand wundert: Nein, der PC hat keine Kindersicherung. Er ist nicht mal mit einem Passwort geschützt. Ich darf ihn jederzeit benutzen, weil meine Eltern davon ausgehen, dass ich nichts Illegales anstelle – weder ihre Bankkonten plündere noch ihre Kreditkartendaten missbrauche und auch nicht die Bundesregierung hacke. Ich bin überhaupt nicht der Typ, der bei freiem Internetzugang zu sabbern anfängt und stundenlang am Bildschirm klebt. Es ist wirklich alles okay. Ich darf das.)
In den meisten Videos, die ich mir anschaue, sind Hunderte, wenn nicht Tausende Kinder und Jugendliche zu sehen. Aber es gibt auch welche mit einzelnen Demonstranten, die einsam ihre Plakate hochhalten und tapfer lächeln, während die Leute an ihnen vorbeigehen und überhaupt nicht auf sie achten. Ob ich am Freitag auch so verloren aussehen werde?
Hoffentlich überlegt Gunhild es sich noch anders. Oder Jan-Niklas. Irgendwer. Damit ich nicht ganz alleine bin.

Plötzlich muss ich an Greta, Inga, Howey Ou und all die anderen denken. Die hatten zuerst auch nur sich selbst und ihr Schild. Genau wie ich.
„Ich schaff das!“, sage ich laut und wild entschlossen und fühle mich gleich ein bisschen weniger einsam.
Bevor ich den Computer runterfahre, schaue ich noch kurz in mein Postfach. Ich rechne eigentlich nicht damit, dass jemand auf meine Beschwerde-Mails geantwortet hat. Heute früh war der wilde Müll noch da, aber gegen Mittag war er plötzlich weg. Irgendwann zwischen der ersten und der sechsten Stunde muss er abgeholt worden sein. Rund um die Container war der Platz sogar geharkt und gefegt. Aber ob das wirklich mit meiner Nachricht zusammenhängt? Vielleicht hätte die Müllabfuhr das heute eh erledigt. Keine Ahnung.
In meinem Posteingang sind mehrere Mails. Eine ist vom Ordnungsamt, eine von der Umweltbehörde und eine von der Müllabfuhr. Wahnsinn! Mein Herz klopft. Damit hatte ich wirklich nicht gerechnet.
Die Mails klingen fast gleich, stelle ich beim Lesen fest. Ein bisschen so, als hätten die voneinander abgeschrieben. Wahrscheinlich haben die Leute in den Ämtern vorgefertigte Antworttexte auf ihren Festplatten, überlege ich. Die klicken sie bei Bedarf einfach an, fügen noch das eine oder andere hinzu und schicken das Ganze ab. Das klingt dann ungefähr so:

Sehr geehrte Frau Blume,
wir bedanken uns für Ihren Hinweis, den wir an die zuständige Fachabteilung weitergeleitet haben. Dort wird man sich schnellstmöglich um die Angelegenheit kümmern.
Mit freundlichen Grüßen …

Okay, persönlich geht anders. Aber Hauptsache, der Müll ist weg, oder? Darum ging es mir schließlich. Ich muss ein bisschen kichern wegen der Anrede. *Sehr geehrte Frau Blume …* Wie sich das anhört! Wenn die wüssten, dass ihnen ein elfjähriges Mädchen geschrieben hat.
Ich bedanke mich für das Weiterleiten und das schnelle Kümmern und schreibe darunter: *Mit freundlichsten Grüßen, Ihre Jella Blume, 11 Jahre, Schülerin, Müllsammlerin & Umweltschützerin.*
Anschließend schalte ich den Computer aus und gehe in die Küche. Mein Magen knurrt. Im Kühlschrank ist noch ein Rest Pfannkuchenteig von gestern. Zusammen mit einer großen Portion Apfelmus machen Pfannkuchen satt und sind gut für die Nerven. Außerdem gehören sie zu meinen absoluten Lieblingsnahrungsmitteln. Schon bald brutzelt die erste Ladung in der Pfanne und nimmt eine goldbraune Farbe an.
Ich schalte das Radio ein, finde einen Sender, der Schlager spielt, singe mit und fange an zu tanzen, während ich den Pfannkuchen nicht eine Sekunde aus den Augen lasse und auf den perfekten

Zeitpunkt warte. Als der richtige Moment da ist, umfasse ich den Pfannenstiel mit beiden Händen, halte den Atem an und hole Schwung. Der Pfannkuchen löst sich vom Boden, fliegt in die Luft, dreht sich um die eigene Achse und landet wieder sanft in der Pfanne. Dafür hab ich lange geübt, das könnt ihr mir glauben!
Ich backe einen ganzen Stapel. So viele, wie der Teig hergibt. Drei schaffe ich locker, zwei bleiben übrig. Die futtern Mam und ich später zum Abendbrot.

Sie freut sich, als sie nach Hause kommt, und verputzt ihre Portion schneller als ich. Wir sind gerade mit dem Essen fertig und wollen abwaschen, da ruft Tom an. Er ist gut angekommen, erzählt er, und hat ein nettes Zimmer in einer kleinen Pension bezogen. – „Mit Blick aufs Meer!"
Ich beneide ihn ein bisschen, aber dann fällt mir die Beerdigung von Tante Tilda ein und der Neid ist weg. Ich denke auch noch rechtzeitig daran, ihm nicht viel Spaß zu wünschen. Schließlich ist er nicht zu seinem Vergnügen verreist, sondern aus einem traurigen Anlass.
„Bis bald", sage ich stattdessen.
Dann gehe ich in mein Zimmer und warte darauf, dass die Zeit vergeht und endlich Freitag ist.

DAS SECHSTE KAPITEL,

in dem ich mutig bin und streike, verschiedene nette Leute kennenlerne, im Klassenbuch lande und unbedingt eine Entschuldigung brauche.

Es hat funktioniert! Die Zeit hat sich selbst übertroffen und einen neuen Weltrekord aufgestellt: Heute ist Freitag. Der große Tag!
Als mein Wecker klingelt und ich die Augen aufmache, spüre ich, wie mein Herz klopft. In meinem Bauch grummelt es. Ich schaue aus dem Fenster. Alles sieht aus wie immer. Der Himmel ist blau. Die Sonne scheint. Die Kastanie wiegt sich im Wind.
Mein Protestschild liegt bereit. Ich habe es gestern Abend in der Mitte zusammengeklappt, die Schrift nach innen, und mit einem breiten, blauen Baumwollband zusammengebunden. Blau ist meine Lieblingsfarbe.
Ich bleibe liegen und lausche. In der Wohnung ist es still. Mam hat heute frei. Tom ist immer noch an der Ostsee. Er will sich mit ein paar Leuten treffen, die er von früher kennt, und morgen gegen Mittag wieder zu Hause sein. Dass ich heute für das Klima und die Umwelt streike, ist bei den beiden gar nicht richtig angekommen, glaube ich. Allerdings habe ich es auch nur

beiläufig erwähnt. Ich wollte nicht lang und breit darüber diskutieren. Ehrlich gesagt habe ich mich nicht getraut. Vielleicht hätten sie's mir doch noch verboten, wer weiß? Außerdem bin ich mir überhaupt nicht sicher, ob ich es wirklich durchziehe. Soll ich wirklich? Bin ich so mutig?
Ja. Bin ich.

„Wenn Herr Miesel fragt, wo ich bin, sagst du einfach, dass ich etwas sehr Dringendes zu erledigen habe", schärfe ich Gunhild in der Schule ein. Wir stehen auf dem Pausenhof. Es ist kurz vor zehn. Als Nächstes haben wir Kunst. Das heißt, Gunhild und der Rest unserer Klasse haben Kunst. Ich nicht.
„Die Entschuldigung kriegt er später", fahre ich fort und füge hinzu: „Vielleicht merkt er ja nicht mal, dass ich fehle."
„Natürlich merkt der das! Du kennst doch den Miesel. Der trägt dich sofort ins Klassenbuch ein." Gunhild macht ein unglückliches Gesicht. Wahrscheinlich hat sie recht. Herr Miesel, unser Kunstlehrer, ist sehr korrekt und führt eine Anwesenheitsliste. Normalerweise stört mich das nicht, aber heute wünschte ich, er wäre ein bisschen lockerer drauf.
„Egal", erwidere ich. „Ich muss jetzt echt los. Halte mir den Rücken frei. Bitte!"

Gunhild sagt nicht „Überleg es dir noch mal“ oder „Bleib lieber hier!“. Sie hält mich auch nicht am Ärmel fest. Sie nickt nur und schluckt.
Ich gebe ihr einen Knuff, hebe mein Pappschild hoch und grinse. „Ich werde schon nicht verhaftet, keine Panik. Pünktlich zu Bio bin ich wieder da. Bis dann!“
„Tschüss“, piepst sie.
Ich trabe los und drehe mich nicht mehr um.

Fünf Minuten später stehe ich vor dem Rathaus. Ich hab mir diesen Platz extra ausgesucht. Er ist nicht weit entfernt von der Schule, sodass ich locker hin und her joggen kann, ohne kostbare Zeit zu verlieren. Außerdem kommen hier immer viele Menschen vorbei. Hier ist das Zentrum der Stadt. Ich hätte mich natürlich auch auf unseren Schulhof oder vor die beliebten Müllcontainer am Sportplatz stellen können, aber ich glaube einfach, dass ich hier in der Stadtmitte mehr Aufmerksamkeit bekomme. Darum geht es doch schließlich, oder? Um Aufmerksamkeit für die Umwelt, fürs Klima und all die Probleme, die es gibt und um die wir Menschen uns endlich kümmern müssen.
Meine Hände zittern. Ich hole tief Luft, zähle im Stillen bis drei und versuche, mich zu entspannen. Dann klappe ich das Schild auf und halte es vor meinen Bauch. Es fühlt sich merkwürdig an. SEHR merkwürdig sogar.

Eine Kindergartengruppe biegt um die Ecke. Ein Knirps zeigt mit dem Finger auf mich und fängt an zu kichern. Ich werfe ihm einen grimmigen Blick zu.

„Hey, man zeigt nicht mit dem Finger auf andere“, sage ich streng. „Außerdem steh ich nicht zum Spaß hier. Es geht auch um deine Zukunft. Möchtest du irgendwann in einem Meer schwimmen, in dem es mehr Plastik als Fische gibt? Oder mit einer Sauerstoffmaske herumlaufen, weil die Luft so verpestet ist, dass du nicht mehr atmen kannst?“

Zwei kleine Mädchen gucken mich erschrocken an. Ich schiebe die Augenbrauen zusammen.

Eine der Erzieherinnen deutet lächelnd auf meinen Bauch. „Vielleicht solltest du dein Schild lieber richtig herum halten?“, schlägt sie freundlich vor. „Damit man es besser lesen kann?“
„Was? Oh, nee … Danke!“ Ich werde knallrot. Mein schöner Protestspruch stand auf dem Kopf! Kein Wunder, dass der Kleine mich ausgelacht hat. Obwohl – kann der überhaupt schon lesen? Ich drehe die Pappe blitzschnell um und lächele verkniffen. Die Kinder stolpern weiter. Der Knirps kichert immer noch. Ich strecke ihm die Zunge raus.
Kurz darauf bleibt ein älteres Ehepaar vor mir stehen. Der Mann beugt sich vor und versucht, meinen Spruch zu entziffern. Wo ist das Problem? Soll ich ihm den Satz etwa laut vorlesen? Ich hab doch schon extra groß geschrieben! Ich hebe das Schild ein bisschen höher und halte es ihm direkt unter die Nase. Er liest Wort für Wort.
„Komm, Walter!“ Seine Frau zupft ungeduldig an seiner Strickjacke.
„Guck mal, Klärchen. Das Mädel will die Erde aufräumen“, sagt Walter und mustert mich neugierig. „Ist das nicht diese Gretel aus Dänemark?“
„Sie meinen bestimmt Greta aus Schweden“, sage ich freundlich. „Aber nein, die bin ich nicht.“
„Ach“, meint Walter bedauernd. Er sieht eigentlich ganz nett aus.

„Wir sind alt. Das geht uns nichts mehr an“, sagt Klärchen energisch. „Nun komm!“
Stimmt, denke ich bei mir. Ihr seid alt. Aber was ist mit uns Kindern? Haben wir nicht ein Recht darauf, auch so alt zu werden?
Ich weiß nicht, ob ich lachen oder weinen soll. Nur eins weiß ich genau: In diesem Moment wäre ich lieber in der Schule. Dann würde ich jetzt gemütlich neben Gunhild im Kunstraum sitzen. Wir würden uns über alles Mögliche unterhalten, dabei kichern und abstrakte Kringel und Kreise in Linoleumplatten ritzen oder ein fröhliches Bild tuschen. Ich hätte nicht gedacht, dass es sich so seltsam anfühlt, ein Schild festzuhalten und zu streiken. Nach einer halben Stunde wird es zudem ziemlich anstrengend. Meine Beine schlafen ein. Ich trete von einem Fuß auf den anderen und versuche, das Gewicht zu verlagern. Ob ich mich kurz hinsetzen kann? Nur für ein paar Minuten? Klar, warum nicht? Streiken geht auch im Sitzen!
Ich hocke mich auf eine halbhohe Backsteinmauer zwischen den Parkplätzen und der Eingangstür. Eine ganze Zeit lang passiert überhaupt nichts. Unzählige Menschen huschen vorbei, ohne mich zu beachten. Aus lauter Langeweile fange ich irgendwann an, von tausend rückwärtszuzählen.
„Müsstest du nicht in der Schule sein?“, unterbricht mich ein mittelalter Mann mit Anzug und Aktentasche. Er bleibt vor mir

stehen, während er sich weiterhin sein todschickes, mattgoldenes Smartphone ans Ohr presst. Allerdings scheint er nicht wirklich zu telefonieren. Sonst hätte er mich wohl kaum angesprochen.
„Klar, normalerweise schon. Aber ich streike gerade.“ Ich zeige ihm mein Schild.
„Ganz allein?“
Ich nicke.
„Respekt.“ Er hebt einen Daumen und lächelt. „Du solltest vielleicht ein paar Handzettel verteilen, damit die Leute die Fakten nachlesen können und verstehen, worum es dir geht.“
„Handzettel? Fakten?“
„Ja.“ Er nickt. „Schreib auf, was dich zu diesem Streik bewogen hat, und zeige Alternativen auf, was wir besser machen können. Klimaschonend reisen, zum Beispiel. Bahn fahren statt fliegen. Öfter mal mit dem Rad zur Arbeit fahren statt mit dem Auto. Fahrgemeinschaften bilden.“
„Erneuerbare Energien nutzen. Solarstrom, Wind- und Wasserkraft“, fahre ich aufgeregt fort. „Weniger Fleisch essen. Den Müll trennen und recyceln. Plastik vermeiden. Gemüse und Obst aus der Gegend essen, statt das Zeug aus dem Supermarkt zu kaufen, das mit dem Flugzeug um die halbe Welt gekarrt werden muss. Und vielleicht nicht jedes Jahr ein neues Handy kaufen.“
Die letzte Bemerkung kann ich mir nicht verkneifen. Auch wenn ich nicht viel davon verstehe, ist es nicht zu übersehen, dass sein

Telefon nagelneu ist und garantiert sauteuer war. Er scheint es mir nicht übel zu nehmen.
„Genau“, meint er und schaut nachdenklich auf das kleine Gerät. „Ich wünsch dir viel Erfolg!“
„Danke – auch für den Tipp!“ Ich winke ihm hinterher.
Handzettel? Da hätte ich auch selbst drauf kommen können.
Wie versprochen bin ich pünktlich zu Bio wieder in der Schule. Ich falte mein Schild zusammen und schiebe es in das Fach unter dem Tisch. Gunhild atmet erleichtert auf.
„Wie wars?“, will sie sofort wissen.
„Komisch und cool. Und auch ein bisschen langweilig“, antworte ich wahrheitsgemäß. „Nächstes Mal nehme ich mir was zu schreiben mit. Oder einen Zeichenblock und Stifte. Dann hab ich was zu tun. Und Frühstück, was zu trinken. Daran habe ich überhaupt nicht gedacht.“ Ich hole mein Pausenbrot aus dem Rucksack und packe es aus. Ich hab echt Kohldampf!
„Nächstes Mal?“, wiederholt Gunhild entsetzt, während ich kaue. „Heißt das etwa, dass du das jetzt regelmäßig machen willst?“
„Klar. Das ist doch der Sinn der Sache. – Hat der Miesel was gesagt, weil ich nicht da war?“ Ich zerbeiße ein Radieschen und trinke anschließend meine Wasserflasche halb leer.
„Er wollte wissen, wo du bist. Ob du krank bist oder so. Ich hab ihm erzählt, dass du ins Rathaus musstest, wegen irgendeiner wichtigen Sache. Er hat dich trotzdem ins Klassenbuch eingetra-

gen.“ Gunhild senkt die Stimme. „Zwei unentschuldigte Fehlstunden … Schöner Mist. Und du hast dich unerlaubt vom Schulgelände entfernt. Wenn das rauskommt, Jella!“

„Ja, danke. Ich weiß. Miesel kriegt nächste Woche eine Entschuldigung.“ Ich zucke mit den Schultern. Was sind schon zwei Fehlstunden gegen die drohende Klimakatastrophe? Das unerlaubte Entfernen vom Schulgelände ist natürlich kein Klacks. Was, wenn mir etwas passiert wäre? Wäre ich dann überhaupt versichert gewesen? Keine Ahnung. Daran hab ich ehrlich gesagt keinen Gedanken verschwendet. Aber mir ist ja nichts passiert, beruhige ich mich selbst.

„Eine Entschuldigung von deinen Eltern?“, hakt Gunhild nach.

„Nee, von unserem Bundespräsidenten persönlich.“ Ich grinse. Gunhild ist manchmal ein bisschen schwer von Begriff. „Natürlich von meinen Eltern. Was denkst du denn?“

Wir haben noch ein paar Minuten, bis der Unterricht anfängt. Ich erzähle ihr von den interessanten Begegnungen, die ich heute hatte. Von dem blonden Knirps über Walter und Klärchen bis zu dem Anzugtypen mit dem teuren Handy.

Sie hört gespannt zu. „Und keiner hat gemeckert, dass du da einfach rumgestanden und protestiert hast?“

„Nö. Die fanden das alle ganz gut, glaub ich. Gemeckert hat jedenfalls keiner.“ Ich versenke die Frühstücksbox in meinem Rucksack und hole das Biobuch und den Hefter raus. Alles in allem bin ich mit dem ersten Streik meines Lebens sehr zufrieden. Wenn ich beim nächsten Mal Handzettel verteile, erreiche ich vielleicht noch ein bisschen mehr Aufmerksamkeit. Das wäre schön. Vielleicht schließt Gunhild sich mir ja doch noch an. Jetzt, wo sie weiß, dass ich es überlebt habe. Je mehr wir sind, desto besser!

„Herr Miesel hat mich ins Klassenbuch eingetragen, weil ich heute in Kunst gefehlt hab", erzähle ich nachmittags nach der Schule. „Ich muss nächste Woche eine Entschuldigung mitbringen. Am besten eine, die bis auf Weiteres gilt."

Ich sitze zu Hause in der Küche, trinke Apfelschorle und knabbere an einem selbst gebackenen Kokoskeks. Mama steht am Herd. Sie dreht sich zu mir um.

„Wieso bis auf Weiteres? Und warum hast du überhaupt in Kunst gefehlt?" Sie hält einen Holzlöffel in der Hand, mit dem sie gerade in der Tomatensuppe gerührt hat, die es zum Abendbrot geben soll.

„Na ja, ich hab heute doch gestreikt. Und nächsten Freitag und übernächsten und überübernächsten wieder. Am besten schreibst du mir eine Entschuldigung, die gleich bis zum Ende des Schuljahres reicht." Ich grinse.

Mama grinst nicht, im Gegenteil. Sie zieht die Stirn kraus. „Gestreikt?", fragt sie. „In der Schule?"
„Nein, vor dem Rathaus. Wegen *Fridays for Future*. Das weißt du doch." Ich mache ein unschuldiges Gesicht.
„Ich weiß nur, dass du ein Schild für eine Demo gemalt hast." Sie dreht sich wieder um, setzt einen Deckel auf den Kochtopf und legt den Löffel auf einen Teller. „Dann hast du heute also den Unterricht geschwänzt und bist mit deinem Schild zum Rathaus gelaufen?"
„Joa, kann man so sagen." Ich druckse ein bisschen herum.
Ich hatte etwas mehr Begeisterung erwartet. Okay, vielleicht nicht gerade wegen der Entschuldigung, aber für meinen Streik schon. „Ich hab extra Kunst genommen, weil ich da auf einer Eins stehe und Linolschnitt auch zu Hause machen kann. Wir haben jeden Freitag eine Doppelstunde. Das passt perfekt."
„Ach, Jella …", seufzt Mam. „Ich wünschte, du hättest vorher mit mir darüber gesprochen."
„Aber das hab ich doch! Vielleicht hast du nur nicht richtig zugehört?"
„Ja, vielleicht." Mama seufzt noch einmal. Aber wenigstens lächelt sie jetzt. So richtig sauer scheint sie also nicht zu sein.
„Schreibst du mir die Entschuldigung?", bohre ich nach.
Sie holt Luft und überlegt. „Erst mal nur für die versäumten Stunden von heute", erwidert sie schließlich. „Über alles Weitere

müssen wir mit Tom sprechen, wenn er morgen wieder da ist. Einverstanden?"

„Klar, von mir aus", sage ich zufrieden und nehme mir noch einen Keks. Mama strubbelt mir durch die Haare.

„Als ich so jung war wie du, hätte ich mich das bestimmt nicht getraut. Später war ich oft auf Demos, aber da war ich schon fast erwachsen."

„Besser spät als nie." Ich gurgele mit Apfelsaft. Meine Mutter lacht. Sie ist wirklich ziemlich cool.

„Wer war denn noch alles dabei?", erkundigt sie sich beiläufig. „Deine ganze Klasse? Auch welche von den Lehrern?"

„Hä?"

„Na, du wirst ja wohl nicht ganz alleine gestreikt haben, oder?" Sie guckt mich an.

„Doch, hab ich", antworte ich schulterzuckend. „Gunhild hatte zu viel Schiss. Jan-Niklas hat sich Sorgen um sein Zeugnis gemacht. Und die anderen hab ich gar nicht erst gefragt. Vielleicht mach ich das noch. Heute war ja erst mal so eine Art Probelauf."

„Jella!" Mama stöhnt auf. Das klingt jetzt nicht mehr so happy.

„Komm doch nächsten Freitag mit", schlage ich vor. „Du bist schließlich Mitglied bei *Parents for Future*. Oder demonstrieren Eltern nicht?"

„Doch, sicher", murmelt sie. „Mittlerweile haben sich sogar sehr viele Erwachsene den Protesten angeschlossen. Wissenschaftler,

Künstler, Eltern und Großeltern … Die Demos gibt es ja nun schon eine ganze Weile. Deshalb wundert es mich wirklich, dass es hier bei uns noch keine Aktionen gibt. Sprecht ihr in der Schule denn nicht darüber?“

„Nö, nicht wirklich. Höchstens bei Frau Münte in Erdkunde. Aber auch nur, wenn es zufällig zu dem Kram passt, den wir gerade durchnehmen.“

„Seltsam. Schließlich betrifft die Klimakrise uns alle. Es ist doch das Mindeste, das im Unterricht zu behandeln. Es ist so ein wichtiges Thema! Vielleicht sogar das wichtigste überhaupt.“ Sie greift nach dem Kochlöffel.

„Aber hallo!“, bestätige ich. „Statt übers Klima zu reden, müssen wir uralte Gedichte auswendig lernen und komische Muster in Linolplatten schnitzen. Als ob uns das in der Zukunft was bringen würde. Ehe unsere Lehrer sich mit unseren Sorgen beschäftigen, tragen die uns lieber ins Klassenbuch ein. Echt blöd.“

„Ich kann mir nicht vorstellen, dass alle Lehrer so sind“, sagt Mama nachdenklich.

Nein, ich eigentlich auch nicht. Schließlich gibt es inzwischen sogar eine *Teachers for Future*-Gemeinschaft. Außerdem muss ich fairerweise zugeben, dass außer Gunhild und Jan-Niklas niemand von meiner heutigen Freitagsdemo wusste. Hätte ich mich vor die Schule gestellt, hätte sich die Sache vielleicht anders entwickelt. Möglicherweise wäre ich dann nicht lange allein geblieben.

Vielleicht hätte sich sogar ein Lehrer für meine Aktion interessiert. Wer weiß?

„Ich werde es nächsten Freitag einfach mal ausprobieren", beschließe ich. „Dann stelle ich mich nicht vors Rathaus, sondern auf den Schulhof und halte da mein Schild hoch. Mal sehen, was passiert."

„Mach das", sagt Mama. „Im Fernsehen gab es erst kürzlich einen Bericht über eine Schule, an der Eltern, Schüler und Lehrer sich zusammengeschlossen haben, um gemeinsam für *Fridays for Future* zu arbeiten. Wenn die Kinder dort an den Freitagsdemos teilnehmen, ist es ganz offiziell kein Schwänzen mehr."

„Die brauchen überhaupt keine Entschuldigung?", staune ich.

„Nein." Mama schüttelt den Kopf. „Da ziehen alle an einem Strang. Die Kinder, ihre Eltern, der Schuldirektor und das gesamte Lehrerkollegium."

„Boah", murmele ich schwer beeindruckt.

DAS SIEBTE KAPITEL,

in dem meine Mutter sich seltsam benimmt, ich eine total bescheuerte Idee habe, einen Besen festhalte und einer freundlichen Kuh beim Grasen zuschaue.

Am Tag darauf holen wir Tompa vom Bahnhof ab. Unsere Stadt ist nicht besonders groß. Der Bahnhof logischerweise auch nicht. Er besteht aus einem stillgelegten Bahnwärterhaus mit vernagelten Fenstern, einem potthässlichen grauen Toilettencontainer, einem Fahrkartenautomaten und zwei Bahnsteigen, womit er insgesamt sehr übersichtlich ist. Auf dem einen Gleis reist man ab, auf dem anderen kommt man an. Ganz einfach.

Mam und ich stehen an Bahnsteig A und warten auf den Regionalexpress. Am Himmel ist kein Wölkchen zu sehen. Die Sonne scheint. Es ist ultraheiß. Und das, obwohl noch nicht mal richtig Sommer ist, sondern meteorologisch gesehen immer noch Frühling. Wenn das so weitergeht, werden nicht nur die Polkappen schmelzen, sondern auch die Bahngleise. Von meinen Gehirnzellen ganz zu schweigen. Es fühlt sich an, als wäre mein Gehirn ein klebriger Klumpen aus weich gekochten Nudeln. Zum Glück kommt in dieser Sekunde der Zug. Die Bremsen quietschen, die

Türen öffnen sich. Tom steigt mit einer Handvoll anderer Fahrgäste aus und schaut sich suchend um. Mama winkt mit beiden Händen. Ich würde gerne loslaufen und mich an Toms Hals hängen, um ihn zu begrüßen, aber der bloße Gedanke daran, so viel Energie aufbringen zu müssen, führt dazu, dass ich mich gleich noch schlapper und nudeliger fühle. Er hat uns eh schon entdeckt und kommt auf uns zu. Wir machen eine Familienumarmung, bei der meine Eltern mich beinahe zwischen sich zerquetschen.

Ich kann mich mit letzter Kraft befreien und stupse Tom an.

„Wie wars denn so?“, will ich wissen. „Hast du mir eine Muschel mitgebracht? Eine Ohrenqualle mit Ostseewasser in einem Marmeladenglas? Ein bisschen frischen Seetang vielleicht?“

„In meinen Schuhen ist bestimmt ein halbes Pfund Sand vom Strand. Den kannst du gerne haben.“ Er lacht.

Dann machen wir uns auf den Heimweg. Unterwegs kaufen wir uns ein Eis und schlecken es im Gehen. Meine Mam hat zwei Kugeln Rote-Beete-Eis mit Sahne, Krokant und Lakritzstreuseln in ihrer Waffel. Rote-Beete-Eis. Ich wusste gar nicht, dass es so was gibt. An und für sich ist das ja schon eklig genug. Aber mit Sahne, Krokant und Lakritz obendrauf? Oh, Mann! Das klingt für mich ungefähr so prickelnd wie Grünkohl mit Vanillesoße. Oder Nusstorte mit Senf. Also absolut würg, örks, bäh.

Ich lutsche meine Schokoeiskugel ohne jeden Schnickschnack

und rastere die ganze Zeit mit den Augen den Fußweg ab, ob irgendwo Müll herumliegt, den ich aufsammeln und entsorgen kann. Erstaunlicherweise entdecke ich nur eine schmuddelige Pappschachtel und eine leere Pfandflasche. Die Schachtel landet im nächsten Abfalleimer. Die Flasche stelle ich daneben. Vielleicht möchte jemand die abgeben und freut sich über das Pfandgeld.
„Was machst du da eigentlich?", fragt Mam misstrauisch.
„Müll sammeln", antworte ich. „Siehst du doch."
Meine Eltern wechseln einen vielsagenden Hochgezogene-Augenbrauen-Blick, den ich einfach ignoriere, indem ich mich weiter dem schmelzenden Schokoladeneis und meiner Mission widme.

Zu Hause erklärt Tom uns, dass er vor dem Auspacken und Erzählen erst mal unter die Dusche muss. Er sieht müde aus. Nicht gerade wie fast eine Woche am Meer. Aber er war ja auch nicht zum Urlaub da.
Ich verschwinde in meinem Zimmer und setze mich an den Schreibtisch. Wenn ich nächsten Freitag wirklich Handzettel verteilen möchte, sollte ich mir vielleicht einige Gedanken über den Inhalt machen.
Um besser überlegen zu können, stülpe ich mir die Kopfhörer meiner Mini-Anlage über die Lauscher und trällere mit der

Sängerin im Duett, aber irgendwelche zündenden Ideen habe ich nicht. Im Gegenteil: Je länger ich nachdenke, desto weniger gefällt mir der Vorschlag von dem Anzugtypen. Schließlich müsste ich nicht nur den passenden Text entwerfen, sondern das Ganze auch ausdrucken. Und zwar nicht nur eine Handvoll Blätter, sondern einen dicken Stapel. Ich würde Strom, Tinte und Papier verbrauchen und gleichzeitig einen Haufen Müll produzieren, wodurch die Aktion nicht nur viel zu teuer, sondern auch mies für die Umwelt wäre. Jeder weiß doch, wie es läuft, wenn einem jemand im Vorbeigehen einen Zettel in die Hand drückt: Man wirft einen flüchtigen Blick darauf und stopft den Flyer anschließend in den nächsten Abfallkorb. Nee, das geht wirklich nicht. Sorry, Anzugtyp. Da bleibe ich lieber bei meinem Papp- und Klappschild. Das ist nämlich die geniale Zweitverwertung für so einen alten Karton und außerdem voll recycelfähig. Falls das Ding irgendwann kaputtgeht, kommt es einfach in einen Papiercontainer und ich bastele mir aus einer anderen Pappe ein neues Schild.

Ich nehme die Kopfhörer ab und lehne mich zurück. Aus dem Wohnzimmer kommen gedämpfte Stimmen. Meine Eltern unterhalten sich. Ich kann nicht genau verstehen, worum es geht, aber plötzlich werden ihre Stimmen lauter. Besonders die meiner Mutter.

„Und wie stellst du dir das vor?“, fragt sie.

Tompa brummt eine Antwort. Mam lacht.

„Ausgeschlossen!“, höre ich sie rufen.

In den nächsten Tagen sind meine Eltern total verpeilt. Bei Tom ist das ja nichts Neues. Der ist einfach von Natur aus chaotisch. Daran habe ich mich längst gewöhnt. Aber meine Mam? Die hat normalerweise alles im Griff. Und jetzt verlegt sie Sachen, sucht ständig nach etwas und hört gar nicht richtig zu, wenn ich sie etwas frage. Gestern hat sie sogar vergessen, auf dem Heimweg vom Büro einzukaufen. Ob ihre Zerstreutheit damit zusammenhängt, dass ihr Arbeitsvertrag demnächst ausläuft? Gut möglich. Darüber haben die beiden sich nämlich am Wochenende unterhalten. Die Stelle in der Steuerkanzlei war von Anfang an auf ein Jahr befristet, wegen einer Krankheitsvertretung, aber insgeheim haben meine Eltern natürlich gehofft, dass Mama länger dort bleiben kann. Vielleicht sogar unbefristet, also für immer. Ihre Chefin hat sich noch nicht endgültig entschieden. Das ist natürlich blöd. Vielleicht sollte Mam sie einfach jeden Tag löchern und so lange nerven, bis die irgendwann Ja sagt und einen neuen Vertrag rausrückt? Oder soll sie sich lieber schon mal in einem anderen Büro bewerben? Das ist vermutlich gar nicht so einfach, denn so viele Steuerberater gibt es hier in der Gegend nicht.

Heute ist Donnerstag. Ich hatte Handballtraining und bin müde. Die Hausaufgaben hab ich schon erledigt und es mir gleich danach auf meinem Hochbett gemütlich gemacht, um zu lesen. Mit meinem letzten Buch bin ich fertig. Leider hat Ulla mir noch kein neues Lesefutter vorbeigebracht, weshalb ich die alten Bücher aus meinem Regal einfach noch mal lese, bevor es Nachschub gibt. Das macht mir nichts aus. Über Karlsson vom Dach kann ich immer noch lachen, obwohl ich dafür eigentlich zu alt bin und die Geschichte auswendig kenne. Na und? Manche Kinderbücher werde ich bestimmt auch als Erwachsene noch lieben und immer wieder lesen. Die sind wie ein kleiner Schatz, den ich behalten und mit mir herumschleppen werde. Egal, wo ich später wohne: Es muss immer genug Platz für meine Lieblingsbücher geben. Das ist mindestens so wichtig wie ein Garten.
Klopf-klopf, macht es an der Tür.
Ich rufe laut „Herein!“.
Mama steckt ihren Kopf ins Zimmer. „Stör ich dich?“
„Nö.“ Ich lasse Karlsson sinken. „Was gibts?“
Sie schiebt sich ein Stück weiter herein. „Ist zufällig noch was von der Marzipanschokolade übrig, die neulich auf deinem Schreibtisch lag?“, fragt sie und grinst verlegen.
„Ähm, nein.“
„Schade.“
Ja, das finde ich auch. Die war nämlich echt lecker.

„Seit wann stehst du auf Schokolade?“ Ich mustere meine Mutter mit gerunzelter Stirn. Normalerweise sind Tom und ich die Naschkönige in unserer Familie. Meine Mam knabbert höchstens mal eine Handvoll Studentenfutter, Pistazien oder Lakritz. Aber Schokolade? Das kommt nur zu Ostern oder Weihnachten vor. Wenn überhaupt.
„Ach, ich weiß auch nicht …“ Sie winkt ab. „Ich hatte plötzlich Appetit auf Marzipan. Ist nicht so tragisch. Dann esse ich eben einen Apfel.“
„Okay“, sage ich gedehnt. „Hast du mir inzwischen die Entschuldigung für Kunst geschrieben? Die brauch ich morgen. Also, die für letzte Woche und dann noch die, die bis auf Weiteres gilt.“
„Oje, daran hab ich überhaupt nicht mehr gedacht. Ist morgen wirklich schon wieder Freitag? Unglaublich, wie die Zeit rennt! Ich bin noch gar nicht dazu gekommen, mit Tom darüber zu sprechen.“ Mama lächelt.
Ich spüre, dass meine Stirn schon wieder Wellen schlägt. Wenn das so weitergeht, bin ich spätestens mit zwölf total runzelig.
„Mensch, Mama“, sage ich vorwurfsvoll.
„Du willst es also wirklich durchziehen und morgen wieder streiken?“, fragt sie, ohne auf meinen vorwurfsvollen Tonfall einzugehen.
„Na, sicher! Was denn sonst?“ Ich lasse mich rücklings in den Kuschelkissenberg sinken, starre an die Decke und seufze ab-

grundtief. „Morgen und nächste Woche und übernächste und überübernächste. So lange, bis es nicht mehr nötig ist!"
„Ich glaube, mir war nicht bewusst, dass es dir damit so ernst ist. Entschuldige."
Wie bitte? Hat sie das wirklich gerade gesagt? Ich richte mich ruckartig auf. Das Karlsson-Buch rutscht mir vom Bauch. Mam steht vor meinem Bett und guckt mich an. Ich hole tief Luft, bevor ich antworte.
„Es ist mir ernst", sage ich dann. „Und wie!"
„Du bist noch so jung", wendet Mama ein. „Erst elf."
„Ich weiß selbst, wie alt ich bin. Das ist doch kein Argument!" Ich rolle mit den Augen.
„Die Kinder, die man im Fernsehen auf den Demos sieht, sind aber ein ganzes Stück älter als du. Das sind schon fast junge Erwachsene. Du kannst doch nicht die ganze Last der Welt auf deine Schultern nehmen, Jella!"
Nein, das kann ich nicht. Schließlich bin ich nicht Atlas, dem Zeus das Schleppen des Himmelsgewölbes aufgebrummt hat.
„Aber ein klitzekleines Stück von der Last kann ich trotzdem tragen", beharre ich, woraufhin sie nichts mehr sagt, sondern nur noch seufzt.

Am nächsten Morgen liegt ein Brief an die Schulleiterin neben meinem Frühstücksteller. Was da wohl drinsteht? Der Umschlag ist leider zugeklebt. Hauptsache, es ist eine Entschuldigung für letzte Woche und heute drin. Da verlasse ich mich jetzt einfach mal drauf, sonst kann ich den Streik gleich vergessen. Ich kann mir ein zufriedenes Grinsen nicht verkneifen.

„Guten Morgen! Hast du gut geschlafen?“ Mama erwähnt den Brief komischerweise auch nicht. Sie stopft gerade einen Haufen Grünzeug – Moment, waren das wirklich gerade Brennnesseln? – in den Mixer, gibt etwas Wasser und Zitronensaft dazu und schaltet das Gerät ein. Bevor sie auf die Idee kommen kann, mir etwas von dem neonfarbenen Kaulquappensmoothie anzubieten, kippe ich blitzschnell eine Ladung Knuspermüsli in eine Schale.

„Morgen. Ja, hab ich“, antworte ich nuschelnd. „Smoothie brauch ich heute nicht. Ich hab schon Müsli.“

„Dann nimmst du ihn einfach mit in die Schule. Ich fülle dir gleich was ab.“ Meine Mutter fährt ungerührt damit fort, bergeweise grüne Blätter, Stängel, Gurkenstücke und Kräuter zu schreddern. Ich glaube, es entspannt sie, dem Gequirle zuzuschauen. Außerdem ist Grün in allen Abstufungen ihre Lieblingsfarbe. Da kommt also eins zum anderen. Nur wer muss es ausbaden? Richtig, die arme Jella. Okay, manchmal auch Tompa, aber der schläft noch, der Glückliche. Ich würde gerne mit ihm tauschen. Das heißt, eigentlich doch nicht. Schließlich ist heute Freitag. Der allerwichtigste Tag der Woche. Ich will meinen Streik nachher auf dem Schulhof abhalten. Wie das wohl wird? Ich bin gespannt.

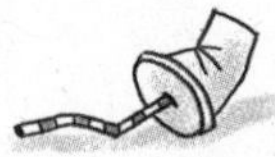

Es ist die bescheuertste Idee meines Lebens, mich mit dem Protestschild vor die Schule zu stellen. Das wird mir in dem Moment klar, als ich die Pappe aufklappe und meine Position in der Mitte des Pausenhofes einnehme. Es hat gerade zum Unterricht geklingelt. Die Pause ist vorbei. Vielleicht hätte ich lieber abwarten sollen, bis wirklich alle in ihren Klassen verschwunden sind? Einige Nachzügler latschen betont langsam an mir vorbei. Drei davon sind Gina, Filiz und Annelene. Ausgerechnet die! Sie glotzen mich an.

„Hey, Müll-Trine!", ruft Gina sofort.

„Wo ist deine schicke Latzhose?", erkundigt sich Annelene.

„Sammelst du heute wieder Windeln?", fragt Filiz. „Und was soll das mit dem Schild?"

„Wenn du lesen könntest, wüsstest du's", erwidere ich betont freundlich.

Sie bauen sich vor mir auf. Gina stößt das Pappschild mit dem Finger an und grinst gemein.

„Wie süß", sagt sie spöttisch. „Die Kleine macht hier einen auf *Fridays for Future*!"

Filiz und Annelene kringeln sich vor Lachen.

„Freut mich, dass ihr das so lustig findet. Habt ihr eine Freistunde? Es hat schon zweimal geklingelt." Ich hebe die Augenbrauen und lächele lieb. „Nicht, dass ihr wegen mir Ärger bekommt."

Gina stupst noch einmal gegen mein Schild. Etwas härter als vorher. Ich trete vorsichtshalber einen halben Schritt zurück. Ich möchte nicht, dass sie mit ihrem spitzen Zeigefinger ein Loch in mein schönes Schild bohrt. Ihre Fingernägel sind ziemlich lang und in einem grässlichen Violett lackiert.

„Die Einzige, die hier Ärger kriegt, bist du!", zischt sie.

Garantiert sind in dieser Sekunde unzählige Handys von Mitschülern auf uns gerichtet und zig Augenpaare starren uns an, jede Wette. Ich spüre das irgendwie. Trotzdem schaffe ich es, weiter zu lächeln und meinen Blick stur geradeaus zu richten. Die verschwommenen Silhouetten hinter den Fenstern der verschiedenen Klassenräume versuche ich genauso zu ignorieren wie die drei Mädchen vor mir. Es funktioniert ganz gut. Aus den Augenwinkeln bemerke ich nur den einen oder anderen hochgereckten Daumen hinter spiegelndem Glas. Und Gunhilds Gesicht erscheint für eine Sekunde am geöffneten Fenster des Kunstraums. Sie hat den Mund zu einem großen O geformt und verschwindet gleich wieder. Es sieht witzig aus. Ein bisschen wie beim Kasperletheater.

Dann biegt urplötzlich unser Hausmeister Sigmar Düvelsbeek um die Ecke. Er trägt seinen Lieblingsbesen vor sich her. Ich bin mir sicher, dass es sein Lieblingsbesen ist, denn ohne den geht er kaum irgendwohin. Vielleicht liegt es an den hübschen knallroten Borsten?

Der Hausmeisterkittel flattert im Wind, als Sigmar auf uns zutrabt.

„Was ist das hier für eine Versammlung?“, ruft er schon von Weitem. „Habt ihr die Glocke nicht gehört?“

„Ooh-oh“, sage ich leise. Mehr nicht.

„Wir sprechen uns noch!“ Gina funkelt mich fies an. Kurz darauf gibt sie ihren Freundinnen ein Zeichen und dreht sich um. Annelene und Filiz folgen ihr wie zwei gehorsame Chihuahuas.

Jetzt bin ich allein mit meinem Pappschild und Sigmar Düvelsbeek. Ich kaue auf der Innenseite meiner Wange und schlucke trocken. Unser Hausmeister meckert zwar hin und wieder, aber meistens ist er eigentlich ganz nett.

„Was ist mit dir?“, fragt er und baut sich vor mir auf.

„Was soll mit mir sein? Ich streike“, antworte ich fest.

Er betrachtet zuerst mich, dann den Spruch auf meinem Schild, kratzt sich hinter dem Ohr und brummt etwas. In der nächsten Sekunde klingelt es in seiner linken Kitteltasche.

„Das ist die Chefin. Da muss ich rangehen“, sagt er und drückt mir den Besenstiel in die Hand, während er ein altmodisches Klapptelefon aus der Tasche zieht. Seine Chefin ist vermutlich unsere Schuldirektorin. Wer sonst?

„Jawohl“, höre ich Sigmar schnarren. „Selbstverständlich“ und: „Wird sofort erledigt!“
Ich stehe die ganze Zeit mit seinem rotborstigen Besen und meinem Schild da und komme mir ein bisschen doof vor.
„Du sollst dich im Sekretariat melden“, sagt Sigmar zu mir, als er das Gespräch beendet hat und sein antikes Handy wieder in den Tiefen der ausgebeulten Kitteltasche verschwunden ist. Ich schiebe ihm lässig den Besenstiel rüber.
„Ich? Wieso?“, will ich wissen.
Sigmar zuckt mit den Schultern. „Beeil dich lieber“, rät er mir.
„Okay.“

Eine Minute später stehe ich im Sekretariat. Frau Moldenhauer, die Schulsekretärin, nickt mir zu und sagt, dass ich gleich durchgehen kann. „Frau Borken-Hagen wartet schon auf dich. Das da“ – sie deutet auf mein Pappschild – „kannst du hierlassen.“
„Nein, danke.“ Ich klappe das Schild in der Mitte zusammen und klemme es mir unter den Arm. Was für Sigmar sein Besen ist, ist das Protestschild für mich: Ohne das gehe ich nirgendwohin. Schon gar nicht zur Schulleiterin.
Ich klopfe an, warte auf das laute Herein und öffne dann die Tür. Frau Borken-Hagen sitzt hinter dem Schreibtisch wie die alte Königin von England auf dem Thron. Oder wie eine Gottesanbeterin vor ihrer Beute. Ihr wisst schon, das sind diese

seltsamen grünen Insekten, die wie Aliens aussehen. Streng, würdevoll und ein winziges bisschen furchteinflößend.

Ich bin kurz davor, einen Hofknicks zu machen, überlege es mir aber anders. Ich weiß nämlich gar nicht, wie man so einen Knicks macht, und möchte auf keinen Fall stolpern.

„Ach, Jella … Da bist du ja.“ Die Gottesanbeterin schaut auf und mustert mich über den Rand einer Lesebrille. Ihre Strickjacke ist perfekt mit dem silbergrauen Farbton ihrer leicht gewellten Haare abgestimmt. Weil sie mir nicht anbietet, mich hinzusetzen, bleibe ich stehen. „Kannst du mir sagen, warum du nicht im Unterricht bist?“

„Klar kann ich das. Ich streike.“ Mein Herz klopft ziemlich heftig, aber Angst habe ich nicht. Warum sollte ich auch? Schließlich habe ich nichts Verbotenes getan. Ich hab sogar eine Entschuldigung! Die steckt säuberlich zusammengefaltet in meiner Hosentasche. Ich ziehe sie hervor, versuche sie ein bisschen zu glätten und lege sie auf Frau Borken-Hagens Schreibtisch.

„Was ist das?“, fragt sie mich.

„Eine Entschuldigung dafür, dass ich nicht im Kunstunterricht bin“, antworte ich.

Die Direktorin öffnet den Umschlag, zieht den Brief meiner Mutter heraus, faltet ihn sorgfältig auseinander und fängt an zu lesen, wobei sie die ganze Zeit leise vor sich hin murmelt, was ungefähr so klingt: „Na, das ist ja, murmel-murmel … So geht das aber nicht, murmel-murmel …“, und schließlich: „Wenn das jeder machen würde, murmel-murmel …“

Ich wippe leicht auf den Zehenspitzen meiner Turnschuhe und betrachte ein Ölgemälde, das hinter ihr an der Wand hängt. Es zeigt eine grasende Kuhherde im Sonnenschein.

„Aber es wäre doch super, wenn das jeder machen würde“, sage ich zu der Kuh ganz links. Sie hat rotbraunes Fell und ein freundliches Gesicht. Aus ihrem Maul hängt ein langer Grashalm. Ich zwinkere ihr zu. Sie blinzelt zurück. Aber vielleicht bilde ich mir das auch nur ein.

„Wie bitte?“ Frau Borken-Hagen guckt mich verwirrt an.

„Ich fände es super, wenn es jeder machen würde“, erkläre ich geduldig. „Für unser Klima streiken, meine ich. Auf der ganzen Welt gibt es inzwischen Demos und Aktionen. Nur bei uns nicht. Das möchte ich gerne ändern.“

„So funktioniert das aber nicht, Jella.“ Die Schulleiterin seufzt. „Du kannst dir nicht einfach ein Schild umhängen und dem Unterricht fernbleiben, wie es dir passt.“

„Ich habe eine Entschuldigung“, erinnere ich sie.

Frau Borken-Hagen seufzt noch einmal und streicht ihre silbergraue Haartolle zurecht.

„Deine Mutter schreibt hier, dass du dir Sorgen um die Umwelt und die Zukunft machst und mit deinem Protest ein Zeichen setzen möchtest“, entgegnet sie. „Das kannst du natürlich gerne

tun. Allerdings nicht auf dem Schulgelände und auch nicht während der Schulzeit. Da hast du, genau wie alle anderen, im Unterricht zu sitzen. Verstehst du, was ich meine?"
„Ja, klar! Sie wollen mir sagen, dass Ihnen meine Sorgen total egal sind und dass ich gefälligst in meiner Freizeit demonstrieren soll, weil zwei Stunden Kunst für meine Zukunft wichtiger sein sollen als eine heile Umwelt und ein Klima, in dem ich ohne Gasmaske atmen kann", antworte ich empört. „So funktioniert das aber erst recht nicht!"
„Doch", beharrt sie. „Genau so funktioniert es. So und nicht anders. Haben wir uns verstanden? Keine Demos mehr während der Schulzeit, Jella!"
Ich schiebe die Augenbrauen zusammen. „Heißt das etwa, dass meine Entschuldigung nicht gilt?"
„Für vergangenen Freitag und für heute werde ich sie akzeptieren", erwidert sie. Es klingt, als würde sie mir einen riesengroßen Gefallen tun. „Falls es noch einmal vorkommen sollte, werden die unentschuldigten Fehlstunden allerdings im Klassenbuch und in deinem nächsten Zeugnis vermerkt. Das werde ich auch deinen Eltern mitteilen. Und jetzt gehst du bitte in den Unterricht. Den versäumten Stoff musst du selbstverständlich nachholen."
„Das hatte ich sowieso vor", schnaube ich trotzig.
„Fein. Dann sind wir uns ja einig." Frau Borken-Hagen lächelt zuckersüß.

Einig? Von wegen! Ich lächle nicht. Kein Stück, im Gegenteil. Ich bin stocksauer und schnaube immer noch, als ich ihr Büro längst verlassen habe. In meinem Hals steckt ein dicker, fetter Kloß. Am liebsten würde ich losheulen. Aber Tränen bringen mich jetzt auch nicht weiter. Nur meine Füße können das. Und mein Mut. Meine Füße müssen mich aus der Schule tragen und mein Mut muss mir helfen, dass ich mich traue weiterzumachen. Es wäre doch gelacht, wenn nicht!

DAS ACHTE KAPITEL,

in dem ich den Notausgang nehme, weil es nicht anders geht, ein Interview gebe und plötzlich nicht nur im Klassenbuch, sondern auch in der Zeitung stehe. Bin ich jetzt etwa berühmt?

Ich denke überhaupt nicht daran, den Rest der Doppelstunde im Kunstraum abzusitzen. Niemals! Schließlich bin ich für heute entschuldigt. Und selbst wenn ich keine Entschuldigung hätte, würde ich mich nicht aufhalten lassen. Von niemandem. Nicht mal von der Gottesanbeterin mit ihren silbernen Haaren oder Sigmar und seinem Lieblingsbesen.

Mit quietschenden Sohlen flitze ich durch die leeren Flure und springe einen Treppenabsatz hinunter. Der Haupteingang ist vormittags während des Unterrichts abgeschlossen, aber im Untergeschoss gibt es eine Seitentür, die im Notfall unser Fluchtweg ist und sich ohne Schlüssel von innen öffnen lässt, falls es mal brennt, Gas austritt oder jemand Amok läuft.

„Fluchtweg – das passt doch!“, knurre ich vor mich hin, während ich zwei Stufen auf einmal nehme. Ich drücke die Eisentür mit der Schulter auf und zucke zusammen, als sie hinter mir ins Schloss fällt. Jetzt gibt es wirklich kein Zurück mehr.

Ich bleibe kurz stehen, dann renne ich quer über den Schulhof. Es ist mir total egal, ob mich jemand sieht.
Als ich am Sportplatz vorbeilaufe, sehe ich, dass sich bei den Containern schon wieder jede Menge Müll angesammelt hat. Kaputte Möbel, verbeulte Eimer und Plastikfässer, von denen ich lieber nicht wissen will, was da drin ist. Dazu Kartons und verschnürte Müllsäcke … Es ist zum Heulen. Ich ziehe das Handy aus der Hosentasche und halte an, um ein Foto zu machen.
Minuten später stehe ich vor dem Rathaus und klappe mein Protestschild auf. Vollkommen aus der Puste, aber zufrieden.
Allerdings merke ich recht schnell, dass heute noch viel weniger los ist als beim letzten Mal. Die paar Leute, die den Eingang benutzen, neben dem ich stehe, scheinen es sehr eilig zu haben. Niemand liest mein Schild. Keiner fragt mich, was ich hier tue.
Bis plötzlich eine Frau auftaucht. Sie ist blond, noch ziemlich jung, und steckt in einem schicken Sommeranzug mit weißen Streifen. An ihrer linken Schulter baumelt eine Kamera an einem Riemen.
„Hallo", sagt sie lächelnd.
„Tach", erwidere ich und halte mein Schild ein bisschen höher.
„Entschuldige, dass ich dich einfach so anspreche." Sie schiebt sich eine Haarsträhne hinters Ohr. „Mein Name ist Kira Rautenberg. Ich arbeite dort drüben in der Redaktion. Ich hab dich vom Fenster aus gesehen." Sie zeigt auf die gegenüberliegende

Straßenseite. Das rote Backsteingebäude ist der Sitz des Grimmelsburger Tagesboten. So heißt unsere Zeitung.
„Sie sind vom Tagesboten?“, frage ich argwöhnisch.
„Ja, ich bin Volontärin.“
„Okay.“ Ich hab keine Ahnung, was eine Volontärin ist, aber Zeitung klingt interessant. „Wollen Sie mich etwa interviewen?“
„Genau deshalb bin ich hier!“ Frau Rautenberg lacht und sieht dabei sehr nett aus. „Ich würde dir gern einige Fragen stellen. Was du hier machst, wer du bist und was es mit deinem Schild auf sich hat. Wärst du damit einverstanden?“
„Warum nicht? Kommt das dann in die Zeitung?“, frage ich zurück.
„Wenn du einverstanden bist, ja.“
„Cool“, sage ich und meine es auch so. Ich finde es wirklich supercool, dass sich eine Zeitungsdame für mich interessiert und ein Interview mit mir führen will. So was ist mir noch nie passiert. Das heißt, doch. Gunhild und ich und der Rest unserer Mannschaft waren schon mal im Tagesboten, als wir ein Handballturnier gewonnen haben. Aber das ist schon ewig lange her. Außerdem war das Foto so winzig und verschwommen, dass wir kaum zu erkennen waren. Wir sind auch nicht interviewt worden. Und ich hab eine blöde Grimasse gemacht. Das hier ist etwas ganz anderes!
Mein Herz wummert. Ich bin total aufgeregt, als wir uns neben-

einander auf die Mauer setzen, die Volontärin und ich, aber ich versuche, es mir nicht anmerken zu lassen. Ich lehne das Schild gegen meine Beine und atme tief ein, während Frau Rautenberg ein Diktiergerät aus der Jackentasche zieht und es einschaltet.
„Möchtest du mir vielleicht zuerst ein bisschen über dich erzählen? Wie du heißt, wie alt du bist …", sagt sie und hält mir das Ding unter die Nase.
„Klar." Ich räuspere mich. „Ich heiße Jella und bin elf. Normalerweise gehe ich in die Stadtwaldschule und hätte jetzt Kunst, aber meine Mutter hat mir eine Entschuldigung geschrieben, damit ich streiken kann."
„Auf deinem Schild steht, dass du nicht dein Zimmer aufräumen möchtest, sondern die Erde. Warum?"
„Weil das total wichtig ist", antworte ich. „Ich möchte, dass wir alle besser mit der Erde umgehen. Wir haben nur die eine, und die machen wir kaputt. – Moment, ich zeig Ihnen mal was …" Ich ziehe mein Handy hervor und klicke das Foto an, das ich vorhin von dem Müllhaufen am Sportplatz gemacht habe. „Der Platz wurde erst vor ein paar Tagen sauber gemacht. Und jetzt sieht es da schon wieder so aus. Das ist doch nicht okay, oder?"
Frau Rautenberg betrachtet das Foto und schüttelt den Kopf.
„Nein, das ist absolut nicht in Ordnung", stimmt sie mir zu.
„Genau wie dieser zugemüllte Platz hinter der Schule sieht unsere Erde aus", sage ich. „Fast überall auf der ganzen Welt!"

Frau Rautenberg seufzt. Ich gucke sie an.
„Anstatt die Natur, die Tiere, die Bäume, die Luft, die Meere und die Umwelt zu beschützen, zerstören wir alles", murmele ich. „Ich möchte einfach, dass sich das ändert. Deshalb habe ich das Schild gemalt und stelle mich freitags hierhin."
Neben mir seufzt Frau Rautenberg noch einmal. Ich glaube, sie hat verstanden, worum es mir geht.
„Aber du könntest doch auch nachmittags hier stehen oder am Wochenende. Du müsstest nicht die Schule schwänzen, um zu protestieren", wendet sie ein.
„Es gäbe garantiert nicht so viel Aufmerksamkeit, wenn Kinder und Jugendliche nur samstags demonstrieren würden", antworte ich. „Erst, als sie während der Schulzeit gestreikt hat, hat Greta für Aufsehen gesorgt und ist bekannt geworden."
„Du hältst dich also für eine zweite Greta Thunberg?"
„Nein, ich bin Jella!", widerspreche ich sofort.
Frau Rautenberg lächelt. „Du stehst ganz alleine hier", fährt sie fort. „Wie kommt das?"
„Keine Ahnung." Ich zucke mit den Schultern. „Viele trauen sich einfach nicht. Oder sie denken, dass sie eh nichts bewirken können, weil sie noch zu jung sind. Ich dachte das zuerst auch. Aber dann hab ich mir überlegt, dass jeder bei sich selbst anfangen muss. Also hab ich einfach angefangen. Auch wenn ich deswegen jetzt Stress in der Schule kriege", füge ich hinzu.

„Oje, das tut mir leid." Frau Rautenberg schaltet das Diktiergerät aus. „Ich drücke dir die Daumen, dass du ganz viele Mitstreiter für deine Aktion findest. Vielleicht kann mein Artikel ein bisschen dazu beitragen. Ich finde es jedenfalls toll, was du machst. Du bist wirklich mutig."
„Na ja, geht so …", murmele ich verlegen.
„Darf ich jetzt noch ein Foto von dir und deinem Schild machen?" Sie steht auf und nimmt die Kamera in die Hand.
Ich nicke. „Wann erscheint das Interview?"
„Ich schreibe den Artikel gleich in der Redaktion fertig. Dann erscheint er direkt in der Wochenendausgabe."
„Morgen schon?"
„Jepp!"
Ich bleibe auf der Mauer sitzen und halte mir das Schild vor den Bauch, wobei ich sehr darauf achte, es möglichst gerade und vor allem richtig herum zu halten. Soll ich lächeln? Oder lieber ernst gucken? Ich entscheide mich für ein ernstes Gesicht. Schließlich ist das Thema, um das es geht, nicht lustig.
Frau Rautenberg macht mehrere Aufnahmen aus verschiedenen Perspektiven. Anschließend schauen wir sie uns gemeinsam auf dem Display an und wählen eins aus.
„Das da finde ich gut", sage ich und zeige mit dem Finger auf ein Foto, das mich von weiter weg zeigt. Mit dem Rathauseingang, etwas blauem Himmel und einem Baum im Hintergrund, aber

doch nah genug dran, dass man die Schrift auf meinem Schild lesen kann.
„Ja, das gefällt mir auch. Das nehmen wir." Meine Interviewerin nickt zufrieden. „Vielen Dank, dass du mir deine Zeit geschenkt hast, Jella."
„Danke, gleichfalls", sage ich. „Also, dass Sie mich gefragt haben, was ich hier mache und so." Ich verhaspele mich ein wenig, aber sie lacht nur darüber.
„Musst du zurück in die Schule? Soll ich dich schnell fahren? Mein Auto steht da drüben." Sie zeigt auf eine Parkbucht, in der ein gelber Kleinwagen steht.
„Nee, vielen Dank. Ich habs nicht weit." Ich hüpfe von der Mauer, klappe die Pappe zusammen und schiebe sie mir unter den Arm. „Ich geh gern zu Fuß. Ist auch besser fürs Klima."
Frau Rautenberg wird tatsächlich rot. Dabei hab ich es gar nicht böse oder vorwurfsvoll gemeint.
„Trotzdem danke für das Angebot", sage ich schnell und grinse breit.
„Du hast ja recht", erwidert sie verlegen.
Wir geben uns die Hand und verabschieden uns voneinander. Sie verschwindet im Zeitungsgebäude und winkt mir noch einmal zu. Ich winke zurück und jogge in Richtung Schule, wo mich wahrscheinlich nicht nur Gunhild erwartet, sondern auch ein Haufen Ärger, weil ich vorhin einfach abgehauen bin.

Erstaunlicherweise hält sich der Ärger in Grenzen. Herr Miesel hat mich zwar als fehlend eingetragen, aber ein Entschuldigt-Häkchen dahinter gesetzt, erzählt Gunhild mir, als ich nach kurzem Sprint den Schulhof erreiche und sofort von ihr in Empfang genommen werde. Es ist große Pause. Im Handumdrehen werde ich von Mitschülern umringt, von denen ich nicht einmal die Hälfte persönlich kenne. Was wollen die alle von mir?
„Ey, du bist auf YouTube", blökt mir ein schlaksiger Junge ins Ohr.
„Was?" Ich starre zuerst ihn, dann Gunhild an. Die zuckt mit den Schultern.
„Hab ich auch schon gehört", sagt sie. „Angeblich hat jemand ein Video von dir ins Internet gestellt. Von vorhin, als du mit Gina, Annelene und Filiz gesprochen hast. Herr Düvelsbeek ist auch mit drauf. Ihr wurdet schon richtig oft angeklickt und geteilt. Wahnsinn! Vielleicht wirst du jetzt berühmt?"
„Ach, du grüne Ameise!" Mehr fällt mir dazu nicht ein.
Zum Glück klingelt es in dieser Sekunde. Ich ziehe Gunhild am Ärmel hinter mir her. Diese geballte Aufmerksamkeit ist mir eindeutig zu viel. Zuerst das Interview und jetzt das hier … Was soll das? Ich bin doch kein Internetstar!
Ich wüsste zu gerne, wer das Video online gestellt hat. Wir dürfen unsere Handys nicht während der Schulzeit benutzen. Das WLAN ist passwortgeschützt und die Passwörter wechseln ständig. Höchstens im Computerraum hat man mal Zugriff darauf.

„Krass, oder?“, murmelt Gunhild neben mir.
„Voll krass“, bestätige ich nickend.
„Ich kanns kaum erwarten, mir das Video anzugucken. Du nicht auch? Hoffentlich bist du gut getroffen!“ Gunhild hat knallrote Wangen. Das sehe ich, als ich sie von der Seite anschaue und ihr einen Vogel zeige.
Wir holen unsere Sachen aus dem Spind und laufen zum Bio-Raum. Dort angekommen schiebe ich mich in die dritte Reihe auf den äußersten Platz am Fenster, lasse meine Stirn auf die Tischplatte sinken und stöhne leise vor mich hin.
„Ich bin müde. Ich will hier weg“, flüstere ich.
Gunhild tätschelt mitfühlend meine Schulter.

Nein, ein Internetstar bin ich nicht direkt. Wohl eher eine Art Zeitungsstar. Allerdings erst am nächsten Morgen.
Es ist Samstag. Ich hab schlecht geschlafen und bin schon früh wach. Natürlich hab ich mir gestern nach der Schule gleich das Video angeguckt. Nicht nur ein- oder zweimal, sondern den ganzen Abend. Immer wieder, von vorne bis hinten. Ungefähr hundert Mal bestimmt. Allerdings ist in dem kurzen Film nicht besonders viel zu sehen. Der- oder diejenige hat einfach mit dem Handy von oben durch ein geschlossenes Fenster gefilmt, weshalb

ich kaum zu erkennen bin. Jedenfalls nicht, wenn man nicht genau weiß, dass ich es bin, die da mit einem Pappschild auf unserem Schulhof steht. Ich könnte sonst wer sein. So wie damals auf dem verschwommenen Mannschaftsfoto. Die drei Modepuppen springen dagegen voll ins Auge. Und Sigmar sowieso. Das hängt sicher mit seinem Markenzeichen zusammen, dem Besen und dem Hausmeisterkittel.

Meinen Eltern habe ich das Video noch nicht gezeigt. Ich hab ihnen auch nichts von dem Interview erzählt. Es hat sich gestern Abend einfach kein passender Moment ergeben. Meine Mam war mit ihren Gedanken mal wieder ganz woanders – vielleicht bei einem neuen Job? Gut möglich – und Tom musste arbeiten. Sie waren beide nicht wirklich ansprechbar.

Jetzt liege ich in meinem Bett – wie gesagt, es ist noch früh – und lausche auf die Geräusche, die aus der Küche dringen. Eine Tasse klirrt, ein Messer fällt scheppernd auf den Boden. Es hört sich an, als würde Tompa den Tisch decken oder es zumindest versuchen. Auf dem Nachhauseweg vom Taxifahren hat er wie immer frische Brötchen geholt. Ich schließe die Augen, schnuppere und bilde mir ein, den Bäckerduft bis in mein Zimmer zu riechen. Dann springe ich aus dem Bett und reiße das Fenster weit auf.

„Hallo, neuer Tag! Guten Morgen, alte Kastanie!“, rufe ich. Weder der Tag noch die Kastanie antworten mir. Wäre ja auch zu schön. Nach einem kurzen Umweg übers Badezimmer laufe ich in die

Küche. Als ich um die Ecke biege, höre ich Toms Stimme. Kein Wunder, er spricht wirklich sehr, sehr laut.

„Jella schwänzt die Schule, du schreibst ihr eine Entschuldigung und ich erfahre das aus der Zeitung?", sagt er gerade. „Ich dachte, mich trifft der Schlag!"

„Jetzt reg dich doch nicht so auf", brummt meine Mutter. Sie sitzt am Küchentisch, einen Teebecher vor sich, und lächelt müde.

„Ich will mich aber aufregen!" Tom steht am Fenster und wedelt mit dem Grimmelsburger Tagesboten.

„Was ist denn hier los?", mische ich mich vorsichtig ein.

„Kleines Mädchen, ganz groß! – Das ist hier los!", blökt Papa. Er wirft mir die Zeitung zu. Sie ist schon ein bisschen zerknittert. Kein Wunder, es sah gerade so aus, als wollte er sie erwürgen. Trotzdem erkenne ich mich sofort. Das Foto ist gestochen scharf. Nicht so wie das verschwommene Mannschaftsfoto. Ich stehe vor dem Rathaus, den Baum hinter mir, mein Protestschild vor mir, und schaue direkt in die Kamera.

Kleines Mädchen, ganz groß! – so lautet die Schlagzeile über dem Foto. Darunter ist das Interview von Frau Rautenberg abgedruckt. Da steht auch mein Name. Er springt mir regelrecht ins Auge. Es fühlt sich seltsam an.

Jeder, der sich heute eine Zeitung kauft, sieht das Foto und meinen Namen, denke ich erschrocken. Jeder kann lesen, was ich gesagt habe. Bin ich jetzt etwa berühmt? Werde ich auf der Straße erkannt und angesprochen? Brauche ich Autogrammkarten? Ach, herrje … Ich hoffe nicht!

„Warum hast du denn gar nichts davon erzählt?", fragt Mama. Sie wartet auf meine Antwort. Papa kommt mir zuvor.

„Ja, es wäre schön gewesen, wenn mich jemand vorgewarnt hätte", knurrt er.

„Das ging irgendwie alles so schnell." Ich zwinge mich zu einem Lächeln, obwohl mir eher nach Heulen zumute ist. „Zuerst der Stress mit Frau Borken-Hagen, dann das Interview … Auf YouTube bin ich übrigens auch. Aber ihr müsst euch nicht aufregen", sage ich schnell. „Ich bin wirklich kaum zu erkennen."

Tompa stöhnt auf und fährt sich mit den Fingern durch die Haare, die ohnehin schon in alle Richtungen abstehen. Mama trinkt einen Schluck Tee. Ich staune, wie ruhig sie bleibt. Vielleicht ist in der großen Kanne Baldriantee. Dann hätte ich auch gerne einen Becher. Aber zuerst sollten wir vielleicht Tom etwas davon einflößen. Der hätte es am nötigsten.

Ich setze mich vorsichtig an den Tisch und betrachte die Brötchen. Ob ich mir eins nehmen darf? Ich bin wirklich hungrig.

„Jetzt sag doch mal, wie es zu dem Interview gekommen ist." Mama schiebt mir den Brötchenkorb hin. „Das muss doch total spannend gewesen sein!"

„Ja, klar. Genau wie das Schulschwänzen", grummelt mein Stiefadoptivpapa.

„Tom!“, sagt Mama streng und schenkt sich frischen Tee ein.
„Was denn?“, fragt er.
„Ich habe nicht geschwänzt“, stelle ich klar und nehme mir ein Brötchen. „Ich habe gestreikt. Das mache ich jetzt jeden Freitag.“
Tom zuckt zusammen, aber wenigstens setzt er sich hin.
Ich schneide das Körnerbrötchen in der Mitte durch, bestreiche die eine Hälfte mit Erdnussbutter, die andere mit Erdbeermarmelade, drücke sie fest zusammen und beiße ein großes Stück ab. Dann fange ich an zu erzählen. Von dem Müll, über den ich jeden Tag stolpere, von meinen Mails an die Stadtverwaltung, meinem ersten Streiktag, von den Kindergartenkindern, Klärchen, Walter und dem Anzug-Typen mit dem teuren Handy, von meinen viel zu ängstlichen Mitschülern, den fiesen Modeziegen, meiner unerfreulichen Unterhaltung mit Frau Borken-Gottesanbeterin-Hagen, der netten Kuh auf dem Gemälde mit dem Grashalm im Maul, meiner Flucht aus der Schule und schließlich von der Begegnung mit Frau Rautenberg und dem bescheuerten YouTube-Video.
„Tja …“, beende ich meinen Vortrag. „Und deshalb steh ich heute in der Zeitung.“
Ich verputze den Rest des unfassbar leckeren Brötchens mit zwei Bissen, spüle mit einem Glas Hafermilch hinterher und rülpse.
Meine Eltern wechseln einen langen, schweigenden Blick. Dann gucken sie mich an.

„Du bist genau wie deine Mutter", murmelt Tom seufzend.
„Ist doch gut, oder?", erwidere ich grinsend. „Schließlich hast du dich mal in sie verliebt. Also musst du sie ziemlich toll gefunden haben. Wenn ich jetzt genau wie sie bin, bin ich also auch ganz schön toll!"
Mama prustet in ihren Tee. Es sieht so witzig aus, dass ich laut lachen muss. Tompa schüttelt den Kopf, aber irgendwie schmunzelt er dabei. Wenigstens innerlich. Das sehe ich genau.

DAS NEUNTE KAPITEL,

in dem ich noch mehr Fehlstunden sammle, mein Leben von einer unglaublichen Neuigkeit erschüttert wird, ich mir Gedanken über die Überbevölkerung in Zeiten des Klimawandels mache und zum Schluss noch mein Unterkiefer runterfällt.

Nach diesem Wochenende mit dem Zeitungsartikel stehe ich erst recht im Mittelpunkt, das war ja klar. Nicht nur in der Schule, sondern auch beim Handballtraining und bei uns in der Nachbarschaft – überall werde ich auf das Interview und meinen Streik angesprochen. Ich weiß langsam nicht mehr, was ich antworten soll.

Gunhild will ein Autogramm von mir, weil ich jetzt fast berühmt bin, wie sie sagt. Aber das geht echt zu weit. Der Rummel um meine Person gefällt mir nicht. Schließlich geht es nicht um mich, sondern um das Klima und die Umwelt. Ich versuche einfach, ganz normal ich zu sein und mein Ding durchzuziehen. Von wegen berühmt … Ich doch nicht!

Etwas Gutes hat der Artikel trotzdem: Nach und nach schließen sich mir andere Mitschüler an. Es sind zwar nicht viele, aber das macht nichts. Manche kommen sogar von anderen Schulen. Es ist ein gutes Gefühl, nicht mehr die Einzige zu sein, die sich Sorgen um unsere Zukunft macht. Nur leider hält das Interesse bei den meisten nicht lange an. Schon bald verpufft die erste Begeisterung. Andere Dinge rücken in den Vordergrund. Und irgendwann, so nach zwei, drei Wochen, bin ich doch wieder alleine. Wie vorher stehe ich mit meinem Schild vor dem Rathaus, muss jedes Mal danach zu Frau Borken-Hagen, bekomme jede Woche einen weiteren Eintrag ins Klassenbuch und eine neue Entschuldigung von meiner Mam.

Tom regt sich immer noch auf. Er meint, ich solle lieber samstags in der Fußgängerzone demonstrieren. Dann hätte ich keine Fehlstunden in der Schule und würde außerdem viel mehr Leute erreichen. Wahrscheinlich hat er recht. Samstags ist die Stadt voller Menschen, die ihre Einkäufe erledigen. Ich bleibe trotzdem bei den Freitagen.

Bis – tja, bis zwei unerwartete Neuigkeiten mein bisheriges Leben komplett auf den Kopf stellen und mein kleines Universum ganz schön aus dem Gleichgewicht bringen.

Aber der Reihe nach …

Die Zeit vergeht wie nix. Ungefähr so schnell, wie Gras zum Wachsen braucht. Also fast überschallmäßig. Bald fangen die Sommerferien an. Auf die freue ich mich riesig, obwohl wir dieses Jahr zu Hause bleiben. Verreisen ist nicht drin, hat Mama neulich gesagt. Aber das stört mich nicht. Schon allein das Gefühl, Ferien zu haben, ist doch großartig, oder? Ausschlafen, in Ruhe lesen, Musik hören, ins Freibad oder ins Kino gehen, rumbummeln und einfach mal die Langeweile genießen. Das kann ich supergut. Natürlich werde ich in den Ferien auch weiter jeden Freitag streiken, das habe ich mir fest vorgenommen. Die Klimaveränderung macht schließlich auch keinen Urlaub. Vielleicht demonstriert Gunhild ausnahmsweise mit. Und vielleicht werde ich die freie Zeit nutzen, um mir ein neues Schild zu pinseln. Das alte sieht inzwischen etwas mitgenommen aus. Besonders seit ich neulich in strömendem Regen gestanden habe. Ich weiß nicht, was nasser war: die Pappe oder meine Socken. Auf jeden Fall hatte ich am nächsten Tag Halsschmerzen. Aber die sind inzwischen zum Glück wieder weg.

Heute ist Sonntag, mein absoluter Lieblingstag. Wir haben ausgeschlafen und sitzen bei offener Balkontür am Frühstückstisch. Die Sonne macht dem Tag alle Ehre und strahlt von einem knallblauen Himmel. Im Hof tschilpen Spatzen. Auf dem Tisch steht eine Vase mit bunten Blumen, und im Radio dudelt mein Lieblingssender, der rund um die Uhr nur Schlager spielt. Es ist ein richtig schöner Frühsommersonntagmorgen.
Ich löffele gechillt mein Knuspermüsli und wippe mit dem Fuß zur Musik, als meine Mam die Bombe platzen lässt. Zuerst trinkt

sie einen großen Schluck Tee, dann rutscht sie auf ihrem Stuhl hin und her, bis sie plötzlich verkündet: „Ich glaube, ich bin schwanger!"

Tom spuckt den Kaffee aus, den er gerade im Mund hatte. Ich verschlucke mich an meinem Müsli. Mama schiebt sich eine Locke hinters Ohr und lacht über unsere verdatterten Gesichter.

„Ich habe vorhin einen Test gemacht. Er ist positiv. Natürlich weiß ich, dass das kein hundertprozentig sicheres Ergebnis ist", fügt sie hinzu und tupft die Kaffeepfütze rund um Toms Teller mit einer Serviette auf. „Aber so, wie ich mich in letzter Zeit gefühlt habe, ist es ziemlich wahrscheinlich."

„Aber, aber …", stammelt Tompa, als er wieder sprechen kann.

Ich würge das Müsli herunter und krächze: „Wie hast du dich denn in letzter Zeit gefühlt?"

„Ziemlich schwanger", erwidert Mama grinsend. „Zuerst war mir ständig übel, dann war ich hundemüde. Ich habe Appetit auf die seltsamsten Sachen und mitten in der Nacht Fressanfälle, durch die ich bestimmt schon zwei Kilo zugenommen habe. Mindestens."

Sie streichelt ihren Bauch. Besonders dick sieht der gar nicht aus, finde ich. Höchstens vielleicht ein bisschen gewölbt. Doch dann denke ich an die Magenverstimmung, die Walrossgeräusche aus dem Badezimmer, die Gewürzgurke mit Senf, die sie, ohne mit der Wimper zu zucken, verputzt hat. Wenn ich das alles zusammenzähle und mit den vielen Malen multipliziere, die sie neuerdings vor dem Fernseher einschläft, noch bevor die Tagesschau anfängt, passen die einzelnen Puzzlestücke perfekt zusammen.

Meine Mutter bekommt ein Baby. Ich bekomme einen Bruder oder eine Schwester, was auch immer. Auf jeden Fall werde ich eine große Schwester. Dabei war ich vor fünf Minuten noch ein Einzelkind! Oh, Mann ... Das ist doch total verrückt!

Halt, Moment! Wie ist das eigentlich bei adoptierten Stiefvätern, die nicht der richtige Vater von einem sind? Werde ich eine Stiefhalbschwester? Eine halbe Stiefschwester? Oder eine adoptierte Halbstiefschwester?

Während ich darüber nachdenke und darauf warte, dass die Botschaft mein Gehirn erreicht, springt Tom auf. Er tanzt um den Tisch herum, zieht meine Mam hoch und umarmt sie. Beide lachen und sehen total glücklich aus. Was bleibt mir anderes übrig, als mich zwischen sie zu schieben, mit ihnen zu lachen und auch glücklich zu sein?

Wir hüpfen durch die Küche in den Flur und von da aus durch die ganze Wohnung, bis wir irgendwann total aus der Puste sind und uns im Wohnzimmer aufs Sofa werfen. Zum Glück ist das Ding wunderbar weich und breit und außerdem locker groß genug für uns drei. Ein richtiges Familiensofa eben.

„Bald – hicks! – sind wir zu viert", sagt Tompa staunend. Von all der Hüpferei und der Aufregung hat er Schluckauf bekommen.

„Wann denn?“, frage ich.
Mama zuckt mit den Schultern. „Ich weiß es nicht. Irgendwann im Herbst, hab ich ausgerechnet. Ich lasse mir gleich morgen früh einen Arzttermin geben. Dann wissen wir genau, wann es so weit ist. Aber vielleicht ist es ja auch nur falscher Alarm“, schränkt sie vorsichtig ein.
Falscher Alarm? Nee, das glaub ich nicht!
Tom auch nicht. Wir schütteln gleichzeitig die Köpfe.

Nach dem Frühstück machen die beiden einen langen Spaziergang. Ich bleib zu Hause. Wenn ich nicht sofort meine beste Freundin anrufe und ihr die Neuigkeit erzähle, platze ich wie der alte Fahrradreifen im letzten Sommer!
„Gunhild!“, brülle ich ins Telefon, kaum dass sie sich gemeldet hat. „Sitzt du?“
„Ja, auf der Toilette.“
„Wieso nimmst du dein Handy mit aufs Klo? Ach nee, vergiss es. Ich wills gar nicht so genau wissen“, sage ich. Gunhild kichert. „Ich spiele gerade Harry Potter. Hier soll irgendwo ein magischer Gegenstand versteckt sein. Krass, oder? Bei uns im Badezimmer, hihi. Gerade eben ist ein hässlicher Troll vorbeigehüpft. – Ist was passiert?“, unterbricht sie sich selbst. „Oder weshalb rufst du an?“
„Bleib sitzen und halte dich irgendwo gut fest“, rate ich ihr.
„So schlimm?“

„Schlimm nicht direkt, aber irgendwie …"
„Mann, Jella! Machs nicht so spannend!"
„Okay, du hast es so gewollt", murmele ich und dann, etwas lauter: „Meine Mutter bekommt ein Baby!"
„Wer? Was? Ein Baby? Deine Mutter? Ist die nicht schon zu alt? Das ist doch peinlich!" Gunhilds Stimme überschlägt sich fast.
„Peinlich? Wieso das denn?", will ich wissen. Ich bin ein bisschen sauer, das gebe ich zu. Ich hatte erwartet, dass sie begeistert ist. Aber das Gegenteil scheint der Fall zu sein.
„Na ja", sagt sie ziemlich vage. „Ich glaube, mir wäre es jedenfalls ziemlich peinlich, wenn meine Mutter jetzt noch ein Kind kriegen würde. In ihrem Alter …"
Ich hole tief Luft und blase die Wangen auf. So habe ich das noch gar nicht gesehen. Aber richtig alt ist Mama doch eigentlich noch gar nicht. Oder ist man mit Ende dreißig schon alt? Nee, oder?
„Freust du dich denn?", fragt Gunhild.
Ich lasse die Luft entweichen und nicke. „Irgendwie schon. Auf jeden Fall finde ich es spannend. Aber vielleicht ist es ja auch nur falscher Alarm. Sie war noch nicht beim Arzt. Sie hat nur so einen Schwangerschaftstest für zu Hause gemacht, und der war positiv."
„Hm", macht Gunhild. „Ach so."
Weil ihre Begeisterung sich in Grenzen hält und meine eigene gleichzeitig etwas schrumpft, wechsele ich das Thema und frage sie, was sie heute vorhat.

„Wollen wir vielleicht was zusammen machen? Ins Freibad oder ins Kino?“, schlage ich vor.
„Nee, geht nicht. Mein Onkel hat Geburtstag. Da fahren wir nachher zum Kaffee hin.“
„Schade.“
„Finde ich auch. Aber wir sehen uns ja morgen in der Schule. Ich muss jetzt noch ein paar magische Gegenstände finden.“
Bevor ich etwas sagen oder mich verabschieden kann, hat sie schon aufgelegt. Ich gucke mein Handy an. „Tschüss“, brumme ich eingeschnappt. „Und danke für das nette Gespräch.“

Am nächsten Vormittag fangen wir in Erdkunde ein neues Thema an. Rein zufällig geht es um das ungebremste Wachstum der Weltbevölkerung und die Konsequenzen für unseren Planeten in Zeiten des Klimawandels.
„Huch, wie passend!“, raunt Gunhild mir zu.
„Hä? Wieso?“, flüstere ich stirnrunzelnd zurück.
„Na, weil es genau dein Fachgebiet ist! Du streikst fürs Klima, und deine Eltern tragen etwas zur Überbevölkerung bei. Bingo!“ Sie prustet in ihr Federmäppchen, als wäre das ein toller Witz.
Haha, denke ich grimmig. Ist das nicht lustig? Ja, es ist nicht lustig.

Ich will etwas erwidern, aber Jan-Niklas meldet sich mit lautem Fingerschnipsen und bringt mich mit seinem Beitrag ganz durcheinander.
„Ich finde, wer heutzutage noch Kinder in die Welt setzt, hat den Knall nicht gehört“, meint er. „In den ärmsten Ländern explodieren die Bevölkerungszahlen – und genau da gibt es kaum genug zu essen. Das passt doch nicht zusammen!“
Ich starre an die Tafel. Da steht es, weiß auf grün, von unserer Erdkundelehrerin Frau Münte in Schönschrift angeschrieben: ÜBERPOPULATION IN ZEITEN DES KLIMAWANDELS.
Die Kreidebuchstaben verschwimmen vor meinen Augen. Plötzlich schäme ich mich. Gunhild und Jan-Niklas haben beide recht. Es passt tatsächlich nicht zusammen, dass meine Eltern ein weiteres Kind in die Welt setzen, während ihr erstes Kind überflüssigen Zivilisationsmüll einsammelt und jeden Freitag gegen den Klimawandel protestiert. Oder?
„Aber ich kann doch nichts dafür!“, fauche ich Gunhild an. „Denkst du etwa, ich hab mir das ausgesucht?“
„Nein.“ Sie guckt mich überrascht an. „Hey, krieg dich mal wieder ein!“
Nö, ich kriege mich nicht wieder ein. Weder in dieser Stunde noch für den Rest des Vormittags. Der Unterricht rauscht komplett an mir vorbei. Ich bekomme nicht mal die Hälfte von dem mit, was die Lehrer uns erzählen, und kritzele stattdessen die

ganze Zeit nur krumme Kringel in meine Kladde. Als es endlich zum Schulschluss läutet, stürme ich aus der Klasse und bin als eine der Ersten draußen. Nicht mal von Gunhild verabschiede ich mich. Sie ruft etwas hinter mir her, aber ich drehe mich nicht um. Ich brauche unbedingt frische Luft und Bewegung. Beides bekomme ich, indem ich den Bus sausen lasse und nach Hause jogge, so schnell es der blöde, hopsende Rucksack auf meinem Rücken zulässt. Wahrscheinlich sehe ich aus wie eine Landschildkröte, die für den nächsten Marathon trainiert. Na und? Ist mir doch egal.

Obwohl ich echt fieses Seitenstechen habe, nehme ich die Treppe hinauf zu unserer Wohnung ebenfalls im Laufschritt – immer drei Stufen auf einmal und ohne mich am Geländer festzuhalten. Oben angekommen schließe ich die Wohnungstür auf, stolpere polternd in den Flur, werfe den Rucksack mit letzter Kraft in eine Ecke und stütze mich vornübergebeugt auf die Oberschenkel, um wieder Luft zu bekommen. Tompa kommt aus seinem Arbeitszimmer. Er hält einen Brief in der Hand und macht ein verwirrtes Gesicht.

„Brennt es irgendwo?“, erkundigt er sich.

„Klar, irgendwo brennts immer“, stoße ich hervor. Ich richte mich auf und eile keuchend an ihm vorbei in die Küche. Auf der Anrichte steht eine offene Wasserflasche. Ich greife danach und trinke sie in einem Zug leer. In meinem Magen gluckst es. Ich muss rülpsen.

Tom ist mir gefolgt. Er mustert mich skeptisch und besorgt zugleich. „Jella? Geht es dir gut? Ist jemand hinter dir her?“, fragt er vorsichtig.

„Ja. Nein. Vielleicht. Such dir einfach was aus“, antworte ich schnippisch. Keine Ahnung, warum ich meine miese Laune ausgerechnet an ihm auslasse. Doch, halt! Er und Mama tragen zur Überbevölkerung bei!

Er brummt etwas Unverständliches, wirft den Brief, der aus mehreren losen Blättern besteht, auf den Tisch und wischt sich mit der Hand über die Augen, als wäre er müde. Dann holt er ein Glas aus dem Schrank, hält es unter den Wasserhahn, füllt es bis zum Rand und trinkt.

Ich werfe in der Zwischenzeit einen Blick auf die erste Seite des Schreibens. Sie sieht ziemlich wichtig aus, mit einem Wappen im Briefkopf, einem blauen Stempel und einem Siegel. Meine Wangen werden plötzlich heiß. Ist das vielleicht ein Brief von der Schulbehörde? Wegen meiner ganzen Fehlstunden? Müssen meine Eltern Bußgeld bezahlen? Müssen sie ins Gefängnis? Sieht Tompa deshalb so zerknirscht und überfordert aus? Gestern ist er noch glücklich durch die Wohnung gehopst und heute hat er lauter neue Falten im Gesicht. Ist es wegen mir? Freut er sich nicht mehr auf das Baby? Was ist hier los?

„Flieg ich von der Schule?“, frage ich laut. „Müsst ihr Bußgeld bezahlen? Tausend Euro oder wie viel? Ihr könnt es von meinem Taschengeld abziehen. Wahrscheinlich brauch ich mein ganzes Leben, um es zurückzuzahlen. Aber das ist kein Problem. Echt nicht.“

„Was?“ Er guckt mich erschrocken an. „Wovon sprichst du?“

Ich zeige auf den Tisch.

„Na, von dem komischen Brief da. Ist der vom Schulamt? Dann sags mir lieber gleich. Mein Tag ist sowieso komplett im Eimer. Viel schlimmer kann er nicht mehr werden.“

„Es heißt wegen des Briefes. Und nein, er ist nicht vom Schulamt. Wie kommst du nur darauf? Und wieso ist dein Tag im Eimer?“

Er zeigt auf die bunt lackierten Stühle, die rund um den Tisch stehen. Einer ist rot, einer blau, einer grün und einer sonnenblumengelb. Meiner ist der gelbe. „Wollen wir uns hinsetzen und darüber reden?“, schlägt Tom vor. Er klingt ganz ruhig. Nicht so, als müsste er tausend Euro Strafe bezahlen oder demnächst in den Knast.

„Von mir aus“, sage ich seufzend. „Aber du fängst an!“

„Wie du willst“, erwidert er grinsend. „Eigentlich wollte ich ja warten, bis Mama von der Arbeit kommt, damit wir es dir zusammen sagen können. Aber ich bin ganz froh, dass ich es jetzt loswerde. Ich habe nämlich das Gefühl, dass ich sonst jeden Moment explodiere.“

Ich kenne Tom seit elf Jahren. Er ist noch nie, nie, niemals explodiert.

Ich hocke mich auf meinen Stuhl und verknote die Finger.

Tompa setzt sich mir gegenüber und faltet den Brief auseinander, um ihn mir vorzulesen.

Zehn Sekunden später fällt mir der Unterkiefer herunter. Nicht wirklich natürlich. Aber es fühlt sich so an. Wie eine ausgehakte Schublade, die mir jeden Augenblick auf die Zehen fallen kann, wenn ich sie nicht festhalte.

DAS ZEHNTE KAPITEL,

in dem uns plötzlich ein ganzer Bauernhof gehört, meine Mutter tatsächlich schwanger ist und ich nicht weiß, wie ich das alles überhaupt finden soll.

„Kurz gesagt: Wir haben Tante Tildas Hof geerbt." Tom faltet den Brief zusammen und guckt mich erwartungsvoll an.

Ich gucke wortlos zurück. Ehrlich gesagt habe ich nur die Hälfte von dem verstanden, was er vorgelesen hat, weil da lauter komische Ausdrücke und Paragrafen drin vorkamen und ich außerdem die meiste Zeit damit beschäftigt war, meinen Unterkiefer festzuhalten, um zu verhindern, dass er immer wieder aufklappt.

„Geerbt", wiederhole ich, nachdem meine Kinnlade endlich eingerastet ist und ich normal sprechen kann.

„Jepp." Er nickt, als wäre es das Selbstverständlichste, Normalste und Alltäglichste der Welt, mal eben einen Bauernhof zu erben. „Das steht hier in diesem Schreiben. Tilda hat testamentarisch verfügt, dass ich ihren Hof mit allem Drum und Dran erben soll. Wahrscheinlich, weil ich früher oft bei ihr war und sie keine eigenen Kinder hatte. Natürlich wird der Hof nicht nur mir gehören, sondern uns allen. Der ganzen Familie."

„Uns allen." Ich komme mir langsam vor wie ein Papagei, der alles nachplappert.
„Ja! Ist das nicht cool?" Tom strahlt mich an.
Ich nicke stumm, während ich überlege, was von dem Hof wohl mir gehören wird. Vielleicht ein Stück vom Dach? Der Schornstein? Die Regenrinne? Eine Mauer? Ein Schuppen? Ein rostiger Briefkasten? Was soll ich damit anfangen?
„Gibt es da zufällig einen Garten?", frage ich.
„Einen ganz tollen sogar!", antwortet Tom und seine Augen funkeln vor Begeisterung. „Einen richtig schönen, uralten Bauerngarten mit knorrigen Apfel- und Kirschbäumen, Gemüse- und Blumenbeeten, einem Teich und einer Hängematte!"
„Eine Hängematte", plappert der Papagei in mir. Ich bringe ihn zum Schweigen.
„Weiß Mama das schon?", frage ich.
„Ja, ich hab sie gleich angerufen und es ihr erzählt, als ich vorhin den Brief bekommen habe." Tom trinkt noch einen Schluck Wasser.
„Und was hat sie gesagt?"
„Sie war total aus dem Häuschen! Genau wie ich." Er schiebt das leere Glas auf der Tischplatte hin und her. „Was meinst du denn dazu? Freust du dich?"
Hm, was soll ich darauf antworten? Keine Ahnung, ich fühle mich gerade ziemlich überfordert. Ich meine, eine Erbschaft – so

etwas kenne ich bisher nur aus Büchern oder aus dem Fernsehen. Ich hätte nicht gedacht, dass es das wirklich gibt. Jedenfalls nicht bei uns.

„Sind wir jetzt reich?“, frage ich. Ich hatte das eigentlich nicht laut aussprechen wollen. Es ist mir einfach so herausgerutscht.

Tom lacht. „Reicher als vorher auf jeden Fall. Zufriedener, sorgenfreier, vielleicht sogar glücklicher – falls das überhaupt möglich ist. Immerhin gehört uns jetzt bald ein Bauernhof am Meer. Wir werden ein eigenes Grundstück haben, unsere eigenen Bäume, einen Garten, ein Haus ... Aber reich wie Dagobert Duck? So reich, dass wir im Geld schwimmen können? Nein, das sicher nicht.“ Er lacht noch einmal. „Als Erstes muss ich einen Termin mit dem Notar vereinbaren. Der wird mir alles ganz genau erklären. Wer weiß, vielleicht hat Tante Tilda mir auch nur Schulden hinterlassen? Dann ist der schöne Hof nichts wert und ich werde das Erbe ausschlagen. Aber das muss ich vor Ort klären. Vorher können wir noch gar keine Pläne machen.“

„Okay“, murmele ich und überlege gleichzeitig, was er wohl mit Pläne machen meint.

Bevor ich ihn fragen kann, stupst er mich mit dem Ellbogen an und wechselt das Thema.

„Hey, du wolltest mir doch vorhin erzählen, weshalb dein Tag heute komplett im Eimer ist!“

„Ach, das ist nicht so wichtig“, sage ich ausweichend. Soll ich jetzt wirklich von der Überbevölkerung anfangen und ihm vorhalten, dass Leute wie er und Mama schuld daran sind? Er freut sich doch gerade so.

Nein, ich bringe es nicht übers Herz. Vielleicht ein anderes Mal, wenn die Gelegenheit günstiger ist.

„Herzlichen Glückwunsch“, sage ich stattdessen und stehe auf, um ihn zu umarmen.

„Danke! Ich kanns noch gar nicht richtig fassen. Aber auf jeden Fall sollten wir heute feiern. Ich lade euch schick zum Essen ein. Du darfst das Restaurant aussuchen. Was hältst du davon? Immerhin haben wir zwei gute Gründe: ein neues Familienmitglied und eine Erbschaft. Fast zur gleichen Zeit. Das ist doch wie ein Wunder, oder?“

„Wie ein doppeltes Wunder“, bestätige ich nickend.

Wenn ich das in einem Buch lesen würde, würde ich es kaum glauben, denke ich im Stillen. So etwas können sich Schriftsteller gar nicht ausdenken. So etwas passiert nur im wirklichen, richtigen Leben. In meinem Leben.

Als wenig später meine Mutter nach Hause kommt, geht es mit den turbulenten Neuigkeiten nahtlos weiter. Sie strahlt schon beim Hereinkommen wie ein rosa Einhorn, das heimlich ein Stück vom Regenbogen abgebissen hat und nun von innen heraus pures Glück und funkelnde Sternschnuppen versprüht.

Tompa und ich sitzen noch in der Küche. Wir unterhalten uns gerade über das Leben, das uns manchmal seltsam vorkommt, das aber meistens schön ist. So wie heute.

„Sitzt ihr gut?“ Mama steht im Türrahmen und sprüht jede Menge Glück und unsichtbare Sternschnüppchen in die Luft. Papa und ich nicken gleichzeitig. Meine Mutter strahlt uns an. „Ich komme gerade vom Arzt“, sagt sie und wedelt mit einem himmelblauen Heftchen, auf dem deutlich sichtbar das Wort MUTTERPASS prangt. „Es ist offiziell: Ich bin in der 16. Schwangerschaftswoche … Wir bekommen ein Baby!“

„Ja!“ Tom springt auf, nimmt sie in die Arme und wirbelt sie herum. „Hat der Arzt gesagt, was es wird? Ein Mädchen oder ein Junge?“

„Nein, dazu ist es noch zu früh. Vielleicht beim nächsten Ultraschall.“ Mam lacht. Sie wirft mir einen Blick zu und strahlt aus allen Knopflöchern. „Eigentlich möchte ich mich viel lieber überraschen lassen. Bei Jella wusste ich es bis zur Geburt auch nicht.“

Ich sitze auf meinem sonnenblumengelben Stuhl und grinse vor mich hin. So happy habe ich sie wirklich schon lange nicht mehr gesehen. Aber heißt das, dass ich jetzt auch automatisch glücklich sein muss? Glück ist doch nichts, das man einfach so anknipsen kann, oder? Manchmal dauert es ein bisschen länger, bis es ankommt. Ich freue mich, klar. Ich bin aufgeregt und neugierig

und alles. Gleichzeitig ist da ein komisches Gefühl in mir. Ein bisschen so, als würde ich träumen und könnte jeden Moment aufwachen.
„Hey, Jella …“ Mama hat sich aus Toms Umarmung gelöst und kommt zu mir. Sie kniet sich hin und nimmt meine Hände in ihre. „Alles in Ordnung?“
Ich nicke. Ja, es ist alles in Ordnung. Nur irgendwie ein bisschen anders.

Abends gehen wir dann tatsächlich in ein Restaurant, das ich aussuchen darf. Ich entscheide mich für eine Pizzeria in unserem Viertel, weil wir da zu Fuß hinlaufen können und es dort die beste Calzone der Stadt gibt. Eine Calzone ist ja eigentlich nichts anderes als eine zusammengeklappte Pizza, aber die hier – Brunos Vegetale Speciale – hat immer extra viel frisches Gemüse in sich und ist total lecker. Brunos Pizzeria ist eine Studentenkneipe, ein bisschen dunkel und unordentlich, mit Kinopostern an den Wänden und ziemlich lauter Musik, also kein schickes Restaurant. Trotzdem haben wir uns fein gemacht, denn schließlich haben wir ja etwas zu feiern. Tom hat eine schwarze Jeans und ein hellgraues T-Shirt an, das ausnahmsweise sogar gebügelt ist. Mama ist in ein kornblumenblaues Sommerkleid geschlüpft und trägt dazu hochhackige Schuhe. Ich habe eine kurzärmelige weiße Bluse und meinen karierten Faltenrock angezogen. Der kommt

nicht aus dem Tauschladen, sondern meine Oma hat ihn genäht. Meine Füße stecken wie immer in Ringelsocken und meinen bunt geblümten Lieblingsturnschuhen. Tom meint zwar, dass sich die Blumen mit den Sockenringeln und dem Karomuster des Faltenrocks beißen würden, aber das ist mir schnuppe.
„Wisst ihr schon, was ihr trinken wollt?“, fragt eine junge Kellnerin mit Kaugummi, langer Schürze und Rastazöpfen.
„Ich weiß sogar schon, was ich essen will“, antworte ich.
Sie verzieht keine Miene, sondern steht nur Kaugummi kauend da, mit ihrem Schreibblock und dem gezückten Kugelschreiber.
„Ich hätte gerne einen Tomatensaft mit zwei oder drei Eiswürfeln“, sage ich zu ihr, „und eine Calzone Vegetale Speciale.“
Nickend notiert sie meine Wünsche und die meiner Eltern, nämlich einmal Spaghetti Carbonara (Tom), einmal Rigatoni überbacken (Mam), ein kleines Bier (Tom) und eine große Apfelschorle (Mam und der Zwerg, der in ihr wohnt).
Die Getränke sind ruckzuck da. Das Essen dauert etwas länger. Bei Bruno ist immer viel los. Also unterhalten wir uns.
„Was für ein Tag!“, ruft Mama uns zu. Sie muss rufen, weil die Musik, wie gesagt, ganz schön laut ist. Dann hebt sie ihre Schorle, um mit uns anzustoßen.
Die Eiswürfel in meinem Glas, es sind zwei, surfen auf einer Tomatensaftwelle. Ich trinke schnell einen Schluck ab, bevor etwas überschwappt.

„Kaum zu glauben, wie schnell sich alles verändern kann", meint Tom. „Wenn alles gut geht, leben wir schon bald am Meer."
Er zupft eine schneeweiße Papierserviette aus einem Serviettenspender und reicht sie mir, damit ich mir den Tomatenmund abwischen kann. Ich nehme sie ihm aus der Hand, betrachte sie von allen Seiten und ziehe die Stirn kraus.
„Wer lebt am Meer?", frage ich.
Swantje und Tom gucken zuerst sich und dann mich an, als würden sie sich über meine Frage wundern.
„Wir natürlich", sagt meine Mutter ganz selbstverständlich und erstaunt zugleich. „Tom fährt nächste Woche noch einmal nach Kleefeld und trifft sich dort mit dem Notar. Wenn mit dem Erbe alles in Ordnung ist, nimmt er es an und erledigt gleich alle Formalitäten. Dann gehört uns Tante Tildas Bauernhof."
„Ihr wollt da hinziehen?" Meine Stimme klingt schrill. Sogar in meinen eigenen Ohren. „Und was ist mit mir?"
Tom trinkt einen Schluck Bier und wischt sich den Schaum von der Oberlippe. „Was soll mit dir sein? Du kommst natürlich mit!" Er stupst mich an und lacht.
Meine Finger zerreißen die Serviette in winzig kleine Fetzen, ohne dass ich es merke. Erst als nichts mehr zum Zerrupfen da ist, hören sie auf und halten still. Ich starre Tom an und bin stinksauer. „Spinnst du? Soll das ein Witz sein? Ich glaub, mein Schwein pfeift! Ich will hier nicht weg!"

Die Kellnerin kommt mit unserem Essen. Sie schiebt die Teller einfach vor uns auf den Tisch und legt das Besteck dazu. Dass der Zeitpunkt gerade nicht so super ist, scheint sie nicht zu stören.

„Habt ihr das etwa alles schon beschlossen? Ohne mich vorher zu fragen? Zuerst macht ihr bei der Überbevölkerung mit, und jetzt wollt ihr mich einfach so verpflanzen, ohne mich zu fragen? Das darf ja wohl nicht wahr sein! Gebt mich doch gleich zur Adoption frei! Ihr kriegt ja eh bald ein neues Kind." Ich strecke meine Hände aus. Die linke halte ich über Mams Teller, die Rechte über Toms. Dann öffne ich beide Fäuste gleichzeitig und lasse die Serviettenschnipsel langsam auf Toms Spaghetti und Mamas Rigatoni rieseln. Es sieht hübsch aus, fast wie Schnee.

„Jella!", rufen Mama und Tom entsetzt.

„Guten Appetit", knurre ich und fange an zu essen. Obwohl ich echt sauer bin, hab ich Hunger. Das ist immer so. Je wütender ich bin, desto mehr kann ich essen. Wahrscheinlich verbraucht Wut viele Kalorien. Ich säbele ein Stück von der Calzone ab und schiebe es mir in den Mund. Natürlich ist der Bissen zu groß und außerdem kochend heiß. Besonders die Champignons und der Brokkoli im Innern der zusammengeklappten Pizza. Noch während ich kaue, spüle ich mit Tomatensaft hinterher, wobei mir der Rest eines Eiswürfels in den Mund rutscht. Über den Rand des Glases hinweg mustere ich meine Eltern finster wie ein Todesstern und zerbeiße das kleine Eisstück krachend.

„Darüber sprechen wir noch, Jella", zischt Mama mir zu. „Du benimmst dich wirklich unmöglich!"
Tom zupft seelenruhig die Papierschnipsel aus seinen Nudeln und fängt an zu futtern. „Sie hat ja recht", mümmelt er mit vollen Backentaschen.
„Womit? Dass wir sie zur Adoption freigeben sollen?" Mama schnaubt.
„Nein", sagt Tom und schüttelt den Kopf. „Aber mit allem anderen irgendwie schon. Es gibt bald acht Milliarden Menschen auf der Welt. Ob der Planet das aushält? Im Moment sieht es nicht so aus. Aber Kinder sind die Zukunft, Jella. Wenn es keine Kinder mehr gibt, gibt es kein Morgen mehr. Dann würde alles aufhören."
Ich säbele, kaue und schlucke angestrengt. In meinem Hals steckt ein Kloß. Das Pizzagemüse muss sich sehr anstrengen, um daran vorbeizukommen.
„Natürlich sprechen wir mit dir darüber. Über alles. Auch über den Umzug", wendet sich Tom wieder an mich. „Das ist doch selbstverständlich."
An seinem Mundwinkel klebt ein Stück Serviette. Ich grinse, als ich es sehe, sage aber nichts.
„Es ist noch nichts entschieden", mischt Mama sich ein. Sie schaut mich ziemlich streng an. Im Gegensatz zu Tom hat sie ihr Essen bisher nicht angerührt. Vielleicht hat der Zwerg keinen Appetit auf Papierschnipsel?

Ich schrumpfe unter ihrem Blick. Es fühlt sich jedenfalls so an.
„Genau." Tom nickt zustimmend. „Wir wissen noch gar nicht, ob es überhaupt klappt mit dem Erbe. Aber wenn es so weit ist, überlegen wir alle gemeinsam, was das Beste ist. Ist das okay für dich?"
Ich schlucke den Kloß zusammen mit dem Gemüse hinunter und würge ein krächzendes „Okay" hervor.

Anschließend feiern wir doch noch ein bisschen. Aber erst, nachdem ich Mam geholfen habe, die Schnipsel von der Käsekruste zu entfernen. Na ja, die meisten jedenfalls. Ein paar hat sie möglicherweise mitgegessen.
„Entschuldigung wegen der Serviette", murmele ich, nachdem wir noch etwas getrunken und einen Nachtisch (lauwarmer Schokokuchen mit flüssigem Kern) gegessen haben. Tom bezahlt die Rechnung. Wir verlassen die Pizzeria und schlendern gemütlich über das alte Kopfsteinpflaster. „Ich wollte euch nicht den Abend verderben."
„Das hast du nicht." Mama tätschelt meinen Scheitel. „Mir tut es leid, dass wir dich so überfahren haben. Es ist alles ein bisschen viel im Moment, hm?"
„Ja, schon." Ich seufze.
Zu Hause angekommen sage ich, dass ich müde bin und gleich ins Bett will. Schließlich ist heute ein gewöhnlicher Wochentag.

„Gute Nacht“, sagt Tom.
„Träum was Schönes“, fügt Mama lächelnd hinzu.
„Mach ich“, verspreche ich, obwohl ich mir nicht sicher bin, dass es klappt. Wie soll ich etwas Schönes träumen, wenn sich mein Gehirn anfühlt wie eine außer Kontrolle geratene Murmelbahn? Die Gedanken schießen nur so rauf und runter, hin und her, kreuz und quer. Ab und zu stoßen sie zusammen. Dann klackert es. Und in meinem Magen liegt der Schokokuchen wie ein dicker, fetter Stein, der immer schwerer wird. Hätte ich den bloß nicht gegessen!
Ich verschwinde im Badezimmer, putze mir die Zähne, gurgele mit kaltem Wasser und schlüpfe in meinen Schlafanzug. Minuten später hocke ich im Schneidersitz auf dem Bett und schaue aus dem Fenster. Die Kastanie wiegt sich im Abendwind. Eine Amsel schaukelt auf einem Zweig und guckt mich mit ihren sanften Knopfaugen freundlich an. Nein, ich kann hier nicht wegziehen. Ausgeschlossen! Wer soll sich um meinen Lieblingsbaum kümmern, wenn es wieder so heiß und trocken wird? Was ist mit Gunhild? Mit meinem Hochbett? Meinen Handballfreundinnen? Meinem Schulstreik und meiner Mission, die Erde aufzuräumen? Der einzige Grund, weshalb ich von hier fortziehen wollen würde, ist Frau Borken-Hagen. Okay, die drei Modeschnepfen könnte ich noch dazuzählen, aber die sind nicht so schlimm, dass ich wegen denen unbedingt die Flucht ergreifen müsste.

Dagegen fallen mir Zigtausend wichtige Gründe ein, weshalb ich hierbleiben muss. Na gut, mein Hochbett kann ich auseinandernehmen und mitnehmen. Die Poster rolle ich zusammen, die Bücher kommen in eine Kiste. Schließlich brauche ich in meinem neuen Zimmer auch ein Bett, ein Bücherregal und was Buntes an den Wänden. Aber der Rest?
Die Kastanie ist so groß, dass sie in keinen Umzugswagen passt. Außerdem soll man alte Bäume nicht verpflanzen, sagt Oma immer. Und Gunhild will bestimmt auch nicht mit. Ich greife nach meinem Handy und wähle ihre Nummer. Sie meldet sich fast sofort.
„Na?", sagt sie.
„Hi! Kann ich vielleicht bei euch wohnen?", falle ich mit der Tür ins Haus. Die Idee ist mir ganz spontan gekommen. Wenn Mama und Tom nach Kleefeld ziehen, ziehe ich zu Gunhild. Das ist doch die Lösung!
„Moment, ich frag meine Eltern." Ich höre es rascheln. Wahrscheinlich hat sie das Telefon weggelegt. Kurz darauf schnauft sie in den Hörer. „Meine Mutter will wissen, ab wann und für wie lange."
„Ab sofort und für immer?", schlage ich vorsichtig vor. Wieder raschelt es. Ich höre leise Stimmen im Hintergrund. „Hallo? Bist du noch dran?", frage ich. In meinem Handy rauscht es. Es dauert ein paar Sekunden, dann ist Gunhild wieder da.

„Meine Mutter möchte vorher mit deiner Mutter sprechen“, sagt sie. „Erwachsene sind immer so kompliziert. Aber wieso willst du überhaupt bei uns wohnen?“

Ich erzähle ihr alles der Reihe nach. Von Toms Erbschaft, Swantjes offiziellem Mutterpass, den Serviettenschnipseln im Essen, der Calzone und dem Schokoladenkuchen, der mir wie ein fetter Klumpen im Magen liegt, und schließlich von dem Umzug. Dem Vielleicht-Eventuell-Umzug.

Beim ersten Teil meiner Erzählung hört sie aufmerksam zu. Als ich zu den Serviettenschnipseln komme, kichert sie. Doch dann wird sie still. Ich kann sie atmen hören.

„Heißt das, dass du wegziehst? So richtig woandershin, mit all deinen Sachen und für den Rest deines Lebens?“, fragt sie und hält die Luft an.

„Ja“, sage ich. „Falls es mit der Erbschaft klappt.“

„Wann denn?“, piepst sie mit kleiner Stimme.

„Keine Ahnung“, seufze ich. „Vielleicht schon bald.“

Jetzt halten wir beide die Luft an.

„Aber, aber …“, stammelt Gunhild.

Genau, denke ich. Aber, aber …

DAS ELFTE KAPITEL,

in dem Gunhild und ich alles Mögliche verdrängen, was eigentlich ganz gesund ist, aber nicht wirklich hilft, während Papa jeden Abend mit Möwen, Schafen und uns telefoniert.

„Warum ziehst du nicht zu Postkarten-Rudi?", fragt Gunhild mich einige Tage später. „Zu deinem richtigen Vater?"
Wir sitzen in der Schule und haben eine Freistunde. Wenn heute Freitag wäre, würde ich mir das Protestschild unter den Arm klemmen und zum Rathaus joggen. Leider ist heute nicht Freitag, und mit dem Streiken ist es eh vorbei, wenn wir umziehen. Also bleibe ich betrübt auf der Fensterbank hocken, knabbere meinen Pausenapfel rundherum ab und gucke Gunhild fragend an.
„Was soll das bringen? Ich will nicht weg. Weder zu ihm noch auf Tildas Bauernhof. Außerdem heißt er Ricardo und nicht Rudi. Er lebt irgendwo in den Bergen, fährt den ganzen Tag Ski und interessiert sich nicht die Bohne für mich. Nee, da ziehe ich doch lieber ans Meer, wenn es unbedingt sein muss", erkläre ich seufzend.
„Stimmt. Dann ist das Meer wirklich besser. Ob ich dich da mal besuchen darf? Ich war noch nie an der Ostsee."

„Klar darfst du mich besuchen. Jederzeit, in sämtlichen Ferien, solange du willst“, murmele ich und füge düster hinzu: „Falls ich dann noch lebe.“
„Warum solltest du nicht?“
„Was weiß ich …“ Ich hebe die Schultern und lasse sie gleich wieder sinken. Gunhilds Ferienpläne klingen, als wäre mit unserem Umzug schon alles paletti. Ist es aber nicht, zum Glück. Tom fährt erst morgen wieder nach Kleefeld, um sich dort mit dem Notar zu treffen, der sich um Tante Tildas Testament kümmert und alles verwaltet. Er, Tom und ein Typ von Tildas Bank wollen sich den Bauernhof und das Grundstück gemeinsam angucken, um sich „vor Ort ein genaues Bild der Lage und der Besitztümer zu verschaffen“. Besitztümer – so hat sich der Testamentsverwalter in einer Kurznachricht ausgedrückt, die er auf unserer Sprachbox hinterlassen hat. Wenn alles gut geht und Tom das Erbe annimmt, will er gleich ein paar Tage dableiben und auf dem Hof Probe wohnen. Falls nicht, kommt er direkt am nächsten Tag wieder nach Hause.
„Ich weiß nicht, was besser wäre“, sage ich nachdenklich zu Gunhild.
„Was meinst du?“ Sie zieht die Nase kraus.
„Also, wenn die Sache einen Haken hat, lehnt Tom die Erbschaft ab und alles ist wie vorher. Dann werden Mama und er todsicher wahnsinnig enttäuscht sein, auch wenn sie es mir gegenüber

niemals zugeben würden. Das weiß ich.“ Ich zupfe einen losen Faden von meinem T-Shirt. „Falls aber alles total super ist und er den Hof wirklich kriegt, muss ich umziehen, was ich nicht will. So oder so ist es total blöd. Ich wünschte, Tante Tilda wäre nie gestorben.“

„Ist sie aber“, sagt Gunhild. „Und deshalb sitzt du jetzt in einer Zwickmühle.“

„Und wie komm ich da wieder raus? Kannst du mir das vielleicht sagen?“

„Nö.“ Sie schüttelt den Kopf.

„Mich fragt eh keiner, was ich will“, brumme ich. „Obwohl sie es mir versprochen haben.“

Es stimmt. Seit dem Abend in Brunos Pizzeria habe ich das Gefühl, dass bei uns zu Hause jeder nur noch mit seinem eigenen Gedankenwirrwarr beschäftigt ist. Mama denkt an den Zwerg in ihrem Bauch und an die Arbeit. Tompa denkt an seinen Traum vom Leben auf dem Land. Und ich? Ich denke die ganze Zeit, dass ich im falschen Film bin.

Vielleicht träume ich aber auch nur, überlege ich. Dann wäre es ganz schön, langsam aufzuwachen und mein normales Leben wiederzuhaben.

„Kannst du mich bitte mal kneifen?“ Ich halte Gunhild meinen Unterarm hin. Ohne mit der Wimper zu zucken, greift sie zu und kneift mich mit voller Kraft. Es tut weh, sehr weh. So weh, dass

mir die Tränen in die Augen schießen. Handballmädchen haben starke Fingermuskeln. Das habe ich nicht bedacht. Ich jaule auf.
„Doch nicht so doll, Mann!"
„Entschuldigung", sagt Gunhild erschrocken.
„Schon gut." Ich betrachte die Stelle. Das gibt bestimmt einen blauen Fleck. Aber wenigstens weiß ich jetzt, dass ich nicht träume.

Zuerst Schule, dann Musik-AG und anschließend noch Handballtraining – ein ziemlich langer Tag für Jella Blume. Als ich endlich nach Hause komme, bin ich müde und hungrig und stolpere im Flur über Toms fertig gepackte Reisetasche. Seit wann kann der das alleine?
Ich werfe meinen Rucksack daneben und schleppe mich mit letzter Kraft in die Küche. Mama ist schon da. Aha, dann hat sie ihm wohl beim Packen geholfen. Die beiden sitzen am Tisch und unterhalten sich leise. Sie unterbrechen ihr Gespräch und schauen auf, als ich um die Ecke biege. Ein bisschen so, als hätte ich sie bei etwas ertappt. Aber vielleicht bilde ich mir das auch nur ein. Vielleicht fange ich langsam an, Gespenster zu sehen und alles verdächtig zu finden.
„Hi!", sage ich und greife nach der Wasserflasche.

„Na, du?“, erwidert Tom grinsend.
Mama steht auf und nimmt mich in den Arm. Ich lehne mich gegen sie, schließe die Augen und könnte problemlos einschlafen, wenn da nur nicht mein knurrender Magen wäre. Ich hab zwar in der Schule Mittag gegessen, aber das ist Stunden her.
„Es gibt Stampfkartoffeln mit Spinat und Rührei“, sagt Mam, als hätte sie nicht nur meine Gedanken gelesen, sondern auch das leise Grummeln meines leeren Bauches gehört. Jede Wette, dass Mütter das können: Gedanken lesen und gleichzeitig Kinderbäuche grummeln hören. „Wasch dir nur schnell die Hände.“
Mit blitzsauberen Pfoten sitze ich wenig später an meinem Platz und schaufele abwechselnd Kartoffelbrei und Spinat in mich hinein. Auf das Rührei verzichte ich freiwillig. Ich steh nicht so auf Essen, das aus Tieren kommt.
„Wir haben uns gerade über Kleefeld unterhalten“, sagt Papa nach einer Weile, „und uns überlegt, wie wir es am besten anstellen, falls es mit dem Erbe klappen sollte und wir dort hinziehen.“
Mama nickt. „Wir denken, dass du das Schuljahr auf jeden Fall noch hier zu Ende machen sollst. Es sind ja nur noch ein paar Wochen.“
La-lala, summt es in meinen Ohren. Ich will das gar nicht hören! Ich lade mir schnell noch einen Riesenberg von dem echt leckeren Kartoffelbrei auf den Teller und fahre damit fort, mich vollzustopfen, ohne etwas zu sagen oder zwischendurch Luft zu holen.

„Wenn wir umziehen – falls wir umziehen“, korrigiert Tom sich selbst, „möchten wir das möglichst gleich zu Beginn der Sommerferien erledigen. Dann hättest du sechs Wochen Zeit, um dich an die Umgebung und alles andere zu gewöhnen, bevor das nächste Schuljahr an deiner neuen Schule anfängt.“

„Vielleicht findest du ja in den Ferien sogar schon neue Freunde?“ Mam klingt übertrieben begeistert. Möglicherweise hängt das mit diesen Schwangerschaftsglückshormonen zusammen, die gerade in ihr herumsausen. Ich kenne mich damit nicht so aus. Womit ich mich aber inzwischen ziemlich gut auskenne, ist, das Gefühl zu haben, in einem völlig verkehrten Kinofilm mitzuspielen. Hey, ich bin nicht nur im falschen Film, sondern habe darin auch nur eine klitzekleine Nebenrolle. Wie eine Statistin, die blöd im Hintergrund herumsteht und für die Handlung nicht wichtig ist. Haargenau so fühle ich mich. Und das ist kein schönes Gefühl.

Ich würge den Brei herunter und zähle im Stillen bis zehn. Dann frage ich: „Heißt das, es steht jetzt fest, dass wir umziehen? Ich dachte, es wäre noch nichts entschieden. Dass wir alle zusammen in Ruhe nachdenken und darüber sprechen, bevor der endgültige Entschluss fällt.“

„Aber das tun wir doch gerade.“ Tom stochert mit der Gabel in dem Rührei auf seinem Teller. „Bevor ich morgen nach Kleefeld fahre, sollten wir wenigstens einen groben Plan haben. Entweder machen wir es oder wir lassen es bleiben. Wenn wir’s absolut nicht machen wollen, kann ich mir die Reise nämlich auch gleich sparen. Dann rufe ich morgen früh den Notar an und sage ihm ab."

„Was ist denn überhaupt mit eurer Arbeit?", erkundige ich mich. „Und mit unserer Wohnung? Muss man das nicht alles rechtzeitig kündigen, wenn man vorhat wegzuziehen?"

„Ich muss nicht kündigen", sagt Mama. „Ich habe heute mit meiner Chefin gesprochen und ihr mitgeteilt, dass ich schwanger bin. Sie hat sich gefreut, aber unabhängig davon hatte sie eh nicht vor, meinen Vertrag zu verlängern. Er läuft wie vereinbart aus. Ich hätte mich also sowieso bald nach etwas anderem umsehen müssen. Darum kann ich mich aber auch in Kleefeld kümmern."

„Oder du machst dich selbstständig, wenn das Baby erst mal da ist", schlägt Papa vor. „Das wolltest du doch sowieso irgendwann. Auf Tante Tildas Hof ist genug Platz. Du könntest dir ein schönes Büro einrichten und endlich deine eigene Chefin sein!"

Seine Augen funkeln vor Begeisterung. Kann es sein, dass diese wuseligen Schwangerschaftsglückshormone auf werdende Väter überspringen?

„Und dein Taxi? Nimmst du das mit?", frage ich ihn.

Er lacht. „Nein, das gehört dem Taxiunternehmen."

„Dann müsstet ihr euch also beide eine neue Arbeit suchen. Oder wovon wollen wir leben?" Ich rühre in dem kalt gewordenen Kartoffelbrei herum.

„Das überlegen wir uns, wenn wirklich alles in trockenen Tüchern ist. Auch, was mit unserer Wohnung wird", antwortet er. „Okay?"
Ich nicke. Was bleibt mir anderes übrig.
Mama stimmt ihm zu.
„Genau", sagt sie. „Im Moment sind das doch alles noch Spinnereien." Sie tätschelt ihren kleinen Kugelbauch und seufzt leise, bevor sie aufsteht, um das Geschirr abzuräumen. „Bis auf die Tatsache, dass ich eindeutig schwanger bin und schon bald in keine Hose mehr passen werde."
„Gibts noch Nachtisch?", frage ich.
„Nimm dir ein Eis und bring mir eins mit." Tompa zwinkert mir zu.
„Für mich nicht", meint Mama. „Ich esse lieber noch eine von diesen leckeren Gewürzgurken."
Hilfe!

Dann ist Tom weg. Er kommt nicht am nächsten Tag zurück. Auch nicht am Tag darauf oder dem Tag danach. Schon klar, was das bedeutet, oder?
Richtig: Er hat das Erbe angenommen.
Ja: Er wohnt zur Probe auf dem Land.

Und noch einmal ja: Wir ziehen in den Sommerferien nach Kleefeld. In die Einöde am Meer. Auf einen alten Bauernhof mit einem Garten, ein paar windschiefen Obstbäumen und einer morschen Hängematte. Woher ich weiß, dass die morsch ist? Keine Ahnung. Ich stelle mir einfach vor, dass die da schon seit hundert Jahren zwischen den Bäumen baumelt und einsam vor sich hin schaukelt.

Richtig kapiert hab ich's noch nicht, dass ich bald von hier wegziehe. Vielleicht verdränge ich es auch, kann sein. Gunhild und ich sprechen nicht viel darüber. Ich glaube, sie verdrängt es auch.

Verdrängung ist ein seelischer Abwehrmechanismus und eine durchaus sinnvolle Einrichtung der Natur – das hab ich neulich im Internet gelesen. Bis zu einem bestimmten Punkt ist es wohl ganz in Ordnung, blöde Gedanken (wie die an einen unfreiwilligen Umzug, zum Beispiel) wegzuschieben. Allerdings sind die dadurch natürlich nicht komplett weg, sondern knabbern heimlich, still und leise weiter an dir herum. Wie klitzekleine Heinzelmännchen, die im Innern deines Kopfes herumspazieren, sozusagen. Vielleicht schlafe ich deshalb so schlecht und hab zu nichts mehr Lust? Sogar meine letzte Freitagsdemo hab ich ausfallen lassen – und das will echt was heißen!

Tom ruft jeden Abend zur gleichen Zeit an, um uns zu berichten, wie sein Tag war, was er alles erlebt hat, wie stürmisch es an der

Küste ist und wie kalt sich die Ostsee anfühlt. Telefonieren ist in Kleefeld anscheinend ziemlich umständlich. Besonders, weil es auf dem Tilda-Hof keine funktionierende Telefonleitung und anscheinend auch kein Handynetz gibt. Er muss immer ein ganzes Stück die Straße runterlaufen, sagt er, bis er irgendwann zwei oder drei Empfangsbalken auf dem Display hat. Aber das scheint ihn nicht zu stören. Im Gegenteil, er findet es super, mal nicht rund um die Uhr erreichbar zu sein. Das behauptet er jedenfalls. Fernsehen und Internet hat er auch nicht. Noch nicht mal Strom. Aber darum will er sich demnächst kümmern. „Spätestens zum Einzug ist alles picobello!“, verkündet er fröhlich, als wir heute mit ihm sprechen.

Im Hintergrund blökt ein Schaf. Ein anderes antwortet. Es hört sich lustig an. Besonders, als plötzlich auch noch eine Möwe schreit. Mama und ich haben es uns auf dem Sofa gemütlich gemacht und das Telefon auf Lautsprecher gestellt, damit wir uns gleichzeitig mit Tom unterhalten und uns nebenbei die Tiergeräusche anhören können.

„Aber du kommst vorher doch noch mal nach Hause, oder?“, frage ich erschrocken. „Du bleibst nicht einfach schon da?“

„Nein, nein“, beruhigt er mich. „Ich kaufe morgen früh eine Fahrkarte. Wir sehen uns am Wochenende. Dann zeig ich euch die Fotos vom Hof, die ich gemacht habe. Ihr werdet staunen!“

Ich will ihn gerade fragen, warum er uns die Bilder nicht einfach mailt, als mir einfällt, dass er ja kein Internet hat. Ob es dieses Kleefeld überhaupt auf irgendeiner Landkarte gibt? Ich meine, ein Ort ohne Internet, das ist doch wie … wie … Wie ein stockdunkler Krater auf der Rückseite des Mondes. Ja, das passt! Obwohl da inzwischen tatsächlich mal eine Raumsonde gelandet ist. Eine chinesische, glaube ich.

„Hey, ich muss Schluss machen. Mein Akku ist gleich leer", sagt Papa in dieser Sekunde.

„Wo lädst du den denn auf, wenn du keinen Strom hast?", wundere ich mich.

„Ich glaube, bei einer Nachbarin", sagt Mama.

„Genau. Ich werde gleich –", antwortet Tom. Dann ist er weg.

„Tja", seufzt Mama. „So ist das auf dem Land."

Nur mit Mühe kann ich die Bemerkung unterdrücken, dass ich unter solchen Umständen erst recht nicht da hinziehen will. Kein Strom, kein Internet, kein Handyempfang, kein Fernsehen … Was gibts da überhaupt? Nur frische Luft und Wind und Wellen? Kreischende Möwen, Kuhfladen und blökende Schafe? Das darf doch wohl nicht wahr sein!

DAS ZWÖLFTE KAPITEL,

in dem ich Umzugskisten packe, alles viel zu schnell geht und die Welt sich einfach weiterdreht, obwohl sie doch eigentlich anhalten müsste.

„Jella, hilf mir doch mal!“ Tompa ist mit einem Stapel zusammengefalteter Umzugskartons in unserem engen Flur stecken geblieben und flucht.

„Wobei denn?“ Ich hocke auf dem Fußboden in meinem Zimmer, höre Schlagerpop und rolle vorsichtig die Poster zusammen, die ich gerade abgenommen habe. Überall an den Wänden sind kahle Stellen. Ich mag gar nicht hinsehen. Deshalb bin ich ganz froh, dass ich stattdessen ungefähr dorthin gucken kann, wo Toms Schnaufgeräusche herkommen. Sehen kann ich ihn von hier aus nicht.

„Befrei mich bitte von diesen Dingern!“, röchelt er mit letzter Kraft.

Grummelnd stehe ich auf. Hätte er die Kartons nicht hochkant tragen können? Dann wäre das garantiert nicht passiert. Ich verkneife mir einen Kommentar und versuche ihm zu helfen, was gar nicht so einfach ist, weil sich im Flur schon ganz schön viel

Krempel auftürmt und ich zuerst über eine Kommode, dann über eine Kiste und zuletzt noch über einen Wäschekorb klettern muss, um überhaupt aus meinem Zimmer zu kommen. Dann erst erreiche ich meinen armen Stiefpapa und kann ihn vor den bösen Pappmonstern retten, die ihn hartnäckig festhalten.
Unsere Wohnung sieht aus, als würden hier Messies wohnen. Dabei ist heute noch nicht mal unser richtiger Umzugstag. Wir packen nur schon mal ein bisschen Zeug zusammen, das ein Freund von Swantje und Tom netterweise nächste Woche mitnehmen wird. Er hat einen Campingbus und fährt ans Meer, um da Urlaub zu machen. An der Ostsee, in der Nähe von Kleefeld. Ob er weiß, dass es da weniger Zivilisation gibt als auf der Rückseite des dritten Mondkraters von links? Ich wette, nicht. Aber es soll ja Leute geben, die gerne mal keinen Empfang und kein Internet haben. So wie Tom. Vielleicht ist dieser Campingbus-Freund ja ähnlich drauf.
„Alles, was wir hier nicht mehr unbedingt brauchen, können wir ihm mitgeben", hat Mama gemeint. „Je weniger Ballast wir später beim Umzug haben, desto besser."
Aus diesem Grund herrscht bei uns seit Tagen das reinste Chaos. Zum Glück sind bald Ferien. Moment, hab ich das wirklich gerade gesagt? Ferienanfang bedeutet: Tschüss, Gunhild! Tschüss, Lieblingsbaum! Tschüss, altes Leben! Tschüss alles, was ich bisher kannte.

Ich seufze abgrundtief, als ich daran denke und Tom einige Kartons abnehme. Er zieht eine Augenbraue hoch.

„Warum seufzt du?", fragt er.

„Nur so", antworte ich. „Weil der Regenwald brennt, weil die Gletscher schmelzen, weil wir umziehen. Wegen allem."

„Jella, ein Umzug bedeutet nicht das Ende der Welt. Im Gegenteil." Er stellt die Pappkartons ab und schaut mich an. „Kleefeld ist der Anfang von etwas Neuem. Eine tolle Chance! Du bekommst ein nagelneues Zimmer, lernst interessante Menschen kennen, lässt dir den frischen Wind um die Nase wehen, schließt Freundschaften … Wer weiß, was noch alles? Denk nur mal an den Stress mit Frau Borken-Hagen in den letzten Wochen! Der Neustart an einem anderen Ort und an einer anderen Schule wird dir guttun. Meinst du nicht?"

Ich schüttele grummelnd den Kopf. „Ich bin kein Computer! Ich brauche keinen Neustart."

Tom lacht. „Es wird dir gefallen. Da bin ich mir ganz sicher." Er nimmt die Kartons und schleppt sie in die Küche, wo Mama damit beschäftigt ist, Gläser, Geschirr und Kerzenständer in alte Zeitungen einzuwickeln.

Ich vergrabe mich wieder in meinen vier Wänden und grummele immer noch vor mich hin. Neustart, von wegen … So können echt nur Erwachsene reden. Wenn Mama und er unbedingt neu durchstarten müssen, bitte schön. Ich brauch das nicht.

Eine Viertelstunde später klingelt es an der Tür. Der Campingbus-Kumpel ist da. Er heißt Jesko, hat rotblonde Haare und ist ungefähr zwei Meter groß. Hinter ihm taucht Ulla auf, die Buchhändlerfreundin. Mama hat ihr unsere Wohnung zur Nachmiete angeboten. Ulla sucht schon lange etwas Größeres. In ihrem kleinen Apartment ist nicht mehr genug Platz für ihren Freund, zwei Siamkater und die vielen Bücher, zu denen immer neue hinzukommen. Sie möchte vielleicht sogar einige unserer Möbel übernehmen. Mit dem Vermieter hat Mama schon gesprochen. Er ist einverstanden. Heute will Ulla mal gucken, was sie alles gebrauchen kann und was nicht.
„Hallo, Jella!“ Sie klettert über die Barrikaden in mein Zimmer und schaut sich um. Unter ihrem Arm klemmt ein Taschenbuch. Sie reicht es mir. „Es handelt von einem Mädchen, das umziehen muss und davon nicht sehr begeistert ist. Ich dachte mir, dass es dich möglicherweise interessieren könnte.“ Sie zwinkert mir verschwörerisch zu.
„Cool, danke!“ Ich nehme ihr das Buch aus der Hand und lese den Klappentext. Das Mädchen ist genauso alt wie ich: elf. Auf dem Umschlagbild hat es eine Latzhose an und sieht mir auch sonst ziemlich ähnlich. So ein Zufall!
Ulla stellt sich ans Fenster, öffnet es und schaut hinaus.
„Jedes Mal, wenn ich hier bin, staune ich über diese wunderschöne Kastanie. Die muss ja uralt sein!“

Ich schiebe mich neben sie und nicke. „Das ist mein Lieblingsbaum“, sage ich leise.

„Das kann ich gut verstehen“, antwortet Ulla ebenso leise. Sie dreht sich um und fährt mit der Hand zuerst über meinen Scheitel und dann über das helle, glatte Holz meines Hochbetts. „Tolles Bett! Das nimmst du bestimmt mit, oder?“

Wieder nicke ich. „Ja, klar. Wir müssen es nur noch auseinanderschrauben.“

„Schade“, meint Ulla lächelnd.

„Dafür lasse ich dir die Kastanie hier“, sage ich. „Du musst mir aber versprechen, dass du dich gut um sie kümmerst. Besonders im Sommer, wenn es lange Zeit trocken ist. Dann braucht sie echt viel Wasser. Und kannst du mir vielleicht zwischendurch mal ein Foto von ihr schicken?“

„Ich werde jeden Monat ein Bild machen und es dir mailen. Dann weißt du immer, dass es deiner Kastanie gut geht“, erwidert sie. „Im Frühjahr hänge ich ein Futterhäuschen für die Vögel auf, im Sommer bringe ich ihr mit der Gießkanne Wasser und im Winter stricke ich ihr einen knallbunten Schal. Was hältst du davon?“

„Das klingt super!“, strahle ich.
„Wo steckt deine Mutter?“
„In der Küche.“
„Na, dann komm. Oder willst du lieber weiter packen?“
„Nö.“ Ich lege das Buch auf die Fensterbank.
Ulla geht voran. Wir schieben uns hintereinander in den Flur und von da aus in die Küche. Tom und Jesko haben schon damit begonnen, Kisten, Kartons und kleinere Möbelstücke nach unten zu tragen. Ich habe keine Ahnung, wie viel Platz in so einem Campingbus ist, aber bei den ganzen Sachen ist der bestimmt bald voll bis unters Dach. Für den eigentlichen Umzugstag hat Papa einen Möbelwagen gemietet. Einen richtig großen, mit einer hydraulischen Ladeklappe. Er will das Ding selbst fahren. Den passenden Führerschein hat er bei der Bundeswehr gemacht. Mama und ich werden mit unserem kleinen grünen Auto hinter ihm herdüsen. Wenn wir die Rücksitze umklappen, können wir darin locker auch noch ein paar Kartons transportieren. Wir wollen den Umzug nämlich möglichst an einem Tag und in einem Rutsch schaffen.
Nach einer längeren Umarmung mit Küsschen, Gedrücke und Babybauchbewunderung zeigt Mama Ulla die Fotos von dem Tilda-Hof, die Tom inzwischen auf seinem Laptop gespeichert hat. Besonders viel ist darauf nicht zu erkennen – außer Bäumen, Unkraut, Gestrüpp und dem Dach des Wohnhauses, das wie eine

dicke Strohmütze aussieht. „Das ist ein Reetdach“, hat Tom mir nach seiner Rückkehr erklärt. „Es ist typisch für die Gegend.“
„Leider ist so ein Reetdach ziemlich teuer im Unterhalt. Besonders, was die Reparaturen und Versicherungen angeht“, erzählt Mama gerade. „Aber das können wir stemmen. Die gute Tante Tilda hat Tom nämlich nicht nur den Hof vermacht, sondern auch ein Bankkonto, ein kleines Aktiendepot und ein Schließfach mit Schmuck. Wir hatten ja keine Ahnung, wie wohlhabend sie war. Sie hat so bescheiden gelebt. Und jetzt gehört alles uns. Ich kann es immer noch nicht fassen.“
„Aber hallo! Das klingt ja wie ein Lottogewinn!“ Ulla pfeift leise.
„Dann sind wir also doch reich“, stelle ich fest. „Wir müssen unbedingt einen Geldspeicher für die ganze Kohle und den Schmuck bauen. Hoffentlich ist auf dem Grundstück noch Platz.“
Mama und Ulla prusten los.
„Reich? Schön wärs“, meint Mama lachend. „Nein, ganz so doll ist es nicht. Wir werden Erbschaftssteuer zahlen müssen. Aber wir können den Hof renovieren. Wenn wir vernünftig haushalten, wird das Geld hoffentlich für die nächsten Monate reichen. Vielleicht kann ich mich wirklich eines Tages mit einem eigenen Büro selbstständig machen. Und Tom kann Sprachkurse geben.“
„Dann bekomme ich endlich ein Pony“, sage ich andächtig und falte die Hände vor der Brust. „Das hab ich mir immer gewünscht!“

„Wie bitte?“ Mama starrt mich an.
„Seit wann das denn?“, fragt Ulla überrascht.
„War nur ’n Witz“, grinse ich.
Tom und Jesko kommen in die Küche und haben Durst. Mama stellt eine Flasche Apfelsaft und Gläser auf den Tisch. Ulla schenkt uns allen etwas ein. Danach schauen wir uns noch mehr Fotos auf dem Laptop an. Von der Scheune, einem klapprigen Schuppen und einem Stall, der fast komplett von Efeu überwuchert ist. Von einer hübschen Haustür, die aus zwei Teilen besteht, einem oberen und einem unteren. Vielleicht ist die untere Hälfte dazu da, einen Hund rein- oder rauszulassen, falls man einen hat. Und die obere Hälfte macht man auf, wenn man nur mal rausgucken oder sich mit dem Postboten unterhalten will. Keine Ahnung. Aber ich werde es herausfinden.
Außerdem gibt es noch eine Eingangspforte, die schief in den Angeln hängt, und eine blühende Hecke, die das ganze Grundstück umgibt. Auf dem letzten Foto ist der Garten mit den knorrigen Obstbäumen zu sehen. Zwei Schafe gucken über den Zaun des Nachbargrundstücks und lächeln freundlich in die Kamera.
„Wie niedlich!“, ruft Ulla. „Habt ihr die auch geerbt?“
„Nein. Die gehören einer Nachbarin“, erklärt Tom. „Die hat anscheinend einen ganzen Zoo.“
Ich betrachte die Schafe genauer. Sie sehen wirklich nett aus. So lieb und lustig, als könnte man eine Menge Spaß mit ihnen

haben. In meinem Bauch kribbelt es. Zuerst ganz leicht, dann ein bisschen stärker. Ich freu mich darauf, euch kennenzulernen, flüstere ich den beiden Wollknäueln in Gedanken zu.

Dann ist der letzte Schultag vor den Sommerferien plötzlich da. Er ist anders als alle anderen letzten Schultage, die ich bisher erlebt habe. Das einzig normale ist das Zeugnis, das ich bekomme. Es ist wie immer ziemlich gut – bis auf die Fehlstunden. So viele hatte ich noch nie. Außerdem steht ABGANGSZEUGNIS darüber. Das unterscheidet es von meinen anderen Zeugnissen.
Im Laufe des Vormittags verabschieden sich alle Lehrer persönlich von mir. Sogar die Gottesanbeterin schüttelt mir die Hand und wünscht mir für die Zukunft viel Glück. Falls sie froh ist, mich los zu sein, lässt sie es sich nicht anmerken. Ich mir andersrum aber auch nicht.
Meine Schulfreunde schenken mir ein Poster von unserem letzten Klassenfoto, auf dem sie alle unterschrieben haben. Dazu eine

Liste mit E-Mail-Adressen und Handynummern, eine bunt bemalte Keksdose mit leckeren Vollkornkeksen und noch eine Riesentafel Nussschokolade. Meine Handballfreundinnen und Leo haben mir zum Abschied nach unserem letzten Training einen echten Handball mit ihren Unterschriften überreicht. Der Ball ist nagelneu. Ich hoffe, er ist nicht tollwütig.
Auch Gunhild hat ein Geschenk für mich. Sie schiebt es mir unter dem Tisch zu. Es ist ein Freundschaftsalbum mit leuchtend gelben Sonnenblumen auf dem Umschlag. Ich schlage es vorsichtig auf und lese, was sie auf die erste Seite geschrieben hat:

Liebe Jella,
die Blumen brauchen Sonnenschein,
ich brauch Dich zum Fröhlichsein.
Allerbeste Freundinnen für immer! ♥
Deine Gunhild

Daneben klebt ein altes Foto von uns. Wir hocken in einer Sandkiste, haben uns die Arme um die Schultern gelegt und grinsen zahnlückig um die Wette. Da waren wir noch im Kindergarten. Seitdem kennen wir uns und sind die besten Freundinnen, die man sich überhaupt vorstellen kann.
„Danke“, flüstere ich gerührt.
„Bitte“, wispert sie zurück.

Nachdem wir unsere Zeugnisse eingetütet und mir zum Schluss alle noch mal kräftig auf den Rücken geklopft haben – Jan-Niklas hat am dollsten gehauen –, weiß ich gar nicht, wie ich die vielen Geschenke nach Hause tragen soll. Zum Glück hilft Gunhild und nimmt mir einiges ab. Beim Rausgehen fällt mir das Pappschild ein, das zusammengeklappt in dem Fach unter meinem Tisch liegt. Ich laufe schnell zurück, um es zu holen. Ob ich es jemals wieder brauchen werde? Keine Ahnung. Aber hierlassen will ich es nicht.

„Wirst du an deiner neuen Schule auch streiken?" Gunhild zeigt auf das Schild.

Ich zucke mit den Schultern und will schon mit Nein antworten. Doch dann höre ich mich zu meiner eigenen Überraschung plötzlich sagen: „Ja, klar! Auf jeden Fall! Was denkst du denn?"

„Cool", meint Gunhild.

Anschließend werden wir ziemlich schweigsam. Kein Wunder, schließlich ist es das letzte Mal, dass wir diesen Weg zusammen gehen. Das fällt mir in dieser Sekunde ein. Gunhild anscheinend auch. Sie zieht die Nase hoch und macht komische Geräusche.

„Fang jetzt bloß nicht an zu heulen", knurre ich sie an.

„Tu ich ja gar nicht", schnieft sie zurück.

Wir setzen unser Schweigen fort. Bis wir in meiner Straße sind. Dort bleiben wir stehen und gucken uns an. Gunhild schluckt. Ich seufze.

Direkt vor unserem Haus steht der Umzugswagen. Es sieht aus wie ein großer, glänzender, viereckiger weißer Kasten. Tom hat ihn heute früh abgeholt. Gestern hat er mit einem Mann von der Stadtverwaltung vorläufige Halteverbotsschilder an den Bordstein gestellt, damit alles seine Ordnung hat und uns keiner zuparkt. Wir brauchen den Platz ja schließlich zum Beladen.
Ich sehe die heruntergelassene Ladefläche und seufze gleich noch einmal, während ich mir wünsche, dass jemand die Zeit anhält und die Erde sofort aufhört, sich zu drehen.
„Da sind ja schon Sachen von euch drin", murmelt Gunhild betreten.
„Tja", sage ich, weil mir nichts anderes einfällt.
Wir fallen uns in die Arme und fangen gleichzeitig zu heulen an, als hätte jemand den Schalter umgelegt und die Schleusen geöffnet. Ich hab keine Ahnung, wie lange wir da stehen und heulen und uns schluchzend aneinanderklammern. Irgendwann spüre ich eine Hand auf meinem Rücken.
„Hey", sagt Mama behutsam. „Wollt ihr nicht hochkommen? Wir machen gerade Mittagspause. Es gibt Gemüsesuppe und belegte Brötchen."
Gunhild wischt sich Rotz und Tränen am Ärmel ab und schüttelt den Kopf. „Danke, aber ich glaube, ich möchte lieber nach Hause."
Ich kann sie verstehen. Der Abschied wird ja nicht leichter, nur weil wir jetzt noch zusammen ein Käsebrötchen essen, oder?

„Ich komme gleich", sage ich zu Mam und drücke ihr meine Sachen in die Hand. „Das Zeugnis ist im Rucksack. Falls ihr schon mal gucken wollt."
Mama und Gunhild verabschieden sich voneinander. „Du darfst uns jederzeit besuchen, sooft du möchtest", sagt Swantje lächelnd. „Am Wochenende oder in den Ferien, ganz egal. Wir freuen uns, wenn du kommst."
„Okay, danke." Gunhilds Unterlippe zittert.
Mama verschwindet. Meine allerallerbeste Freundin und ich umarmen uns noch einmal.
„Ich hab auch noch was für dich." Ich greife in die Tasche meiner Latzhose und ziehe einen glatten, runden Stein hervor, den ich im Wald gefunden und mit Lackstiften angemalt habe. Er sieht aus wie ein Marienkäfer. Auf seinem Bauch steht *Gunhild & Jella*. „Das soll ein Glücksbringer sein."
„Ist der süß!", sagt Gunhild. „Danke."
„Bitte." Ich schiebe die Hände hinter den Latz. „Ich geh dann mal besser nach oben."
„Ich muss auch los." Gunhild stochert mit der Spitze ihres Turnschuhs in einer Fuge.
„Ich kann dich ja anrufen, wenn wir angekommen sind. Oder ich schick dir eine Nachricht", schlage ich vor.
„Ist gut", meint sie.
Wir nicken uns zu. Dann drehen wir uns gleichzeitig um. Das

Letzte, was ich von meiner Freundin sehe, als ich über die Schulter zurückschaue, ist der hüpfende Rucksack auf ihrem Rücken.
Rosa mit Einhörnern.
Typisch Gunhild, denke ich lächelnd und drücke die Haustür auf.

DAS DREIZEHNTE KAPITEL,

in dem wir ankommen, von wilden Hühnern und einer bissigen Gans begrüßt werden und ich herausfinde, wie ein genial-biologisches Kompostklo funktioniert.

Sonntag. Umzugstag. Abschiedstag. Auf der langen Fahrt habe ich viel Zeit, um traurig zu sein und mir gleichzeitig auszumalen, wie mein neues Zuhause wohl sein wird. Durch die Fotos habe ich eine Vorstellung, klar. Aber ob die stimmt? Das muss sich erst mal zeigen.

Mit dem Auszug hat alles gut geklappt. Freunde und Nachbarn haben geholfen. Der Umzugslaster war ruckzuck voll. Genau wie unser kleines Auto, in dem Mama und ich jetzt sitzen. Tom schaukelt mit den Möbeln voraus. Er hat ein Navigationsgerät an Bord. Wir müssen ihm nur folgen.

Nach einer sterbenslangweiligen Fahrt über verschiedene Autobahnen und mehreren Pausen kommen wir unserem Ziel immer näher. Die Landschaft verändert sich, nachdem wir die Autobahn hinter uns gelassen haben. Alles ist grün und flach. Man kann bis zum Horizont schauen und noch ein ganzes Stück weiter. Wahrscheinlich bis zum letzten Zipfel der Welt.

Auch die Kühe sind hier anders, fällt mir auf. Vorhin waren die fast alle braun. Hier sind sie überwiegend schwarz und weiß gefleckt. Die Sonne scheint. Der Himmel ist knallblau. Schneeweiße Schäfchenwolken hängen tief über dem Land und ziehen langsam vorüber. Ich lasse das Fenster herunter und halte meine Nase in den Wind. Die Luft riecht frischer als zu Hause. Es duftet nach Gras und Salz.

Mama beugt sich über das Lenkrad. „Schau mal, dahinten! Ich glaube, das ist schon das Meer."

Ich verenge die Augen zu schmalen Schlitzen und schaue in die Richtung, in die sie zeigt. Tatsächlich. Da ist ein dünner, blauer, glitzernder Streifen Wasser zu sehen. Wirklich praktisch, dass man hier so unglaublich weit gucken kann. Kein Haus nimmt einem die Sicht. Höchstens vielleicht mal ein Baum, eine Kuh oder ein Misthaufen. Menschen scheint es hier nicht zu geben.

Nachdem wir kilometerlang schnurgeradeaus gefahren sind, setzt Papa irgendwann den Blinker. Der Laster biegt in eine holprige Landstraße ein. Wir rumpeln hinter ihm her. Rechts und links stehen hohe Bäume neben der Fahrbahn. Ihre Kronen berühren sich, wodurch es sich anfühlt, als würden wir durch einen schattigen Tunnel rollen. Mama runzelt die Stirn.

„Hast du irgendwo ein Ortsschild gesehen?", fragt sie mich.

„Nö." Ich schüttele den Kopf. „Auf dem letzten Schild, das ich gesehen hab, stand DURCHFAHRT VERBOTEN."

„Was?“ Sie wirft mir einen entsetzten Blick zu.
Ich grinse nur. Dann trinke ich einen Schluck Wasser und fange an, die Schlaglöcher zu zählen, durch die wir fahren. Es sind ziemlich viele, weshalb ich schon bald mit der Zählerei aufhöre.
Nach einer halben Ewigkeit hält der Möbelwagen endlich an. Wir stoppen hinter ihm auf einem Seitenstreifen.
„Sind wir da?“, frage ich müde.
„Es scheint so.“ Mamas Stimme klingt nicht sehr überzeugt.
Vor uns klettert Tom aus dem Laster. Er legt den Kopf in den Nacken und streckt sich. Dann kommt er zu uns. Wir öffnen die Türen, steigen aus und schauen uns um. Doch, ich glaube, wir sind tatsächlich am Ziel. Ich erkenne die verwilderte Hecke von den Fotos wieder. Dahinter lugt das Strohdach hervor.
„Willkommen in Kleefeld, Familie!“ Tom breitet die Arme aus und gibt zuerst Mam und dann mir einen Kuss.
„Wo ist denn hier das Klo? Ich muss mal“, sage ich. „Und was sind das für Müllcontainer?“
Ich bin ein Stück vorausgegangen und luge um die Hecke. Da ist das Wohnhaus, da die Scheune und da der windschiefe Schuppen. Und noch etwas ist da: Mitten in der Hofeinfahrt stehen zwei riesige, rostige Baustellencontainer.
„Ups, die sollten eigentlich erst morgen geliefert werden. Na, egal …“ Tom ist mir gefolgt und lacht. Es klingt ein bisschen unsicher.

„Wie sollen wir jetzt unsere Sachen abladen? Da passt der Möbelwagen doch niemals dran vorbei! Gibt es noch eine andere Einfahrt? Oder wie hast du dir das vorgestellt?“ Mam schiebt die Augenbrauen zusammen.
„Ach, das wird schon irgendwie gehen.“ Tom kratzt sich am Hinterkopf und sieht überfordert aus.
„Wo ist das Klo-ho?“, bringe ich mich in Erinnerung.
Er will es mir gerade erklären, als mit einem Mal wütendes Gegacker und Geschnatter ertönt. In der gleichen Sekunde schießt eine Gans hinter einem Gebüsch hervor, gefolgt von drei Hühnern. Sie flattern geradewegs auf uns zu, wild mit den Flügeln schlagend und laut schimpfend, als wollten sie uns angreifen und verjagen. Hilfe!
Wir bringen uns blitzschnell hinter den Containern in Sicherheit. Mama klatscht in die Hände und ruft „Sch-sch! Weg da, kusch!“, aber das scheint die Viecher nur noch angriffslustiger zu machen. Die Hühner plustern sich auf. Die Gans zischt. Ihr Schnabel sieht echt gefährlich aus. Ich halte mir vorsichtshalber die Augen zu. Als ob das was bringen würde …
„Purgh-purgh! Purgh-purgh!“, lockt plötzlich eine Stimme von irgendwoher. Ich traue mich, die Augen wieder aufzumachen. Die Gans klappt den Schnabel zu, reckt den Hals, blinzelt ein paarmal und wendet den Kopf hin und her. Die Hühner hören auf zu flattern und zu gackern.

Die Stimme erklingt noch einmal: „Purgh-purgh! Purgh-purgh! Kommt gefälligst nach Hause, ihr Bande!“
Wie von Zauberhand gelenkt watscheln die Vögel leise schnatternd davon, als wäre nichts geschehen. Ein paar weiße Flaumfedern bleiben zurück. Ich hebe eine auf und betrachte sie.
„Das war ja –“, murmelt Tom.
„Unglaublich!“ Mam wischt sich den Staub vom Rock.
„Krass cool“, grinse ich. „Fast hätte ich mir in die Hose gepieselt. Wenn ich das Gunhild erzähle! Wo ist denn nun das Klo?“
„Gleich da drüben, in dem Häuschen neben dem Schuppen.“ Tom zeigt auf eine verwitterte Bretterbude. Jemand hat ein herzförmiges Loch in die Tür geschnitzt. Vielleicht Tante Tilda?
„DAS ist unsere Toilette? Ein Plumpsklo? Bitte sag mir, dass das nicht wahr ist!“ Mam starrt Tom fassungslos an.
Der zuckt mit den Schultern. „Doch, irgendwie schon. Jedenfalls

solange ich das Bad nicht renoviert habe und wir noch nicht an die öffentliche Kanalisation angeschlossen sind. Es ist übrigens kein Plumpsklo, sondern eine biologische Komposttoilette. Voll ökologisch, total genial. Man muss nur …"

Mam bringt ihn mit einem frostigen Blick zum Schweigen.

Weil ich mir inzwischen wirklich beinahe in die Hose mache und außerdem unbedingt wissen will, was es mit dieser total genialen, ökologisch-biologischen Komposttoilette auf sich hat, verschwinde ich hinter der Herzchentür und verriegele sie von innen. Eine fette, grün schimmernde Fliege schwirrt mir vor der Nase herum. Ich scheuche sie weg und nehme das Holzbrett, vor dem ich stehe, genauer unter die Lupe. In die Mitte ist ein normaler Toilettensitz eingelassen. Ich hebe den Deckel an und blicke in ein nicht ganz so normales, etwas unheimliches tiefes, dunkles Loch. Neben dem Sitz steht ein Blecheimer mit Holzspänen, Erde und einer kleinen Handschaufel. Eine Rolle Klopapier liegt griffbereit daneben. Ich klappe den Deckel ganz nach oben. Es stinkt überhaupt nicht. Es riecht höchstens ein bisschen nach Erde. Dann setze ich mich auf die Klobrille und versuche, nicht an die Leute zu denken, die vor mir hier gesessen haben.

Die Sonne scheint durch das Loch in der Tür. Ich kann ein herzförmiges Stück des blauen Himmels sehen.

Okay, denke ich. Und wie spült man jetzt?

Als hätte Tompa meine Gedanken gelesen, ruft er von draußen:

„Es gibt keine Wasserspülung! Wenn du fertig bist, schaufelst du einfach etwas Holz und Erde drauf!"

Ich höre Mama laut aufstöhnen.

„Ist gut!", rufe ich zurück. Die Fliege ist schon wieder da. Anscheinend wohnt die hier.

Es ist viel zu mühsam, unsere Sachen aus dem Möbelwagen von der Straße an den Containern vorbei ins Haus zu schleppen, und außerdem darf Mama nichts Schweres tragen, weshalb wir beschließen, erst einmal nur das Nötigste hineinzubringen, also ein paar Kissen und Decken, unsere Schlafanzüge und Zahnbürsten, und uns alles in Ruhe anzugucken. Nach meiner Komposttoilettenerfahrung bin ich ganz froh darüber. Ich will endlich mein Zimmer sehen!

Tom schließt die zweigeteilte Haustür auf, macht ein feierliches Gesicht und trägt Mama über die Schwelle, als wären sie ein frisch getrautes Brautpaar. Im Innern setzt er sie vorsichtig neben den Kisten und Möbeln ab, die Jesko hergebracht hat. Papa hatte ihm einen Schlüssel mitgegeben. Als er sich zu mir umdreht und mich auch hineintragen will, schüttele ich schnell den Kopf.

„Ich kann alleine gehen!" Zum Beweis hüpfe ich über die steinerne Türschwelle. Sie sieht ein bisschen wie ein umgekippter Grabstein aus, finde ich, aber das behalte ich lieber für mich. Meine Mutter ist noch zu geschockt von dem Plumpsklo.

Wir stehen mitten in einem großen, dunklen, kühlen Flur, von dem mehrere Türen abgehen. Die Decke ist ziemlich niedrig und es gibt kein Licht. Nur zwei schmale Fenster links und rechts neben der Haustür, die wahrscheinlich seit ewigen Zeiten nicht mehr geputzt worden sind. Statt durch Glas schaut man durch Spinnweben. Ich mag Spinnen.

Neugierig öffne ich eine der Türen und finde mich in einer altmodischen Küche wieder. Der Fußboden besteht aus lauter schwarzen und weißen Fliesen, von denen einige Risse haben. In einer Ecke steht ein senfgelber Kachelofen, an der Wand gegenüber ein himmelblauer Geschirrschrank. Vor dem Fenster hängen geblümte Gardinen. Dann gibt es noch einen Esstisch mit vier schiefen Stühlen, einen riesigen Kühlschrank, einen uralten Herd, mehrere Wandregale mit Tassen und Tellern, einen Kalender vom letzten Jahr und eine hässliche Deckenlampe, an der ein langer Klebestreifen mit ungefähr tausend toten Fliegen baumelt. Ganz schön eklig.

„Äh, ja … Das ist die Küche", sagt Tom. „Beziehungsweise, das wird die Küche, wenn sie erst mal fertig ist."

Mama wirft nur einen kurzen Blick hinein und dreht sich sofort wieder um. Sie öffnet die nächste Tür. Dann die übernächste. Keins der Zimmer scheint ihr wirklich zu gefallen. Vielleicht ist sie aber auch nur zu erschöpft, um sich richtig zu freuen.

Toms Gesicht wird immer unglücklicher.

„Mir gefällts“, behaupte ich, um ihn aufzuheitern. „Wo geht denn diese Treppe hin?“

„Nach oben“, antwortet er schwach.

„Und was ist da oben?“ Ich stehe schon auf der untersten Stufe.

„Die Schlafzimmer.“

„Cool! Darf ich mir mein Zimmer selbst aussuchen?“

„Natürlich darfst du das.“ Mama streicht mir müde lächelnd übers Haar. „Such dir das schönste aus.“

Das lasse ich mir natürlich nicht zweimal sagen. So schnell, wie ich oben bin, können meine Eltern nicht mal Piep sagen. Die alten, morschen Holzstufen knacken und knarren bedrohlich unter meinen Füßen, aber ich achte gar nicht darauf. Oben angekommen drehe ich mich einmal um die eigene Achse. Auch hier gibt es einen großen Flur, aber er ist viel heller als unten, weil von beiden Seiten goldenes Abendlicht durch große Sprossenfenster fällt. Trillionen Staubkörnchen tanzen um mich herum. Ich muss niesen. Dann öffne ich auf gut Glück eine Tür. Ich weiß sofort, dass dies mein neues Zimmer sein soll. Es ist groß, aber nicht zu groß. Der Fußboden besteht aus Holzdielen mit lauter Astlöchern. Eine Wand ist schräg, die anderen gerade. Ein paar Kisten stehen herum, eine alte Kommode, ein blinder Spiegel und ein Stuhl mit löchrigem Polster.

Ich gehe zum Fenster, mache es auf und schaue direkt in eine grüne Baumkrone. Es ist keine Kastanie, sondern eine Eiche. Das

erkenne ich am Stamm und an den Blättern, hinter denen sich eine Amsel versteckt.
„Hey, Vogel! Hallo, Baum!“, rufe ich. „Ich bin Jella. Ich wohne ab jetzt hier.“
Ich lehne mich weit hinaus und schließe die Augen. Der Wind fährt raschelnd durch das Blattwerk. Es hört sich fast so an, als würde die Eiche mir antworten.
„Jella!“, blökt Tom in dieser Sekunde von unten. „Kommst du mal runter?“
„Ja-ha!“, brülle ich zurück. „Ich komme gleich!“
Ich hake das Fenster so ein, dass ein Spalt offen bleibt. Bevor ich hinunterlaufe, öffne ich aus Neugier noch schnell die übrigen Türen. Ich entdecke ein weiteres Schlafzimmer und direkt daneben einen etwas kleineren Raum. Auf der anderen Seite ist eine Abstellkammer mit allem möglichen Gerümpel und ein Badezimmer. Es ist von oben bis unten dunkelgrün. Alles, ungelogen. Die Wanne, das Waschbecken, die Toilette, die Kacheln an den Wänden, die Fliesen auf dem Boden – sogar die Vorhänge sind grün! Als hätte ein verrückter Förster hier gehaust. So was Scheußliches hab ich noch nie gesehen. Hat Papa vorhin nicht etwas von Badezimmerrenovierung gesagt? Ich hoffe, dass er gleich morgen damit anfängt. Bevor meine Mam auf die Idee kommt, zu sagen, dass sie sich schon immer ein Bad in ihrer Lieblingsfarbe gewünscht hat.

„Jella!“
„Komme schon!“ Ich knalle die Badezimmertür hinter mir zu und flitze nach unten. „Warum musste ich vorhin auf die Komposttoilette? Da oben gibts doch ein richtiges Klo“, sage ich zu meinem Vater, der am Fuß der Treppe auf mich wartet.
„Das können wir noch nicht benutzen. Zuerst müssen die Rohre gereinigt und die Klärgrube geleert werden.“ Bei dem Wort Klärgrube hat er die Stimme gesenkt, aber meine Mam verfügt über ein sehr feines Gehör.
„Plumpsklo? Klärgrube? Gibt es noch etwas, über das wir reden sollten?“, fragt sie. Ihre Stimme klingt gereizt.
Tom murmelt, dass er sich gleich morgen früh darum kümmert. „Zuerst rufe ich die Baufirma an, damit die Container umgesetzt werden“, murmelt er. „Danach kümmere ich mich um den Rest.“
„Ich hab mir das coolste Zimmer ausgesucht!“, verkünde ich fröhlich, um Mama aufzuheitern und sie von dieser Grube abzulenken, von der ich nicht wirklich wissen will, wofür wir die eigentlich brauchen. „Vor dem Fenster steht ein Baum, genau wie zu Hause“, füge ich hinzu. In der gleichen Sekunde fällt mir ein, dass ich jetzt hier zu Hause bin. Wie lange es wohl dauert, bis mein Gehirn und mein Herz das kapieren? „Das zweite Schlafzimmer ist auch ganz toll. Das könnt ihr nehmen“, plappere ich weiter. „Gleich daneben ist sogar ein passendes Kinderzimmer für den da.“ Ich stupse Mams Bauch an. Sie lächelt.

„Was hältst du davon, wenn wir alles stehen und liegen lassen und irgendwo gemütlich eine Pizza essen?“, fragt sie mich. „Es war ein anstrengender Tag. Wir sind alle müde und hungrig. Bald wird es dunkel. Wegen der Container können wir heute eh nichts mehr ausladen. Das machen wir morgen, wenn wir uns ausgeruht haben. Einverstanden?“
„Na, klar. Aber wo wollen wir heute Nacht pennen? Können wir nicht wenigstens unsere Betten aufbauen?“ Ich denke natürlich ganz speziell an mein Hochbett, für das ich längst einen passenden Platz ausgeguckt habe.
„Ich hole nachher nur die Matratzen aus dem Lkw“, meint Tom. „Die Bettgestelle bauen wir morgen in Ruhe auf. Dafür brauche ich mein Werkzeug. Die Zimmer müssen ja zuerst auch ein bisschen sauber gemacht werden.“
Mama zieht die Augenbrauen hoch und verkneift sich einen Kommentar wegen des bisschen Saubermachens. Stattdessen schnappt sie sich die Autoschlüssel und geht voraus. Papa schließt die Haustür hinter uns ab. Ich strecke die Hand aus, streichele die raue Backsteinwand und grinse.
Unser eigenes Haus, denke ich. Mit einem Herzchenklo, einer Klärgrube und einem alten Baum.

DAS VIERZEHNTE KAPITEL,

in dem ich die Gegend erkunde, verschiedene gefährliche Tiere und Pflanzen kennenlerne, über allem die Sonne scheint und plötzlich ein rothaariges Mädchen auftaucht.

Am nächsten Morgen weiß ich zuerst nicht, wo ich bin. Aber dann sehe ich die Eiche vor dem Fenster und es fällt mir wieder ein. Meine Matratze liegt mitten im Zimmer. Während ich gähne, stelle ich fest, dass ich echt gut geschlafen habe. Ob das an dieser berühmten guten Landluft liegt, von der immer alle reden?

Bis auf das Vogelgezwitscher ringsherum ist es ruhig. Kein Auto ist zu hören. Nichts. Ganz anders als in der Stadt, wo um diese Uhrzeit schon eine Menge Verkehr herrscht, Müllwagen über Bordsteine rumpeln und Menschen zur Arbeit fahren. Hier rumpelt nur eins, und das ist mein Magen.

Gestern hat es noch ewig gedauert, bis wir endlich eine Pizzeria entdeckt haben. Im Nachbardorf, wo wir zuerst waren, gab es außer einer Kirche, einem Friedhof, einem Tante-Emma-Laden und einer Kneipe, die *Zum alten Brunnen* heißt, nicht viel, weshalb wir Benzin verschwenden und einige Kilometer weiter in den übernächsten Ort fahren mussten. Da hatten wir plötzlich

Handyempfang und haben zuerst mal allen Leuten Bescheid gesagt, dass wir gut angekommen sind. Ich hab natürlich Gunhild angerufen. Sie hat sich total gefreut. Es war ein richtig schöner Abend. Die Pizza war lecker und riesengroß. Ich hab meine nicht ganz geschafft. Unten in der Küche liegt noch ein Stück. Das werde ich gleich zum Frühstück essen. Und dann hole ich mein Rad aus dem Möbelwagen und gucke mir die Umgebung an. Auf der Rückfahrt vom Abendessen hab ich nicht viel davon gesehen. Hier gibt es nämlich keine Straßenlaternen. Hätte der Mond nicht geschienen, hätten wir uns garantiert noch ein paarmal mehr verfahren.

Ich krabbele aus dem Bett, tapse barfuß ans Fenster, öffne es weit und sage: „Guten Morgen, Baum!“ Dann drehe ich mich um, schleiche am Elternschlafzimmer vorbei und die Treppe hinunter. Tom und Swantje schnarchen im Duett. Ich hab nicht vor, sie zu wecken. Die sollen mal schön ausschlafen.

Obwohl ich auf Zehenspitzen gehe, knarren die Stufen bei jedem Schritt. Unten im Flur stehen unsere Reisetaschen mit frischen Klamotten. Die waren zum Glück im Auto und nicht im Möbelwagen. Ich kann mich also waschen, Zähne putzen und sogar ein sauberes T-Shirt anziehen. Aber zuerst die Pizza!

Die alte Küche ist eigentlich ganz gemütlich, finde ich. Durch die schmierigen Fensterscheiben fällt Morgenlicht. Ich drehe den Wasserhahn über dem Spülbecken auf, um meine Trinkflasche zu füllen. Zuerst gluckert es in der Leitung, dann ächzt es. Schließlich tröpfelt es. Das wird wohl nix. Aber draußen gibt es noch einen Wasserhahn. Den hab ich gestern zufällig gesehen. Vielleicht funktioniert der ja. Ich klemme die Flasche unter meinen Arm, schiebe mir das Pizzastück zwischen die Zähne und mache die Haustür auf, indem ich zwei große Riegel zurückschiebe. Auf- und Zuschließen geht nur von außen. Drinnen genügen anscheinend diese rostigen Dinger.

Zwanzig Minuten später bin ich bereit. Es ist warm. Shorts, T-Shirt, Fahrradhelm und Turnschuhe reichen. Mein Magen ist voll, die Aluflasche auch. Fehlt nur noch mein Rad. Wie kriege ich das jetzt aus dem Möbelwagen? Muss ich dazu die Ladefläche rauf- und runterfahren? Wo sind überhaupt die Schlüssel?

„Mist!", fluche ich laut, nachdem ich vergeblich an der Fahrertür gerüttelt habe. Die Beifahrertür ist auch zu. Genau wie die hintere Klappe.

„Guten Morgen. Kann ich dir helfen?" Tompa steht neben den Containern in der Einfahrt. Er hat einen mit rosa Pinguinen bedruckten Schlafanzug an und nichts an den Füßen. Er winkt mir verschlafen mit seinem Smartphone zu.

„Ja, ich brauche mein Fahrrad!" Ich trete halbherzig gegen einen Reifen, aber davon gehen die Türen leider auch nicht auf.

„Kein Problem." Er kommt auf mich zu, zieht im Gehen den elektronischen Autoschlüssel aus der Schlafanzughosentasche und drückt auf einen Knopf. Die Blinker leuchten kurz auf. Die Türschlösser klicken. „Swantje schläft noch. Ich will gleich mit dem Containerdienst telefonieren, damit die jemanden vorbeischicken, der die Dinger umsetzt. Ich muss den Laster eh ein Stück vorfahren, um die Einfahrt frei zu machen. Hast du gut geschlafen? Was Schönes geträumt? Du weißt ja: Was man in der ersten Nacht in seinem neuen Zuhause träumt, geht in Erfüllung." Er zwinkert mir zu.

„Ich hab gut geschlafen, aber nichts geträumt. Jedenfalls nichts, an das ich mich erinnern kann. Wenn ich das mit der Traumerfüllung vorher gewusst hätte, hätte ich mir mehr Mühe gegeben. Kannst du mir jetzt das Rad rausholen? Es steht gleich vorne zwischen den Kisten. An der Seite, wo gestern die Matratzen standen."

„Was hast du vor?" Tom lässt die Klappe herunter und klettert in den Laderaum, der bis unters Dach vollgestopft ist.

„Nix Besonderes. Nur ein bisschen in der Gegend rumfahren", erwidere ich achselzuckend. „Cool, da ist es ja! Und mein Streikschild auch!"

Tom packt das Rad am Lenker, zieht es zwischen den Kisten hervor und lässt es vorsichtig zu mir herunter. „Brauchst du das Schild heute?"

„Nö, ist ja kein Freitag. Aber kannst du es vielleicht nachher in mein Zimmer legen?"

„Mach ich." Tom nickt. „Hast du gefrühstückt? Dein Handy dabei?"
„Ja und ja. Alles beides", antworte ich brav. „Darf ich jetzt los?"
„Klar, viel Spaß! Verfahr dich nicht und bleib nicht zu lange weg."
„Okay. Bis dann!" Ich schwinge mich in den Sattel und trete in die Pedale. Als ich den Kopf wende und über die Schulter zurückschaue, watschelt Tom im Schlafanzug die Straße rauf und runter und hält auf der Suche nach einem stabilen Netz sein Telefon in die Luft. Es sieht so witzig aus, dass ich vor Lachen kurz ins Schlingern komme. Ich gucke schnell wieder nach vorne und kichere vor mich hin. Dann radele ich einfach drauflos. Angst, dass ich mich verirren könnte, hab ich nicht. Unsere Adresse ist Kleefeld Nummer 1 in Kleefeld. Das kann ich mir locker merken. Die Straßen führen hier mehr oder weniger alle geradeaus, es gibt keine Berge und man kann kilometerweit gucken. Also, überhaupt kein Problem für Jella Blume.
Ich rolle ein Stück bergab. Am Ende der Landstraße steht etwas abseits und halb verborgen hinter einer hohen Hecke ein weißes Haus. Es sieht hübsch aus. Wie ein kleiner, gemütlicher Schuhkarton. Eine Außenwand ist komplett mit Efeu überwuchert. Auf dem Dach sind Solarzellen befestigt. Im Garten dreht sich ein Windrad. Ein Schaf und zwei Ziegen grasen davor. Hühner gackern, Enten schnattern. Überall blüht und grünt, summt und brummt es wie verrückt. In einer zugewucherten Ecke stehen

bunte Holzkisten. Ob das Bienenstöcke sind? Ich hab noch nie welche in echt gesehen, nur auf Bildern.
Ich halte an, um mir alles anzugucken. Das Schaf hat sich in den Schatten gelegt und kaut auf irgendetwas herum. Die Ziegen rupfen Grasbüschel aus. Sie mümmeln vor sich hin und unterhalten sich leise meckernd miteinander. Die Glöckchen an ihren Halsbändern bimmeln bei jedem Schritt. Ich mache ein Foto mit dem Handy. Das kann ich Gunhild schicken, falls ich irgendwann Empfang habe. Ich hab auch schon den passenden Text dazu:
Unsere neuen Nachbarn. Sind die nicht süß?
Ich bin total versunken in den Anblick der Ziegen und in ihr sanftes Gebimmel, dass ich zuerst gar nicht auf das Hundegebell achte. Erst als es lauter wird, schaue ich in die Richtung, aus der es kommt. Ich sehe zwei Hunde wild kläffend die Einfahrt herunterjagen, einen weißen und einen dunkelbraunen. Sie zwängen sich unter der Pforte hindurch und preschen direkt auf mich zu. Die beiden sind nicht besonders groß. Ihre Schlappohren flattern beim Laufen. Eigentlich sehen sie ganz nett aus und nicht besonders bedrohlich. Das Kläffen und Knurren klingt aber schon ziemlich sauer. Außerdem haben Hunde spitze Zähne und kräftige Kiefer – das gilt auch für kleinere Exemplare –, weshalb ich beschließe, die Flucht zu ergreifen, bevor die Viecher mich zum Frühstück verputzen.
Ich stopfe das Handy in die Seitentasche meiner Shorts, springe

aufs Rad und düse los, so schnell ich kann. Hoffentlich bin ich schnell genug. Ich traue mich nicht, mich umzudrehen, aber ich bilde mir ein, den ekligen Hundesabber schon fast an meinen Waden zu spüren.

„Bitte nicht beißen, bitte nicht beißen …“, murmele ich angespannt vor mich hin. Am liebsten würde ich die Augen zukneifen, aber das geht schlecht während der Fahrt.

Plötzlich höre ich lautes Rufen hinter mir: „Schipper! Käpt'n! Wollt ihr wohl, ihr Bagaluten! Hierher, bei Fuß!“

Die Stimme kommt mir bekannt vor. Ich glaube, es ist die von gestern, die das ausgeflippte Geflügel zurückgerufen hat. Vielleicht täusche ich mich auch, kann sein. Jetzt ist eh nicht der richtige Zeitpunkt, um darüber nachzudenken. Ich muss mein Leben retten. Damit hab ich mehr als genug zu tun. Ich strampele wie bekloppt. Die Hunde fallen zurück und geben auf.

Irgendwann beschreibt die Straße eine leichte Kurve und gabelt sich. Ein Schild zeigt nach links zum Strand, ein anderes nach rechts in das nächste Dorf. Weil ich das Dorf schon vom Durchfahren kenne – es ist das mit der Kirche, dem Friedhof, dem Tante-Emma-Laden und der Kneipe –, entscheide ich mich für den Strand und biege kurz entschlossen links ab.

Inzwischen bin ich ganz schön ins Schnaufen gekommen. Es ist warm, um nicht zu sagen heiß. Die Sonne knallt mir auf den Helm. Ich bremse auf dem Schotterstreifen neben der Fahrbahn, wo ich das Rad gegen einen Baum lehne und meine Trinkflasche vom Gepäckträger nehme. Im selben Augenblick bin ich von einer Million heimtückischer Mücken umzingelt, die einen Landeplatz auf meiner verschwitzten Haut suchen. Einigen gelingt es. Es fängt sofort zu jucken an.

„Stecht gefälligst jemand anderen, ihr blöden Blutsauger! Mist, verflixter! Verzieht euch!“ Ich fluche, während ich gleichzeitig mit allem, was ich habe, um mich schlage und meinem Spitznamen Jella Wirbella alle Ehre mache. Ich hüpfe auf der Straße herum und vollführe einen wilden Tanz. Es muss total bescheuert aussehen, aber zum Glück sieht mich keiner. Dachte ich jedenfalls …

Wie aus dem Nichts schießt plötzlich ein Mädchen auf einem Mountainbike an mir vorbei – und zwar so dicht, dass es mich beinahe streift. Vor Schreck werfe ich die Wasserflasche in hohem Bogen in den nächsten Graben, springe hinterher und finde mich bis zum Bauch in Brennnesseln wieder. So schnell ist noch nie eine Elfjährige aus einem Graben gekrabbelt, jede Wette!

„Hey, hast du keine Klingel, Mann?“, brülle ich.

Das Mädchen hält an und schaut zurück. Ich schätze, es ist ungefähr so alt wie ich. Seine Locken und der Fahrradlack haben fast den gleichen roten Farbton. Wenn ich nicht mit dem fiesen Mückenschwarm beschäftigt gewesen wäre, hätte ich diese Alarmfarbe schon von Weitem sehen müssen. Hab ich aber nicht.

„Klar hab ich 'ne Klingel!", ruft die Rothaarige mir zu und lässt zum Beweis die Glocke am Lenker bimmeln. „Gehts dir gut? Hast du dir wehgetan?"
„Nein!", blöke ich zurück und klaube meine Trinkflasche auf. Zum Glück ist die im Gras gelandet und nicht in den Brennnesseln.
„Dann ist ja alles okay. Bis dann, man sieht sich!" Das Mountainbike-Mädchen dreht sich um, stößt sich mit dem Fuß ab und radelt seelenruhig davon.
„Blöde Tomate", grummele ich und trinke einen Schluck Wasser. Meine Beine brennen von den Brennnesseln, die Augen tränen vom Schweiß, geschätzte zwanzig Mückenstiche jucken wie blöd, meine Haare kleben unter dem Helm und auf der Nase bekomme ich todsicher einen Sonnenbrand, weil ich vorhin vergessen habe, mich einzucremen. Was für ein bescheuerter Ausflug!
Soll ich trotzdem weiterfahren? Ja, beschließe ich. Viel schlimmer kann es kaum werden, und außerdem ist es nicht mehr weit. Ich höre schon Möwen kreischen. Wo Möwen sind, ist Wasser. Und wo Wasser ist, ist der Strand. Oder nicht?
Mein Rad steht neben dem Baumstamm wie ein braves Pferd, das auf seinen Cowboy wartet. Ich wünschte, es wäre ein Pferd. Oder wenigstens ein Pony. Dann könnte ich jetzt bequem reiten und müsste mich nicht mehr abstrampeln. Aber man kann nicht alles haben. Seufzend mache ich mich auf den Weg.

Wenige Minuten später bin ich am Strand, und der ist wunder-wunderschön. Nicht besonders groß, nicht sehr breit, aber toll. Und fast menschenleer! Ich war schon einige Male am Meer, in den Ferien, als ich noch kleiner war, aber das hier ist was anderes. Jetzt wohne ich hier. Es fühlt sich an, als würde der Strand mir gehören. Zumindest ein kleines Stück davon. Es ist fast windstill. Vielleicht gibt es deshalb keine Wellen? Oder ist das hier immer so? Das Meer schwappt träge vor und zurück. Nur weiter hinten, wo es tiefer ist, sind weiße Schaumkronen zu sehen.

Ich schließe mein Rad ab, klemme den Helm unter den Gepäckträger, schnappe mir die Trinkflasche, schlüpfe aus den Turnschuhen und stapfe los. Immer geradeaus durch den warmen Sand, bis ich irgendwann mit den Füßen im flachen Wasser stehe. Es ist kalt und klar. Ich kann bis auf den Grund gucken. Viele kleine Steine und Muscheln, dazwischen Sand und Seetangbüschel. Ich patsche ein bisschen darin herum. Am liebsten würde ich schwimmen gehen, aber erstens weiß ich nicht, ob das hier eine Badestelle ist, und zweitens habe ich keine Badesachen dabei. Nicht mal ein Handtuch. Über meinem Kopf schreit eine riesige Möwe und guckt mich streng von oben an. So einen großen Vogel habe ich überhaupt noch nicht gesehen.

„Lass mich bloß in Ruhe, du Geier, und kack mir ja nicht auf den Kopf!“, knurre ich. „Mein Bedarf an wilden Tieren ist für heute gedeckt.“

Als hätte sie mich verstanden, schreit sie noch einmal und segelt kurz darauf davon. Zufällig schaue ich zur Seite und entdecke in der Ferne das Mädchen mit den roten Locken. Auch das noch! Zum Glück ist es ein ganzes Stück weg und scheint mich nicht zu bemerken. Es zieht einen Sack oder eine Tasche hinter sich her. So genau kann ich das nicht erkennen. Ab und zu bückt es sich, sammelt etwas auf und wirft es in den Beutel. Vielleicht eine Muschel oder einen Stein, eine Feder oder ein Stück Treibholz. Was weiß ich, hier liegt alles Mögliche rum.
Weil ich nicht noch mal mit der zusammentreffen will, gehe ich vorsichtshalber in die andere Richtung und suche mir einen flachen Stein, von dem aus ich auf das Meer schauen kann. Vielleicht kann ich Gunhild ein paar hübsche Fotos schicken, wenn es hier ein Handynetz gibt. Falls nicht, ist es auch nicht schlimm. Einfach nur in Ruhe dasitzen und gucken und frische Seeluft schnuppern ist schließlich auch ganz schön.

„Jella, deine Nase! Hast du dich denn nicht eingecremt?“, begrüßt Mam mich, als ich irgendwann nach Hause komme. Sie steht auf dem Hof und sortiert den Inhalt mehrerer Kisten. Irgendwo wird geklopft und gehämmert. Anscheinend hat Tom seinen Werkzeugkoffer gefunden. Die Container wurden auch umgesetzt. Der

Möbelwagen parkt jetzt direkt vor der Haustür. Ich stelle mein Rad ab und schiebe mich daran vorbei. Ich hab Hunger und Durst und muss außerdem ganz dringend aufs Klo.

„Ich wusste nicht, in welchem Umzugskarton die Sonnenmilch ist", antworte ich und verschwinde schnell hinter der Herzchentür.

Im Innern des Komposttoilettenhäuschens hängt ein Spiegel. Ich werfe einen Blick hinein. Nicht nur meine Nase ist knallrot, meine Augen sind es auch – und das kommt nicht von der Sonne. Auf dem Rückweg hatte ich einen ganz komischen Heimwehanfall und musste urplötzlich losheulen. Keine Ahnung, wieso. Ich hab nur an mein altes Zimmer gedacht, an Gunhild, die Kastanie und die Handballmädels, sogar an Frau Borken-Hagen. Zum Glück war der blöde Anfall rasch wieder vorbei. Vielleicht, weil ich mich so konzentrieren musste, als ich an dem weißen Schuhkartonhaus vorbeigefahren bin. Die Ziegen und das Schaf waren da, auch ein paar Hühner. Von den Hunden waren nicht mal die Schwanzspitzen zu sehen.

Als ich zwei Minuten später wieder ins Freie trete, faltet Mama die leeren Umzugskartons zusammen. Ich frage sie, ob ich ihr helfen soll, aber sie schüttelt den Kopf. „Nee, lass mal. Fang ruhig schon mal an, dein Zimmer einzuräumen. Tom hat vorhin die Fenster geputzt und alles noch mal durchgewischt. Magst du die alte Tapete oder müssen wir die noch überstreichen?"

Die Wände in meinem neuen Zimmer sind blau-weiß gestreift. Das sieht eigentlich ganz hübsch aus.
„Die Tapete gefällt mir. Die kann so bleiben", sage ich.
„Fein. Falls du es dir irgendwann anders überlegst, können wir immer noch neu tapezieren und streichen. Jetzt ziehen wir erst mal ein." Mama wischt sich eine Haarsträhne aus dem Gesicht und lächelt. „Ach", sagt sie dann, „Frau Kiekbusch hat vorhin Eier, Ziegenmilch und ein großes Glas Honig zur Begrüßung vorbeigebracht."
„Wer?" Ich ziehe die Nase kraus.
„Valentina Kiekbusch, unsere Nachbarin. Sie wohnt in dem kleinen weißen Haus am Ende der Straße."
„Hat die zufällig Hunde?"
„Ja, kann sein. Sie ist die alte Dame mit dem Zoo, von der Tom erzählt hat. Die Hühner und die Gans, die uns gestern überfallen haben, gehören ihr auch. Und sie hat eigene Bienenstöcke auf dem Grundstück."
„Die Hunde wollten mich vorhin fressen."
„Wie bitte?" Mam stemmt die Hände in die Seiten.
„Vielleicht wollten sie auch nur Hallo sagen." Ich grinse schief.
„Pass bitte auf, wenn du alleine unterwegs bist, Jella. Ich glaub nicht, dass die Hunde von Frau Kiekbusch bissig sind, aber sei trotzdem vorsichtig. Okay?"
„Klar", verspreche ich. Die Mückenattacke, meinen Sprung in die

Brennnesseln und den Fast-Zusammenstoß mit dem rothaarigen Mädchen behalte ich lieber für mich. „Haben wir was zu essen? Ich hab Hunger."

„Tom war vorhin einkaufen und hat Sandwiches gemacht. Sie liegen im Kühlschrank. Äpfel, Bananen und Kekse sind auch da. Nimm dir, was du magst. Heute Abend gibts Nudeln mit Tomatensoße." Mam zwinkert mir zu.

Ich verschwinde in der Küche und nehme mir eins der dicken Sandwichpäckchen aus dem Kühlschrank. Dabei fällt mein Blick auf einen Glaskrug. Ob die weiße Flüssigkeit darin die frisch gezapfte Milch von Frau Kiekbuschs Ziegen ist? Ich hab noch nie Ziegenmilch getrunken. Wie die wohl schmeckt? Ich hole ein Glas und beschließe, es herauszufinden.

Sekunden später hänge ich über der Spüle und spucke die Brühe in den Abfluss. Der Geschmack ist ungefähr so, wie Ziegen riechen. Also ziemlich streng. Nee, danke. Da trinke ich lieber Leitungswasser. Aber wenigstens kann ich jetzt behaupten, dass ich sie probiert habe. Gunhild wird Augen machen, wenn ich ihr das erzähle.

Obwohl ich keine Eier esse und Ziegenmilch nicht mag, finde ich es cool, dass Frau Kiekbusch ihre eigenen Lebensmittel produziert. Honig, Milch, Eier ... Wer weiß, was alles in ihrem Garten wächst? Kartoffeln, Gurken, Tomaten, Bohnen, Salat, Erdbeeren vielleicht? Lauter Zeug, das man normalerweise im Supermarkt kauft. Und den Strom holt sie sich durch Wind- und Sonnenkraft. Ich muss mir unbedingt mal unseren Garten angucken. Vielleicht passt da auch ein Windrad rein. Und eine Kuh. Aufs Dach kommen natürlich Solarzellen. Darüber muss ich dringend mit Swantje und Tompa sprechen. Einen Bienenkorb wünsche ich mir auch. Nicht, weil ich so gerne Honigbrot esse, sondern weil Bienen unheimlich wichtig sind. Ein berühmter Mensch, Albert Einstein hieß der, hat angeblich mal gesagt, dass, wenn die Bienen von der Erde verschwinden, die Menschheit nur noch vier Jahre überleben kann. Keine Ahnung, ob das stimmt. Es gibt ja noch andere Bestäuber. Fliegen, Schmetterlinge, Motten, Käfer und Ameisen zum Beispiel, aber die werden ja auch immer weniger. Und bei anderen wichtigen Pflanzen – Weizen und Mais, Reis, Roggen, Gerste, Hafer und Hirse – sorgt zum Glück der Wind für die Bestäubung. Vielleicht meinte Herr Einstein einfach nur, dass wir besser auf unsere Umwelt aufpassen sollen? Damit hatte er vollkommen recht, finde ich. Und deshalb hätte ich gerne Bienen. Bevor sie und wir von der Erde verschwinden.

DAS FÜNFZEHNTE KAPITEL,

in dem eine Katastrophe die nächste jagt, der Ernst des Lebens beginnt und auch sonst alles ganz schön überraschend ist.

Die nächsten Tage und Wochen kürze ich der Einfachheit halber ab und fasse sie zusammen. Das Wetter bleibt schön. Doch dann gibt es Regen. Viel Regen. Sehr viel Regen. Solchen, bei denen das Wasser nicht mehr weiß, wohin es überhaupt noch fließen soll. Sturm folgt auf Gewitter, Hagelschauer auf Starkregen. Wir bekommen die volle Packung ab. In der Einfahrt wird ein Gullydeckel hochgedrückt, der Keller läuft voll und wir bemerken bei der Gelegenheit, dass unser Dach ziemlich viele Löcher hat. Weil wir auf die Schnelle keinen Dachdecker finden, der sich damit auskennt und Zeit für uns hat, stellen wir ein paar Eimer auf und hoffen auf wärmeres Wetter und Sonnenschein.

Ich lerne ganz nebenbei den Unterschied zwischen Wetter und Klima kennen. Wetter ist das, was wir gerade erleben. Mal Sonne, mal Regen, mal Nebel, im Winter Schnee und Frost. Klima ist das, was über längere Zeit passiert und typisch für eine bestimmte Gegend ist, über einen Zeitraum von ungefähr 20 bis 30 Jahren.

Stürmisch wars hier garantiert schon vor hundert Jahren, aber jetzt gibt es immer öfter solche großen Unwetter und Starkregenfälle. Oder das Gegenteil passiert: lange Trockenheit und Dürre. So oder so, es ist krass und bestimmt nicht mehr normal.
Einen Telefonanschluss haben wir immer noch nicht, auch kein Handynetz oder Internet. Aber ich hab mich inzwischen daran gewöhnt. Wir haben nämlich so viel zu tun, dass es jeden Tag mehr wird statt weniger. Jesko war hier und noch ein paar andere Leute, um uns beim Einzug zu helfen. Die Möbel stehen inzwischen fast alle an ihrem Platz. Trotzdem ist noch lange nicht alles in Butter.
Die elektrischen Leitungen sind uralt und so morsch, dass die Hauptsicherung rausfliegt, sobald wir zu viele Geräte zur selben Zeit einschalten. Wir können zum Beispiel nicht gleichzeitig backen, kochen, Musik hören und eine Lampe anknipsen. Wenn wir das machen, gibt es einen Knall und Tom muss mit der Taschenlampe in den Keller, wo bis vor Kurzem noch eine Mäusefamilie wohnte, die ich vor dem Ertrinken gerettet habe. Wir hatten nämlich nicht nur viel Regen, sondern auch einen Wasserrohrbruch! Inzwischen haben wir aber eine Pumpe aus dem Baumarkt. Die springt automatisch an und befördert das Wasser nach draußen, sobald etwas in den Keller läuft. Natürlich macht sie das nur, wenn wir gerade nicht kochen, backen, Musik hören oder uns die Haare föhnen, sonst siehe oben: Knall! Peng!

Abgesehen davon gehts uns aber richtig gut. Tompa läuft nur noch mit hochgekrempelten Ärmeln herum und freut sich über jede Krise, während Mama den Überblick behält und alles in geordnete Bahnen lenkt, bevor es zu größeren Zwischenfällen kommt. Ihr Bauch wird immer dicker. Der Zwerg wächst und gedeiht. Wir wissen immer noch nicht, ob es ein Mädchen oder ein Junge wird.
Und ich? Ich hab noch manchmal Heimweh (nicht sehr oft), spiele Mundharmonika, düse mit dem Rad durch die Gegend, fahre an den Strand, suche (bisher vergeblich) Bernstein und sammele Müll auf, sobald ich welchen sehe.

Im Garten bin ich auch jeden Tag und überlege, was ich da alles anbauen will. Im Moment ist der noch total verwildert, was ich eigentlich ganz schön finde. Aber wenn ich mir eine Kuh, ein Windrad, Bienen und Gemüse anschaffen will, muss ich vorher wohl ein bisschen aufräumen. Oh Mann, ich werde eine Machete brauchen.
Tante Tildas Hängematte hab ich noch nicht gefunden. Die ist garantiert unter den Brennnesseln und Kletten verschollen. Ich

könnte unsere Nachbarin mal fragen, ob sie ein Rezept gegen Unkraut weiß. Ob sie das Zeug einfach von ihren Ziegen abknabbern lässt? Dann könnte ich mir mal eine ausleihen. Allerdings sehe ich Frau Kiekbusch immer nur von Weitem. Wenn ich an ihrem Grundstück vorbeikomme, winke und laut „Hallo!“ rufe, verschwindet ihr Strohhut blitzschnell hinter dem Gemüse. Sie scheint keinen großen Wert auf Gesellschaft zu legen, aber na ja, dafür sie hat ja auch genug Tiere. Vielleicht sind die ihr lieber als Menschen? Das soll es ja geben.
Mein Zimmer ist inzwischen fertig eingerichtet und das Hochbett aufgebaut. Die Poster hängen an den Wänden und meine Bücher stehen im Regal. Alles ist riesig gemütlich. Gestreikt hab ich hier bisher nicht, weil ich noch keinen passenden Platz gefunden habe. Ich kann mir nicht vorstellen, dass ich viel erreiche, wenn ich mich mit meinem Schild vor die Kneipe oder den Dorffriedhof stelle, aber falls ich nichts Besseres finde, bleibt mir wohl nichts anderes übrig. Dann mach ich das. Ist mir egal, was die Leute von mir denken.

Die Sommerferien sind bald vorbei, dann beginnt für mich der Ernst des Schülerlebens. Mam und Tom habens gut. Die können einfach auf dem Hof bleiben und weiter rumwerkeln. Erst vor ein paar Tagen waren wir in meiner neuen Schule und haben einige Unterlagen und das Übergangszeugnis von meiner alten Schule

abgegeben. Umgemeldet war ich schon. Der Schulleiter, Herr Hopfenstock, hat uns persönlich begrüßt. Der scheint ganz nett zu sein. Auf jeden Fall ist er ungefähr dreißig Jahre jünger als Frau Borken-Hagen und trägt Jeans und Turnschuhe. Ich durfte mich bei der Gelegenheit auch gleich ein bisschen umgucken, aber viel gabs nicht zu sehen, weil die meisten Räume wegen der Ferien noch abgeschlossen waren.
Oh, Mann … Mir wird ganz anders, wenn ich an den ersten Schultag denke. Hoffentlich bin ich nicht die einzige Neue in meiner Klasse und falle nicht blöd auf. Die Schule ist so riesig, dass man sich glatt verlaufen kann. Wellenholz ist ein Schulzentrum für die ganze Gegend. Mit einer Grundschule und einer Gemeinschaftsschule, an der man gemeinsam lernt, bis man sich für einen bestimmten Zweig entscheidet und weiß, welchen Abschluss man machen will. Wie soll ich mich da bloß zurechtfinden?
Wenigstens kann ich jeden Tag mit dem Rad fahren. Es gibt zwar einen Schulbus, aber den werde ich höchstens bei schlechtem Wetter oder im Winter nehmen. Wieso kann Tom mich eigentlich nicht zu Hause unterrichten? Das wäre cool. In manchen Ländern geht das.

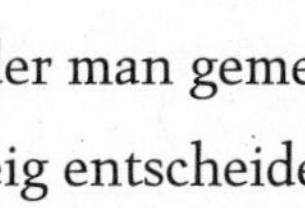

Dann ist er da. Urplötzlich, schlagartig, viel zu schnell: mein erster Tag am Schulzentrum Wellenholz. Boah, ist mir schlecht!
„Guten Morgen. Ich brauche nichts zum Frühstück", murmele ich, als ich um kurz vor sieben in die Küche komme, wo Swantje und Tom mit erwartungsvollen Gesichtern sitzen. Auf meinem Platz liegt eine kleine Schultüte. „Danke", sage ich matt. „Darf ich mich später freuen, falls ich dann noch lebe?"
Ich rutsche in die Eckbank und seufze abgrundtief. Meine Eltern wechseln einen Blick. Ich glaube, sie grinsen, was ich ziemlich gemein finde. Mir geht es wirklich nicht gut. Ich fühle mich krank.
„Ich hab extra Kakao gemacht", sagt Mama und schiebt mir einen Becher hin. „Oder möchtest du lieber einen Smoothie?"
„Dazu eine Scheibe Erdnussbuttermarmeladentoast?", fragt Tom augenzwinkernd. „Oder ein Honigbrot?"
„Örks", antworte ich und lasse den Kopf auf die Tischplatte sinken.
„Du musst was essen. Wenigstens eine Schale Cornflakes oder Haferflocken." Tompa stupst mich an. Mama schüttet schon Cornflakes in eine Schale.
„Haferflocken", flüstere ich. „Aber nicht so viele!"

Zehn Minuten später sitze ich auf dem Rad und strampele mit hängender Zunge gegen den Wind an. Muss der ausgerechnet

heute von vorne kommen? Dieser Ostwind, der die Wolken so tief über die Landschaft pustet, soll normalerweise schönes Wetter bringen, das hab ich hier inzwischen gelernt, aber gerade als ich bei Frau Kiekbusch vorbeikomme, fängt es an zu nieseln, und ich hab natürlich keine Regenjacke dabei. Dann schießen auch noch die beiden Kläffer aus der Einfahrt und verfolgen mich.
„Klasse, danke. Das fängt ja super an", grummele ich mit letzter Kraft, als ich die Hunde endlich abgeschüttelt habe. Inzwischen heule ich fast. Mein Gesicht glüht, die Kopfhaut juckt, meine Augen brennen. Am liebsten würde ich umkehren und mich zu Hause im Bett verkriechen. Wenigstens finde ich den Fahrradunterstand am Schulzentrum auf Anhieb. Ich stelle das Rad ab, klicke das Schloss zu, nehme den Helm ab und rücke meinen Rucksack zurecht. Danach lasse ich mich einfach von dem Schülerstrom in Richtung Haupteingang mitziehen.
Zum Glück hab ich mir die Nummer des Klassenraums gemerkt – 28 A – und dass ich in den zweiten Stock muss. Auf dem Weg dorthin stolpere ich zuerst über eine Treppenstufe, dann über meine eigenen Füße und, als wäre das alles noch nicht peinlich genug, laufe schließlich noch gegen eine Glastür. Der Grund dafür ist allerdings nicht meine Tollpatschigkeit, sondern das, was ich sehe. Am Anmeldetag bin ich ja nicht über das Erdgeschoss hinausgekommen. Hätte ich gewusst, was es hier oben zu sehen gibt, hätte ich mich die Treppe hochgetraut. Ga-ran-tiert.

Bilder, Banner, Aufrufe und Plakate pflastern die Wände der langen Gänge. URWÄLDER STATT SCHOTTERGÄRTEN steht auf einem. UMWELTSCHUTZ STATT KOHLESCHMUTZ auf einem anderen. Ich lese ELTERNTAXIS – NEIN DANKE!, CO_2 RUNTER – JETZT!!, THERE IS NO PLANET B und, und, und. Es sind leider zu viele Sprüche, um sie alle zu lesen – schließlich will ich an meinem ersten Tag nicht zu spät kommen –, aber ich liebe jeden einzelnen!

An einer Korkwand klebt das grüne *FRIDAYS FOR FUTURE*-Logo. Darunter sind verschiedene Zettel angepinnt. Ich kann nicht anders und bleibe stehen.

GEBRAUCHTE HANDYS BITTE IN DIE ROTE SAMMELTONNE IM ERDGESCHOSS WERFEN!

TERMINE FÜR DIE NÄCHSTEN BEACH-CLEAN-UPS DEMNÄCHST HIER. TREFFPUNKT AM STRAND BEI DEN TRETBOOTEN.

HANDARBEITSRAUM: WIR NÄHEN EINKAUFSBEUTEL AUS GEISTERNETZEN UND WÄSCHESÄCKE UND OBST-BEUTEL AUS ALTEN GARDINEN.
EINFACH VORBEIKOMMEN!

WER FÄHRT MIT ZUR DEMO NACH BERLIN? BITTE RECHTZEITIG EINTRAGEN!

„Cool, was?“ Jemand stupst mich von hinten an. Gleichzeitig schrillt über mir eine Glocke. Mein Herz macht vor Schreck einen Sprung. Ich auch.

„Mann!“, japse ich und drehe mich um.

„Sorry!“ Das rothaarige Mädchen, das mich auf der Landstraße fast über den Haufen gefahren hätte, grinst von einem Ohr zum anderen. Ihr Gesicht ist über und über mit Sommersprossen bedeckt. „Ich wollte dich nicht erschrecken.“

„Hast du aber“, entgegne ich, während ich darauf warte, dass mein Herzschlag sich beruhigt.

„Maxima Meier. Aber du kannst ruhig Maxi zu mir sagen. So nennen mich alle.“ Sie hält mir die rechte Hand hin.

Ich zögere kurz, dann schüttele ich sie. „Jella Blume. Du kannst ruhig Jella zu mir sagen. So nennen mich alle.“

Maxi kichert. „Du bist neu hier, stimmts? Du wohnst mit deinen Eltern auf dem alten Tilda-Hof. Ich hab dich da ein paarmal gesehen.“

„Echt?“ Ich verkneife mir die Bemerkung, dass ich nur wegen ihr in einem Graben voller Brennnesseln gelandet bin. Maxi erinnert sich anscheinend nicht daran. Aber sie guckt mich freundlich an. Und sie ist die Erste, die sich um mich kümmert. „Ähm, müssen wir nicht langsam in den Unterricht? Ich will nicht zu spät kommen."

„Ich auch nicht", sagt sie augenzwinkernd. „In welche Klasse kommst du?"

„6B."

„Cool. Ich auch!" Sie zieht mich hinter sich her. „Wollen wir nebeneinandersitzen?"

„Klar. Warum nicht?", antworte ich überrascht.

„Ganz vorne oder lieber hinten?", fragt Maxi über die Schulter.

„Vorne." Ich folge ihr grinsend. Diese Schule gefällt mir. Überall Klima- und Umweltschutzaktionen. Und ich hab sogar schon eine Freundin gefunden. Nicht schlecht für den ersten Tag, oder? Jetzt müssen nur noch die Lehrer und der Rest der Klasse nett zu mir sein und alles ist prima.

Nach der ersten Doppelstunde dreht sich mein Gehirn im Kreis, und zwar verkehrt herum. Wir haben unsere Bücher bekommen, den Stundenplan, eine Übersicht über alle möglichen AGs und Angebote, eine Telefonliste, eine Einkaufsliste für Hefte und Stifte, einen Büchereiausweis und so viele Informationen, dass ich mir die unmöglich alle merken kann. Lustigerweise ist unsere Klassenlehrerin auch erst frisch an die Schule gekommen, genau wie ich. Sie heißt Karoline Baumgarten, hat kurze, blonde Haare, eine rosa Brille, unterrichtet Mathe und Physik und ist mindestens so aufgeregt wie ich. Das gibt sie zu, als sie sich vorstellt. Weil die Klasse neu zusammengesetzt wurde, sollen wir uns miteinander bekannt machen und etwas über uns erzählen. Wie wir heißen, woher wir kommen, was uns interessiert, lauter solche Sachen. Das geht aber zum Glück ruckzuck. Mehr als mein Name, dass ich Bio mag und mich für *Fridays for Future* interessiere, kommt mir eh nicht über die Lippen.

Neben mir grinst Maxi in sich hinein. Wir haben tatsächlich zwei Plätze in der ersten Reihe ergattert. Gleich neben dem Fenster. Von ihrer Vorstellung weiß ich, dass sie genauso alt ist wie ich, nämlich elf, und zwei ältere Brüder hat. Ihre Eltern sind beide Tierärzte, weshalb sie oft verletzte Wildtiere und Vögel bei sich zu Hause aufnehmen, um die gesund zu pflegen. In den Ferien war sie in einem Klimacamp und hat dort mit anderen Kindern gezeltet und an Workshops teilgenommen.

„Das ist ja großartig“, sagt Frau Baumgarten beeindruckt. „Darüber musst du uns unbedingt mehr erzählen. Aber nicht heute. Wir haben leider noch eine Menge zu besprechen.“

In der Pause zeigt Maxi mir die Mensa, den Schulhof, die Turnhalle und die Sportplätze. Oh, Mann … Ich bin wirklich froh, dass sie sich so um mich kümmert!

Ein Mädchen und zwei Jungs haben sich uns angeschlossen. Das Mädchen heißt Helene, die beiden Jungs sind Morris und Jesper. Morris’ Vater gehört ein Tretbootverleih am Strand. Seine Mutter hat gleich daneben eine Imbissbude. Jespers Mutter ist Pastorin. Was Helenes Eltern machen, hab ich vorhin nicht so genau mitgekriegt. Ich glaube, sie haben eine Gärtnerei. Oder wars eine Bäckerei?

„Wohnt ihr am Meer? Bist du deshalb so braun gebrannt? Bestimmt warst du in den Ferien die meiste Zeit am Strand und bist Tretboot gefahren, oder?“, frage ich Morris.

Er starrt mich an. Dann prustet er los. Genau wie die anderen.

Ich gucke Maxi an. Die prustet am lautesten.

„Machst du Witze?“, fragt sie mich, als sie wieder sprechen kann.

„Wieso? Das war doch eine ganz normale Frage“, sage ich verunsichert und schiebe „oder nicht?“ hinterher.

„Morris' Vater kommt aus Pakistan“, erklärt Helene mir. Sie ist größer und kräftiger als die Jungs und hat ein sehr hübsches Gesicht.

„Pakistan?“, wiederhole ich blöd.

„Ein Staat in Südasien, der im Südwesten an Iran, im Nordwesten an Afghanistan, im Nordosten an China und im Osten an Indien grenzt. Erdkunde ist wohl nicht gerade deine Superkraft, was?“

Jesper gibt mir eine Kopfnuss.

„Aua!“, protestiere ich.

Maxi tätschelt meine Schulter. „Die hast du dir verdient“, meint sie.

Ja, damit hat sie wohl recht.

„'tschuldigung", murmele ich in Morris' Richtung.
Der winkt lässig ab.
„Es kommt öfter vor, dass ich gefragt werde, wieso ich so dunkel bin, wo meine Mam doch so blond und hellhäutig ist. Man gewöhnt sich daran." Er seufzt. Zum Glück schrillt in dieser Sekunde der Pausenalarm.
„Manno, können die das Ding nicht mal leiser stellen?", meckert Jesper. „Oder wenigstens einen anderen Klingelton kaufen?"
„Wir können ja eine Petition starten", schlägt Morris vor.
Ich reibe mir die Stirn, wo die Kopfnuss gelandet ist, und nicke. Dann gehe ich mit meinen neuen Freunden hinein.

Obwohl heute der erste Schultag ist, haben wir sieben Stunden. Aber irgendwie ist alles so spannend, dass es mir gar nichts ausmacht. In den Pausen und in jeder freien Minute berichten mir Maxi, Helene und die Jungs von ihren vielen Aktionen und AGs.
„Oh, Mann …", sage ich irgendwann. „Ich will da überall mitmachen!"
„Wirklich?" Maxi zieht die Nase kraus.
„Ja", versichere ich glücklich. „Genau so was hab ich mir immer gewünscht!"
Ich erzähle ihnen von meinen eigenen Freitagsdemos, dem Pappschild, dem Zeitungsartikel über mich, von der Gottes-

anbeterin, meinen vielen Fehlstunden und dem Ärger, den ich in letzter Zeit hatte.

„Mach dir keine Sorgen. Das ist jetzt vorbei." Helene tätschelt mitfühlend meine Hand. Maxi und Morris grinsen.

„Hier bist du genau richtig!" Jesper haut mir kräftig auf den Rücken.

„Danke", japse ich.

Auf dem Heimweg halte ich bei Frau Kiekbusch an. Also, nicht direkt bei ihr, sondern an der Straße vor ihrem Haus. Auf Höhe der Bohnenstangen hat man nämlich einen perfekten Handyempfang. Vielleicht funktionieren die Stangen wie Antennen. Oder es liegt an ihrem Windrad. Das dreht sich heute ziemlich schnell.

Ich wähle Gunhilds Nummer. Ich muss ihr unbedingt von meinem Schultag erzählen und sie fragen, wie ihrer war.

Sie meldet sich sofort und sagt ohne Umschweife: „Ohne dich ist alles doof. Echt jetzt! Wann kommst du wieder?"

Ich bin ein bisschen überfordert.

„Äh …", stammele ich hilflos. „Ich fürchte, nicht so bald. Wieso? Was ist denn passiert?"

„Nichts Besonderes", brummt sie. „Es ist nur so anders ohne dich."

Ich bringe es einfach nicht übers Herz, ihr von meiner neuen Schule vorzuschwärmen. Auch dass ich schon Freunde gefunden habe, behalte ich lieber für mich. Stattdessen sage ich nur: „Ohne dich ist es auch anders." Das ist nicht mal gelogen. Es ist anders ohne Gunhild. Ist doch logisch.

Wir vergleichen unsere Stundenpläne und erzählen uns, was wir in den letzten Tagen erlebt haben. Wir könnten noch ewig weiterquatschen. Wir haben beide eine Flatrate. Doch dann geht plötzlich Frau Kiekbuschs Haustür auf und die Kläffköter springen ins Freie. Ich sehe sofort, dass das Gartentor an der Einfahrt sperrangelweit offen steht. An dem Tor hängen übrigens drei Schilder, wie ich inzwischen herausgefunden habe. Auf einem steht V. KIEKBUSCH, auf dem zweiten HONIG AUS EIGENER HERSTELLUNG und auf dem dritten BETRETEN AUF EIGENE GEFAHR! ICH HAFTE FÜR NICHTS!.

Weil ich weder Honig kaufen noch mich in Gefahr bringen möchte, würge ich Gunhild kurzerhand ab. „Sorry, ich muss los. Die Killerhunde greifen mich an! Vielleicht melde ich mich später noch mal. Tschüss!"

„Tschüss", höre ich sie gerade noch antworten.

Ich stopfe mein Handy in die Hosentasche und strampele so schnell ich kann nach Hause. Sekunden später rausche ich mit glühenden Wangen und qualmenden Reifen in unsere Einfahrt und lege eine ziemlich coole Vollbremsung hin. Zum Glück habe ich genug Platz zum Bremsen. Der Möbelwagen ist längst weg. Nur die beiden Container stehen noch da.

Tompa verputzt gerade ein Loch in der Hauswand und hat Mörtel im Haar und überall auf den Klamotten. Er schaut auf. „Na, wie war der erste Schultag?“

Ich gucke mich misstrauisch um, bevor ich antworte. Keine Spur von den Kläffern. Vielleicht lauern sie hinter der Hecke und warten nur auf eine günstige Gelegenheit, um mir in die Hacken zu beißen? Die beiden scheinen es auf mich abgesehen zu haben. Warum nur?

„Hallo? Erde an Jella?“ Tom stupst mich mit der Maurerkelle an.

Ich zucke zusammen.

„Was? Ach so, ja … Die neue Schule ist klasse. Alles super! Es gibt eine *Fridays for Future*-AG“, erzähle ich atemlos, „und eine Initiative gegen Eltern-Taxis. Da verpflichtet man sich, zu Fuß zu gehen, mit dem Rad oder dem Schulbus zu fahren, anstatt sich von den Eltern mit einem fetten SUV überallhin chauffieren zu lassen. Ich hab natürlich gleich unterschrieben. Und nächste Woche mache ich bei einer Strandaufräumaktion mit. Habt ihr Tante Tildas Gardinen aufgehoben, die im Wohnzimmer vor den Fenstern hingen? Die könnten wir gut gebrauchen. In der Handarbeits-AG werden daraus Wäschesäcke und Obst- oder Gemüsebeutel genäht. Und aus Geisternetzen werden Einkaufstaschen gebastelt. Die wollen wir auf dem nächsten Schulbasar verkaufen.“

„Geisternetze?“ Tom kratzt sich am Ohr. Ein paar Mörtelkrümel fallen herunter.

„Das sind Fischernetze, die sich losgerissen haben und jetzt im Meer rumdümpeln. Ganz oft verheddern sich da Möwen drin oder andere Tiere, Schweinswale zum Beispiel. Die sterben dann. Morris' Vater hat ein Boot, mit dem er die Netze einsammelt und an Land bringt", erkläre ich. „Manchmal findet man die auch beim Müllsammeln am Strand."

„Klingt gut", meint Tom. „Was mit den Gardinen ist, weiß ich nicht. Ich glaube, die liegen noch irgendwo. Da musst du Swantje fragen, wenn sie zurückkommt."

„Wo ist sie denn?"

„Beim Arzt. Sie hat heute einen Vorsorgetermin." Tompa schüttelt noch ein paar Bröckchen getrockneten Mörtel aus seinen Haaren. „Ich wäre gern mitgefahren, aber ausgerechnet heute will die Fima kommen, die die Klärgrube leer pumpt und die Rohre durchspült."

„Und wann kommt die Firma wegen dem Telefon und dem Internet?"

„Wegen des."

„Ja, ich weiß. Also, wann kommen die?"

„Ich hoffe, bald." Papa seufzt. „Im Moment werde ich ständig vertröstet."

„Ist nicht so schlimm." Ich gebe ihm einen Kuss auf die kratzige Mörtelwange und verschwinde im Haus. „Ich bin in meinem Zimmer!", rufe ich über die Schulter. „Hausaufgaben machen."

„Im Kühlschrank ist rote Grütze, falls du möchtest“, ruft Tom zurück. „Von Frau Kiekbusch!“
Ich bleibe stehen. Wieso kommt die immer ausgerechnet dann, wenn ich nicht da bin? Ist doch merkwürdig, oder?
„Ach, egal“, murmele ich vor mich hin, während ich in die Küche gehe und eine Schale aus dem Schrank hole. „Die rote Grütze probier ich trotzdem. Hauptsache, da sind Himbeeren drin!“

DAS SECHZEHNTE KAPITEL,

in dem alles ziemlich gut läuft, Maxi und ich beschließen, eine Geschichte zu schreiben, mit dem Tretboot in Seenot geraten und von Morris gerettet werden.

In den nächsten Tagen lerne ich nach und nach die anderen Lehrer kennen. Die meisten sind in Ordnung – bis auf Herrn Schrödinger, unseren Sportlehrer, der uns immer stundenlang um den Sportplatz traben lässt, weil ihm nichts anderes einfällt. Dabei würde ich gerne mal Weitsprung trainieren. Oder Handball spielen! Das Training fehlt mir sehr, meine Mannschaft auch. Zum Glück hab ich hier genug andere Sachen um die Ohren, mit denen ich mich ablenken kann.

Maxi und ich sind fast die ganze Zeit zusammen, auch nach der Schule. Wenn wir nicht gerade eine AG oder irgendeine Aktion haben, hocken wir in unserem verwilderten Garten zwischen Blumen und Obstbäumen und schmieden wilde Pläne. Wir möchten unbedingt mal an einer großen Freitagsdemo teilnehmen. Am liebsten in Berlin, obwohl das ganz schön weit weg und eine Bahnfahrkarte bestimmt viel zu teuer ist. Aber wir haben uns vorgenommen, ab sofort dafür zu sparen. Vielleicht haben wir nächstes Jahr genug Geld zusammen. Einige Schüler aus den oberen Klassenstufen streiken jeden Freitag. Die wechseln sich gruppenweise ab und gehen auf fast jede größere Demo. Auch hier im Dorf gibt es manchmal Aktionen und Infostände, aber da kommen eigentlich immer nur die gleichen Leute, die sich unsere Plakate und Flyer angucken und Obstbeutel aus alten Gardinen abstauben wollen. Die verteilen wir nämlich umsonst, damit die blöden Plastiktüten endlich aus den Supermärkten verschwinden. Für die Freitagsdemos und Klimastreiks werden hier übrigens keine Fehlstunden eingetragen. Man muss sich nur verpflichten, den versäumten Unterricht nachzuholen.

Als ich an diesem Morgen in die Schule komme, wartet Maxi am Schwarzen Brett auf mich. Sie ist ganz hibbelig und zupft ungeduldig an meinem Ärmel.
„Hast du das schon gelesen?“, fragt sie mich. „Das hier?“
„Nein, wie denn? Ich komme doch gerade erst an. Und außerdem stehst du mir im Weg“, antworte ich.
„Hihi, stimmt.“ Sie tritt kichernd zur Seite und tippt auf einen Aushang. „Lies mal!“, fordert sie mich auf.
Anscheinend geht es um einen Schreibwettbewerb. Ich schiebe die Augenbrauen zusammen und fange an zu lesen:

GLOBALE GERECHTIGKEIT IN ZEITEN DES KLIMAWANDELS?

Was ist gerecht? Wo mangelt es an Gerechtigkeit? Gibt es beim Klimawandel überhaupt Gerechtigkeit? Wie können wir die Umwelt gerecht(er) behandeln und ihr gerecht werden? Ist der Klimawandel die gerechte Strafe für unseren gewissenlosen Umgang mit der Erde?
Woran denkst du, wenn du sagst: „Das ist ungerecht!“? Denkst du an die Verteilung von Geld und materiellen Gütern? Oder an Dinge, die es nicht zu kaufen gibt?
Findest du es gerecht, dass deine Generation vor Problemen steht, die andere Generationen vor uns verursacht haben? Findest du es ungerecht, dass die Welt von Erwachsenen regiert wird? Von Politikern, die nur reden statt handeln?
Halte deine Gedanken zu diesem Thema in einem Aufsatz oder einer Kurzgeschichte fest. Dein Beitrag darf lustig oder ernst, spannend oder romantisch sein. Schreib uns, was globale Gerechtigkeit in Zeiten des Klimawandels für dich bedeutet!
Teilnehmen dürfen alle Schülerinnen und Schüler, von der Grundschule bis zu beruflichen Schulen. Die Beiträge werden in verschiedenen Altersgruppen bewertet und prämiert. Die ersten drei Sieger jeder Altersgruppe laden wir zur Preisverleihung in die Landeshauptstadt ein. Außerdem veröffentlichen wir die Gewinnertexte auf unserer Homepage.

„Das klingt spannend“, sage ich. „Willst du da mitmachen?“

„Nicht ich“, erwidert Maxi strahlend. „Wir!“

„Wie, wir?“, frage ich begriffsstutzig.

Bevor sie antworten und es mir erklären kann, klingelt es. Nein, es schrillt natürlich, wie immer. Morris und Jesper kommen angetrabt und rempeln uns mit ihren Rucksäcken an. Müssen Jungs immer rempeln? Anscheinend ja.

„Heute Nachmittag Strandputz“, murmelt Morris im Vorbeigehen.

„Treffpunkt um drei an der Backfischbude“, knurrt Jesper.

„Das kann man auch netter sagen“, bemerkt Maxi spitz.

„Kann man. Muss man aber nicht.“ Jesper grinst.

Wir folgen ihnen ins Klassenzimmer.

„Seid ihr dabei?“, will Morris wissen, als wir auf unsere Plätze rutschen.

„Klar“, antworte ich genauso pampig. Was der kann, kann ich schon lange!

Am Nachmittag ziehen Regenwolken auf, aber es ist trocken. Trotzdem packe ich vorsichtshalber meinen Anorak ein. Wir treffen uns vor Antjes Backfischbude. So heißt der kleine Strandimbiss, der Morris’ Mutter gehört. Gleich daneben ist der Tretbootverleih seines Vaters. Jamal und Antje, Morris’ Eltern, sind

total nett. Manchmal spendieren sie uns Brause und Pommes oder wir dürfen uns ein Tretboot ausleihen. Heute ist nicht viel los. Der Strand ist menschenleer. Kein Wunder, die Ferien sind vorbei. Es gibt nicht mehr viele Urlauber und Camper. Auch der Sommer scheint sich zu verkrümeln. Ein paar schöne Tage noch, dann ist Herbst. Manchmal riecht es morgens schon danach. Das Meer ist fast so grau wie der Himmel. Auf den Wellen schaukeln Schaumkronen und Möwen. Anscheinend ist es denen zu windig zum Fliegen. Ich schließe mein Rad ab und gehe ein Stück über den Sand. Die anderen sind schon da. Sie drängen sich unter Antjes Vordach zusammen, versuchen sich gegenseitig mit ihren Greifzangen zu kneifen und lassen die Müllsäcke im Wind flattern. Meistens sind wir eine Gruppe von acht bis zehn Leuten, die sich an einem Nachmittag in der Woche hier trifft. Mal sind es mehr, manchmal auch weniger. Heute sind wir nur zu fünft. Maxi, Helene, Morris, Jesper und ich. – „Die knallharten Fünf", wie Jesper uns immer nennt. Ich finds cool, dass er mich dazuzählt. Ganz selbstverständlich, als wäre ich schon ewig dabei.
„Hi!", sage ich zur Begrüßung.
„Moin", wird vierstimmig zurückgebrummelt. Das sagt man hier zu jeder Tageszeit, sogar abends und nachts. Daran hab ich mich noch nicht gewöhnt.
„Wir sind gerade am Überlegen, was wir machen wollen", seufzt Helene und zwirbelt eine Haarsträhne zusammen.

„Ablandiger Wind.“ Morris hält einen Finger mit Spucke in die Luft. „Da wird der ganze Schiet vom Ufer ins Meer getragen. Am Strand werden wir nicht viel finden. Wollen wir trotzdem los?“

„Klar“, sage ich. „Wozu sind wir sonst hier?“

Maxi und Helene stimmen mir zu. Die Jungs nicht so. Jesper sieht aus, als würde er sich lieber in einen Strandkorb setzen und eine Runde pennen. Kann er von mir aus gerne tun. Aber zuerst sammeln wir Müll. Da geht es schließlich um jedes noch so kleine Fitzelchen. Jedes Stück Müll, das wir aufsammeln und zum Recyclinghof bringen, ist ein Stück Müll weniger im Meer. Das gilt besonders für Plastik, weil es das in über hundert Jahren noch gibt. Es zerreibt sich höchstens, wird immer kleiner und irgendwann von Fischen und anderen Meeresbewohnern verschluckt.

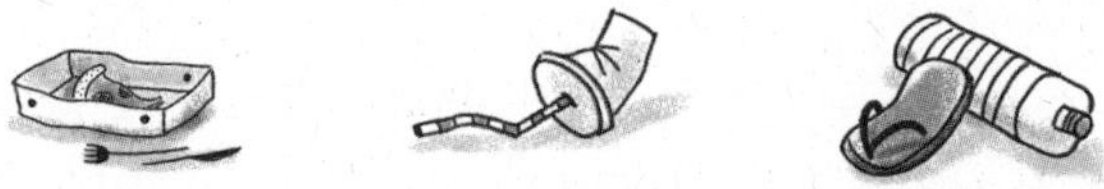

Fast noch schlimmer sind Zigarettenstummel. Die sammeln wir in einem extra Eimer. Die lassen sich nämlich nicht recyceln, sind aber total giftig für die Umwelt, das Wasser und die Tiere. Wenn man schon raucht, sollte man wenigstens einen Aschenbecher mit an den Strand nehmen, finde ich. Ein leeres Marmeladenglas mit Deckel zum Beispiel. Die Stummel einfach wegzuwerfen oder im Sand zu verbuddeln, ist echt das Allerletzte.

„Mein Vater war heute früh mit dem Paddelboot draußen und hat

bei den großen Steinen ein Netz und eine Styroporkiste rausgefischt", meint Morris. „Vielleicht ist da noch mehr."
„Vom Strand aus kommen wir da aber nicht hin." Maxi schaut in Richtung der aufgeschütteten Wellenbrecher. „Die Steine sind viel zu glitschig."
„Ihr könnt ein Tretboot nehmen. Oder wollt ihr lieber paddeln?" Morris guckt Maxi und mich fragend an. „Wir anderen laufen in der Zeit den Strand ab."
„Tretboot", antworten Maxi und ich wie auf Kommando und klatschen uns ab. Wir leeren unsere Hosentaschen, nehmen Handys, Schlüssel und Kleinkram heraus und legen alles in eine abschließbare Kiste im Vorraum.
„Dann mal los!", sagt Morris und schließt die Kiste zu.
Jesper mault ein bisschen rum, weil er keine Lust hat, zu Fuß zu gehen, und auch lieber Boot fahren würde. Helene gibt ihm einen Knuff. Er zieht den Kopf ein und grinst.
Morris geht voran und hilft uns, eins der Tretboote ins Wasser zu ziehen. Wenn sein Vater nicht da ist, so wie heute, ist er dafür zuständig.
„Fahrt nicht zu weit raus! Höchstens bis zu den Nichtschwimmerbojen", ruft Antje, seine Mutter, hinter uns her. Sie schiebt ihren blonden Wuschelkopf durch ein Fenster der Imbissstube. „Verstanden?"
„Geht klar!" Maxi und ich nicken. Wir haben T-Shirts und Shorts

an und müssen nur noch aus unseren Turnschuhen schlüpfen. Dann waten wir ins flache Wasser, werfen unsere Greifzangen, eine lange Stange mit einem Haken und einen Eimer an Bord und klettern hinterher. Morris gibt uns noch einen kräftigen Schubs in die richtige Richtung, dann fangen wir gleichmäßig zu treten an. Maxi grinst. Ich auch.

Das Boot schaukelt, aber nicht so doll, dass wir seekrank werden. Der Wind und die Wellen schieben uns sachte voran. Maxi beugt sich zur Seite, um eine herrenlose Plastiktüte aufzufischen.

„Hast du dir schon was für den Schreibwettbewerb überlegt?", fragt sie mich, nachdem sie die nasse Tüte in den Eimer gestopft hat.

„Ich weiß doch noch gar nicht, ob ich überhaupt mitmache", erwidere ich.

„Klar machst du mit!" Sie guckt mich an.

„Wer sagt das?" Ich gucke zurück.

„Na, ich! Ohne dich fällt mir nämlich nichts ein. Wenn wir die Geschichte zu zweit schreiben, gewinnen wir auch zu zweit. Und dann fahren wir zusammen zu der Preisverleihung. Wär das nix?" Sie pustet sich eine widerspenstige rote Locke aus dem Gesicht.

„Doch, schon", sage ich vage. „Eigentlich schreib ich gerne Aufsätze. Du nicht?"

„Nö, nicht so. Aber zu zweit macht das bestimmt Spaß. Guck mal, da schwimmt noch was!" Sie zeigt nach vorn. Etwas Pinkes

dümpelt auf den Wellen. Als wir näher kommen, sehen wir, dass es ein Strandball ist, der kaum noch Luft in sich hat.
„Ich wüsste zu gerne, woher der kommt und wie lange er schon unterwegs ist", sage ich. Wir steuern seitwärts darauf zu, damit ich ihn einfangen kann. „Da steht was Dänisches drauf. Oder ist das Schwedisch?"
„Keine Ahnung", meint Maxi achselzuckend. „Kann jedenfalls gut sein, dass er eine weite Reise hinter sich hat."
Ich werfe den fast platten Ball zu der nassen Tüte. Wir strampeln weiter und halten die ganze Zeit Ausschau. Dabei unterhalten wir uns über den Klimageschichten-Wettbewerb. Vielleicht hat Maxi ja recht und es macht tatsächlich Spaß. Aber worüber sollen wir nur schreiben?
Plötzlich fällt es mir ein. Hey, wir schwimmen mittendrin!
Ich springe auf, stelle mich auf den Sitz und breite die Arme aus. Maxi schreit erschrocken auf. Das kleine Tretboot schwankt bedenklich, aber ich achte gar nicht darauf.
„Mir reichts! Ich hab genug von dem ganzen Müll! Ich hab genug davon, dass es Menschen gibt, die immer neues Zeug kaufen und es dann wegwerfen und alles zumüllen!", brülle ich in den Wind. „Ich finde es ungerecht, dass die Luft verpestet wird, dass Gift ins Meer und ins Grundwasser kommt, dass die Erde immer wärmer wird, dass Fische sterben und Wale verhungern, weil ihre Mägen voller Plastik sind. Ich finde es ungerecht, dass wir Massentier-

haltung haben und dass wegen uns die Wälder sterben. Ich hab genug von Flugzeugen, schmutzigen Kraftwerken und stinkenden Autos, die die Straßen verstopfen! Ich hab genug davon, dass wir die Natur so schlecht behandeln. Es reicht! Ich wünsche mir Gerechtigkeit für die Erde!" Ich lasse mich wieder auf die Sitzschale fallen. „Wollen wir unseren Aufsatz vielleicht über das alles schreiben?", frage ich grinsend.

„Boah …", sagt Maxi und klatscht mich ab. „Ja, klar! Ich hab übrigens auch genug."

„Wovon?"

„Von all den Leuten, die die Macht haben, etwas zu ändern, und es doch nicht tun."

„Meinst du Politiker?", frage ich.

„Ja." Maxi nickt. „Politiker, Fabrikbesitzer, Unternehmer, Erwachsene, Lehrer und wie sie alle heißen. Die immer nur Ausreden haben und labern und so klug rumschwafeln, dass man die gar nicht richtig versteht."

„Bevor die wirklich was ändern, sind wir alt und grau", entgegne ich.

„Oder tot", fügt Maxi düster hinzu. „Genau wie die Natur und die Tiere. Dabei können die überhaupt nichts dafür. Das ist für mich am ungerechtesten."

Wir hören auf zu strampeln und sagen eine Weile nichts mehr. Das Boot schaukelt vor sich hin. Über uns kreischt eine Möwe.

Mir reichts!

Ich muss daran denken, wie es war, als ich mit dem Müllsammeln angefangen hab. Zuerst kam ich mir klein und hilflos vor. Ein bisschen blöd auch, das weiß ich noch genau. Aber dann hab ich gemerkt, dass ich wirklich etwas bewirken kann und dass es auf jeden Einzelnen von uns ankommt. Wenn man das erst mal verstanden hat, fällt einem automatisch ganz viel ein, was man ändern und vielleicht besser und gerechter machen kann. So wie wir hier, die knallharten Fünf, und alle anderen überall auf der ganzen Welt. Am Strand, im Park, in der Stadt, in der Schule, auf der Straße, zu Hause, beim Einkaufen, auf Demos, einfach überall. Egal, ob mit vielen oder allein.
Maxi summt ihr Lieblingslied. Wir dümpeln gemütlich weiter. Bei den großen Steinen des Wellenbrechers finden wir nichts, aber unser Abfalleimer füllt sich auch so bis zum Rand. Drei Plastikflaschen, ein Kaffeebecher, ein einzelner Badeschuh, den wir mit der langen Hakenstange herausfischen, mehrere Stücke Styropor, noch eine Tüte … Nicht alles, was hier herumschwimmt, ist auch hier ins Meer gelangt. Morris hat schon mal eine Fischkiste aus Norwegen entdeckt. Ein anderes Mal wars ein alter Benzinkanister aus Russland. Manche Dinge werden absichtlich über die Reling von Schiffen geworfen, andere fallen aus Versehen ins Meer oder gehen irgendwo verloren. Wir sind jedenfalls mit der Ausbeute zufrieden und beschließen umzukehren. Der Wind wird frischer. Vielleicht gibts doch noch Regen.

Wir haben den Wellenbrecher kaum umrundet und steuern schon auf den Strand zu, als uns plötzlich eine Böe erfasst. Das Boot bekommt einen kräftigen Schlag. Rrumms!, macht es. Wir fallen fast von unseren Sitzen.

„Was war das denn?“, fragt Maxi nach einer Schrecksekunde.

„Ich glaub, wir sind irgendwo draufgefahren.“ Ich versuche zu treten. „Wir hängen fest.“

„Echt jetzt? Oh, nein!“ Maxi holt tief Luft.

Wir gucken uns an.

„Und nun?“, frage ich.

„Keine Ahnung.“

Wir fangen an, uns rhythmisch vor und zurück zu bewegen, um das Boot so vielleicht frei zu schaukeln, aber es rückt und rührt sich nicht vom Fleck. Am Strand sind die anderen inzwischen auf unser Missgeschick aufmerksam geworden. Helene und Jesper stehen am Ufersaum, die Hände in die Hüften gestemmt, und schauen zu uns rüber. Morris hüpft wie ein Hampelmann auf und ab und gibt uns hektische Zeichen. Er ruft irgendwas. Wir verstehen kein Wort.

Inzwischen hat es angefangen zu regnen. Es ist kein Nieseln, sondern richtig harter, kalter Regen, der auf uns niederprasselt und uns in wenigen Augenblicken bis auf die Haut durchnässt. Immer kräftigere Windböen fegen uns um die Ohren. Wellen klatschen gegen das Boot.

„Ich will nach Hause“, wimmert Maxi neben mir und schlägt die Hände vors Gesicht.
„Glaub mir, ich auch.“ Ich klappere mit den Zähnen und beuge mich zur Seite. In dem kabbeligen Wasser ist nicht viel zu sehen. Erst als eine Welle zurückschwappt, erkenne ich, was uns festhält. „Wir sitzen auf einem Stein. Ein ziemlich großer Brocken. Wir müssen aussteigen, sonst kriegen wir das Boot nicht frei.“
„Was?“ Maxi starrt mich bibbernd an. „Wir sollen schwimmen?“
„Nass sind wir eh schon. Viel schlimmer kanns nicht werden, oder?“ Ich grinse sie aufmunternd an, obwohl mir gar nicht nach Grinsen zumute ist. „Na ja, vielleicht wirds doch schlimmer. Wenn wir noch länger warten und der Wind noch stärker wird, knallen wir vielleicht gegen den Wellenbrecher.“
„Dann schwimm ich lieber“, sagt Maxi.
„Okay.“ Ich rutsche von meinem Sitz und zähle bis drei. Dann lasse ich mich beherzt ins Wasser gleiten und halte mich mit beiden Händen am Rand des Tretboots fest. Maxi folgt meinem Beispiel. Als würde das Boot spüren, dass wir es von unserem Gewicht befreit haben, schwimmt es sofort auf und fängt an, sich zu bewegen und auf den Wellen zu schaukeln. Jetzt müssen wir es nur noch in die richtige Richtung schieben, schnell weg von dem Stein und dem Wellenbrecher. Das hört sich allerdings viel einfacher an, als es ist. In Wirklichkeit müssen wir unseren ganzen Mut und unsere ganze Kraft aufbringen, um uns festzu-

klammern, die Köpfe oben zu behalten, möglichst wenig Wasser zu schlucken, zu schwimmen und uns mitsamt dem Tretboot von den Felsbrocken fortzubewegen – und zwar alles gleichzeitig.

„Ich kann nicht mehr!“, japst Maxi. Sie verschwindet kurz in einer Welle. Ich ziehe sie sofort wieder hoch.

„Festhalten!“, schreie ich ihr zu. „Untergehen kommt nicht infrage! Wir habens gleich geschafft!“

Plötzlich höre ich eine Stimme. Oder bilde ich mir das nur ein? Nein. Ich wende das Gesicht zur Seite und sehe, dass Morris mit kräftigen Kraulschlägen auf uns zu schwimmt.

„Seid ihr eigentlich total bescheuert?“, brüllt er von Weitem. „Was macht ihr da?“

„Wir versuchen, nicht zu ertrinken!“, rufe ich zurück.

Kaum hat er uns erreicht, packt Morris das Tretboot an dem Seil, mit dem man es festmacht. „Rauf aufs Boot!“, blafft er uns an.

Maxi hängt wie ein nasser Sack über dem Rand. Gemeinsam schaffen Morris und ich es, sie hochzuschieben.

„Und du?“, frage ich ihn japsend.

„Ich schwimme, ihr tretet“, antwortet er knapp.

Das klingt gut, denke ich und ziehe mich mit letzter Kraft und zitternden Armen an Bord. In der Ferne grollt Donner. Maxi und ich zucken zusammen. Wenn es jetzt ein Gewitter gibt, solange wir noch auf dem Wasser sind …

„Bitte nicht“, sage ich leise.

„Auf gehts!“, ruft Morris uns zu und zieht an dem Seil, bis es sich strafft. Dann schwimmt er los.
Maxi und ich treten und strampeln, was das Zeug hält. Minuten später sind wir im Flachen. Unter uns knirscht der Sand. Wir haben den Strand erreicht. Jesper und Helene kommen angelaufen.
„Wir haben es geschafft!“, jubelt Maxi. Wir fallen uns schluchzend in die Arme.
„Mädchen!“, grummelt Morris. Er zieht das Tretboot auf den flachen Strand, macht es dort mit einem Seemannsknoten fest und bedenkt uns mit einem finsteren Blick.
„Entschuldigung“, sage ich ebenso finster. „Es war bestimmt keine Absicht!“
„Mannomann, das hätte aber schiefgehen können“, meint Jesper.
„Habt ihr euch wehgetan?“, fragt Helene.
„Nö. Alles gut.“ Maxi hat die Arme um sich geschlungen.
Ich nicke bestätigend und klappere dazu mit den Zähnen.
„Das Boot ist auch heil geblieben. Es hat nur ein paar Schrammen abgekriegt, aber das ist nicht so schlimm“, sagt Morris. Seine Stimme klingt schon ein bisschen netter. Ich glaube, er ist genauso erleichtert wie wir.
„Kommt rein und wärmt euch auf! Oder wollt ihr bei dem Schietwetter noch länger da draußen rumstehen?“, ruft Antje aus ihrer Luke. Sie hat einen Stapel Handtücher bereitgelegt, mit denen wir

uns abtrocknen können. Von unserer dramatischen Seenotrettungsaktion scheint sie nichts mitbekommen zu haben. Ist vielleicht auch besser so. Erwachsene machen sich immer gleich Sorgen. Sogar im Nachhinein, wenn alles gut gegangen ist.
„Kein Wort zu meinen Eltern!", zischt Morris uns zu. „Sonst ist für ewig Schluss mit Tretbootfahren. Kapiert?"
Wir nicken verschwörerisch. Die knallharten Fünf halten zusammen. Ist doch klar.

Meinen Eltern werde ich lieber auch nichts von Maxis und meinem Beinahe-Schiffbruch erzählen, beschließe ich auf dem Heimweg. Ich will nicht, dass sie sich unnötig Sorgen machen. Wozu auch? Ist doch alles gut gegangen.
Es regnet nicht mehr, aber meine Klamotten sind natürlich noch ziemlich nass, als ich nach Hause komme. Zum Glück bemerkt niemand, dass das, was an mir heruntertropft, salziges Meerwasser ist.
„Oje", sagt Mama, als sie mich sieht. „Bist du vorhin in den Regenschauer geraten? Zieh dich schnell um. Dann können wir essen."
„Ich bin satt. Bei Antje gabs Gemüsesuppe." Ich muss gähnen. Die frische Seeluft und das unfreiwillige Bootsabenteuer haben mich so müde gemacht, dass ich glatt im Stehen einschlafen könnte.
„Für eine Quarkspeise ist bestimmt noch Platz in deinem Magen", meint Mama lächelnd.

„Okay." Ich tapse ins Badezimmer, schäle mich aus den nasskalten, klammen Sachen und werfe sie, sandig und salzig, wie sie sind, in den Wäschekorb. Dann rubbele ich mich mit einem Handtuch ab und schlüpfe in einen Trainingsanzug. In meinen Haaren hängt Seetang. Gut, dass Mam das nicht gesehen hat.

Fünf Minuten später sitzen wir am Küchentisch. Mam und Tom essen Käse- und Tomatenbrote. Ich löffele meinen Obstquark und nehme mir gleich noch eine zweite Portion, weil der so unglaublich lecker ist.
„Habt ihr eigentlich noch irgendwo alte Handys rumliegen?", frage ich nebenbei. „Wir haben heute im Unterricht darüber gesprochen, was da alles an Rohstoffen drinsteckt. Sogar Gold und Silber. Wusstet ihr das?"
„Ja, das hab ich mal gelesen." Tompa nickt. „Aber nur winzige Mengen, oder?"
„Nö, gar nicht. Ein paar Milligramm sind das schon. Überleg doch mal, wie viele Handys es überall gibt! Da kommt echt was zusammen. Außerdem ist die Förderung von Bodenschätzen total umweltschädlich. Die Erde wird ausgebeutet und Millionen Liter Wasser verbraucht", entgegne ich. „Bei uns in der Schule steht eine Sammeltonne für alte Handys. Wenn die noch funktionieren, werden sie verkauft. Die anderen holt eine Firma ab, die die Rohstoffe recycelt. Von dem Geld, das wir dafür kriegen, wollen

wir hinter der Schule Bäume pflanzen, bis wir einen Wald haben. Das Projekt heißt Forests for Future."
„Wälder für die Zukunft, Bäume statt Handys – toll!" Mama strubbelt mir durch die Haare. „Ich hab noch zwei alte Geräte. Die kannst du gerne haben. – Hattest du nicht mal so einen unsäglichen Handyvertrag, bei dem du ständig das neueste Modell bekommen hast?", wendet sie sich an Tom. „Wo sind die alle abgeblieben?"
„Den Vertrag hab ich längst gekündigt. Die Smartphones liegen noch in irgendeiner Kiste. Ich such sie nachher raus." Tom guckt mich lächelnd an. „Die neue Schule tut dir richtig gut."
„Wär ja auch ziemlich blöd, wenn nicht", murmele ich und gähne.

DAS SIEBZEHNTE KAPITEL,

in dem Maxi und ich ein Märchen schreiben, Heinerbert an einer Kiste knabbert, Frau Kiekbusch uns Gemüse schenkt und ich einen Brief bekomme.

Der Herbst kommt nun wirklich mit riesengroßen Schritten. Morgens ist es neblig und kühl. Abends wird es immer früher dunkel. Nicht mehr lange, dann fangen die Herbstferien an. Vielleicht darf Gunhild mich für ein paar Tage besuchen. Das wäre so cool!

Unser Haus wird auch immer gemütlicher. Das Dach ist inzwischen dicht. Internet und Festnetz-Telefon haben wir zwar immer noch nicht, aber dafür ein neues Badezimmer und eine Satellitenschüssel. Im Garten haben Tom und ich vor ein paar Tagen den kleinen Teich entdeckt. Der war total zugewuchert. Wir haben alles ein bisschen zurückgeschnitten und eine Sitzbank aufgestellt. Das ist jetzt mein neuer Lieblingsplatz. Fehlen nur noch eine Kuh, die Hühner und die Bienen. Und eine Hängematte natürlich! Die wünsche ich mir zu meinem nächsten Geburtstag. Im Frühjahr will ich überall Sonnenblumen aussäen und ernsthaft mit dem Gemüseanbau anfangen. Ich hab schon eine Ecke

ausgesucht, wo ich das Beet anlegen werde. Der Rest des Gartens soll verwildert bleiben. Mam und Tompa sind noch nicht so begeistert von der Idee, aber das krieg ich schon hin.
Mamas Bauch ist mächtig gewachsen. Genau wie Maxis und meine Kurzgeschichte. Wieso eigentlich Kurzgeschichte? So kurz ist die gar nicht. Sechs Seiten. Nicht schlecht, oder? Heute ist Einsendeschluss. Maxi und ich hocken in der Schule im Computerraum und können uns nicht entschließen, unsere Geschichte, die in Wirklichkeit eine Art Märchen ist, abzuschicken. Um Papier zu sparen, sollen die Texte per E-Mail eingereicht werden. Wir feilen immer noch daran herum, bis zur letzten Stunde.
„Irgendwann müssen wir sie abschicken", sage ich.
„Ich weiß", jammert Maxi.
„Besser wird sie nicht." Ich schiebe die Maus hin und her.
„Vielleicht doch", wendet Maxi ein. „Wollen wir nicht noch mal alles durchlesen?"
Ich seufze. „Zum dreihundertsiebenundachtzigtausendsten Mal? Warum?"
„Keine Ahnung. Ich trau mich einfach nicht." Maxi hebt die Schultern und lässt sie wieder sinken.
Ich weiß gar nicht, was sie hat. Unser Beitrag ist wirklich cool, eine Art modernes Klima-Märchen. Wir haben über ein Mädchen in unserem Alter geschrieben, eine Prinzessin namens Mariella, die in einem kleinen Königreich lebt. Eines Tages wacht Mariella

auf, sieht sich im Spiegel an und sagt zu sich selbst: „Ich hab genug!“ Ab da verändert sich ihr Leben. Sie merkt, dass sie wirklich von allem genug hat. Sie hat genug zu essen und zu trinken, mehr als genug Kleider zum Anziehen, genug Liebe und Aufmerksamkeit von ihren Eltern, Großeltern, Freunden und Untertanen. Aber genau wie wir hat sie auch genug davon, dass die Natur in ihrem Königreich immer mehr zurückgedrängt und zerstört wird, dass Tiere ausgebeutet und getötet werden, dass der Ozean im Müll erstickt, die einst so schönen Wälder brennen, die Gletscher in den Gebirgen schmelzen und die klare Luft nach und nach verpestet wird. Das alles findet sie furchtbar ungerecht – genau wie wir. Als sie eines Tages am Strand sitzt und sich fragt, wie das Salz eigentlich ins Meer kommt, taucht ein winziger bunter Fisch auf. „Das sind die salzigen Tränen, die wir Meeresbewohner weinen. Bitte hilf uns! Wir haben genug gelitten. Ihr zerstört die Umwelt und das Klima – und wir müssen darunter leiden. Findest du das gerecht?“, fragt er traurig. Und dann stirbt er. Da fasst Mariella den Entschluss, ihr Königreich zu retten und ab sofort alles anders und gerechter zu machen. Im Traum sieht sie ein Land, in dem alle genug haben und Menschen und Tiere in Frieden und in Einklang mit der Natur leben. Zuerst kämpft sie allein für dieses Ziel, doch nach und nach schließen sich andere an. Zum Schluss geht Mariellas Traum in Erfüllung. So lautet auch der Titel unserer Geschichte: Mariellas Traum.

„Aber es ist ein Märchen“, jault Maxi neben mir. „Ist das nicht viel zu kindisch für so einen wichtigen Wettbewerb?“

„Das fällt dir jetzt ein? Nachdem wir uns so viel Mühe gegeben haben?“ Ich vergrabe das Gesicht in den Händen und schüttele den Kopf. „Jetzt reichts“, knurre ich. „Entweder wir schicken die Geschichte ab oder wir lassen es bleiben.“

„Dann schick sie ab“, sagt Maxi.

„Sicher?“

„Nein!“

„Okay.“ Ich nehme die Hände runter und gebe den Betreff ein: SCHREIBWETTBEWERB KLIMAGESCHICHTEN. Mein Finger schwebt über der Tastatur. Ich lasse ihn in Superzeitlupe sinken und – drücke plötzlich auf Senden. Ich bin ein bisschen erschrocken über mich selbst.

„Das wars“, sage ich. „Tschüss und viel Glück!“

Maxi schluckt trocken. Wir gucken uns an.

Dann grinsen wir gleichzeitig und klatschen uns ab.

Das Schlimmste an dem Schreibwettbewerb ist, dass wir ewig auf eine Antwort warten müssen. Bis auf eine kurze Eingangsbestätigung hören wir nichts. Aber wer weiß, wie viele da mitmachen? Die Jury, die die Siegerbeiträge auswählt, muss ja schließlich jede

einzelne Geschichte sorgfältig lesen und beurteilen, bis am Ende die Sieger in jeder Altersstufe feststehen. Das kann dauern.
„Immer noch nichts?“, fragt Tom, als ich zum dritten Mal an diesem Samstag zum Briefkasten laufe.
Ich schüttele den Kopf. Wir haben Maxis E-Mail-Adresse als Absender angegeben, weil sie zu Hause Internet hat, und unsere Adresse als Briefanschrift. Wer zuerst was hört, sagt der anderen sofort Bescheid.
„Ich weiß ja gar nicht, ob wir überhaupt einen Brief bekommen. Vielleicht schicken die das Ergebnis auch per Mail und es ist längst da. Ich geh mal ein Stück die Straße runter und ruf Maxi an.“ Ich wedele mit meinem Handy.
„Mach das.“ Tom nickt. Er sitzt auf einem Klappstuhl vor dem alten Stallgebäude und bürstet den Rost der letzten hundert Jahre von den Türscharnieren. Der Stall soll bald zu einem Büro ausgebaut werden, mit einem Raum für Mama und einem für ihn selbst. Allerdings müssen dafür neue elektrische Leitungen verlegt, größere Fenster eingebaut und mehrere Wände versetzt werden. Weil man das nicht einfach so machen darf, hat er übernächste Woche zwei Termine. Einen beim Architekten und den zweiten beim Bauamt.
„Nimmst du bitte die leere Gemüsekiste mit und gibst sie Frau Kiekbusch zurück?“, ruft Mama durch das geöffnete Küchenfenster.

Ich rolle mit den Augen. „Muss das sein? Kann sie die nicht selbst abholen?“

„Tu Swantje den Gefallen“, sagt Tom in meine Richtung. „Es ist doch kein Umweg für dich.“

„Aber die Hunde können mich nicht leiden!“

Mama kommt aus dem Haus und drückt mir die leere Holzkiste einfach in die Hände. „Stell sie neben dem Tor ab. Valentina weiß dann schon Bescheid. Netter wärs allerdings, wenn du sie ihr persönlich geben und dich bei der Gelegenheit für den Salat und die frischen Möhren bedanken würdest.“

„Vielleicht ist sie ja gar nicht da“, grummele ich und drehe mich schon um.

„Schöne Grüße!“, ruft Mama mir hinterher. Ich werfe einen Blick über die Schulter. Sie streichelt ihren Kugelbauch und winkt lächelnd.

Ich trabe die Landstraße runter, mein Handy in der linken, die Kiste in der rechten Hand. Heute scheint ausnahmsweise mal wieder die Sonne. Wo es windstill ist, ist es richtig schön warm. Trotzdem sehe ich überall Vorboten des Herbstes. Heruntergefallenes Laub, bunte Blätter, Eicheln, tiefrote Beeren … Ich frage mich, wie meine Kastanie wohl aussieht. Ulla hält ihr Versprechen und schickt mir regelmäßig Fotos, aber trotzdem fehlt mir mein Lieblingsbaum. Ich würde ihn gerne mal wieder umarmen und meine Wange an seine Rinde legen.

Kaum nähere ich mich dem weißen Haus, geht das Gekläffe los. Wuff-wuff, kläff-kläff, knurr-knurr … Wie hält man das bloß den ganzen Tag aus? Jedes Mal, wenn jemand die Straße entlangkommt, dieses Theater! Okay, besonders viele Leute kommen hier nicht gerade vorbei. Außer mir vielleicht noch der Postbote. Vielleicht bellen die Hunde bei dem ja nicht. Vielleicht machen die das nur bei mir. Keine Ahnung. Ich bleibe stehen und wähle Maxis Nummer. Solange die Köter bellen, kann ich genauso gut telefonieren.

„Schipper, Käpt'n! Wollt ihr wohl!", ruft Frau Kiekbusch von irgendwoher. Die Hunde bellen fröhlich weiter. Besonders gut erzogen sind die nicht gerade.

„Hi! Hast du schon was vom Schreibwettbewerb gehört?", frage ich, als Maxi sich meldet. Ich stelle die Gemüsekiste an den Straßenrand, setze mich drauf und halte die Nase in den Sonnenschein.

„Nö", antwortet sie. „Keine Mail, kein gar nichts. Auch keine neuen Infos auf deren Homepage. Aber Morris hat vorhin gemailt und mir ein Foto geschickt. Er hat einen toten Schweinswal am Strand gefunden."

„Oh, nein!" Eine kleine Wolke schiebt sich vor die Sonne. Ich schließe die Augen. „Woran ist der denn gestorben? Und was macht Morris jetzt mit dem?"

„Meine Mutter ist gerade hingefahren, um sich den Wal anzugucken und ihn mitzunehmen. Der wird dann untersucht. Sie nehmen Laborproben und melden den Fund. Schweinswale geraten oft in Stellnetze und verenden. Manche Fischer werfen sie dann einfach zurück ins Wasser und kümmern sich nicht weiter darum. Manchmal sind auch Schadstoffe schuld oder der Unterwasserlärm von Schiffen oder Sprengungen."

Der arme Wal, denke ich traurig. Ich würde zu gerne mal einen in echt sehen. Aber natürlich gesund und lebendig, im Meer, wo er und seine Artgenossen hingehören.

Plötzlich spüre ich etwas Kaltes, Feuchtes am linken Unterschenkel. Es ist ein Gefühl, als würde eine schleimige Nacktschnecke über meine Haut kriechen. Ich hab nichts gegen Schnecken, aber das hier fühlt sich echt eklig an.

„Igitt!", rufe ich und springe auf.

„Wuff!", antwortet jemand.

„Was ist?", fragt Maxi.

Ich drehe mich um und blicke in zwei Hundegesichter, ein weißes und ein dunkelbraunes. Sie sehen eigentlich ganz freundlich aus. Fast so, als würden sie lächeln. Trotzdem trete ich vorsichtshalber einen großen Schritt zurück. Der weiße Mischling setzt sich auf sein Hinterteil und grinst. Der Braune kommt schwanzwedelnd auf mich zu.

„Die Hunde von Frau Kiekbusch umzingeln mich! Was soll ich machen?", flüstere ich ins Handy.

„Bleib einfach stehen, beweg dich nicht und lass sie an dir schnuppern“, rät Maxi mir. „Die sind total harmlos.“

„Schipper? Käpt’n? Wo steckt ihr schon wieder?“, ruft Frau Kiekbusch. Ihre Stimme klingt, als würde sie näher kommen.

„Brave Hundis“, murmele ich.

Maxi kichert.

„Lach nicht!“, zische ich.

„Da seid ihr ja!“ Frau Kiekbusch guckt zuerst die Hunde, dann die Gemüsekiste und schließlich mich an. Hinter ihr, mitten auf der Straße, steht ein dickes Schaf mit einem hellblauen Halsband, das auf einem Grashalm kaut und mich neugierig beäugt.

„Moin“, begrüße ich unsere Nachbarin, weil man das hier so macht. Zu Maxi sage ich leise: „Du, ich muss Schluss machen. Vielleicht ruf ich dich später noch mal an. Tschüss.“

„Tschüss – und lass dich nicht fressen!“ Sie legt lachend auf.

Frau Kiekbusch und das Schaf haben nicht nur genau die gleiche Haar- beziehungsweise Wollfarbe, sondern auch fast dieselbe Frisur, stelle ich fest. Beide sind grau und haben Locken. Abgesehen davon sehen sie sich aber nicht sehr ähnlich.

„Ich wollte nur die Kiste zurückbringen“, sage ich und füge hinzu:

„Vielen Dank für den Salat und die Möhren und schöne Grüße von meinen Eltern.“

Das Schaf senkt den Kopf und knabbert an der Gemüsekiste.

„Heinerbert, lass das!“, sagt Frau Kiekbusch streng, bevor sie sich an mich wendet. „Du bist also Jella. Schön, dass wir uns auch mal kennenlernen.“

„Äh, ja. Finde ich auch.“ Ich weiß gar nicht, warum ich so verlegen bin. Vielleicht, weil Frau Kiekbusch mich so kritisch mustert. Nicht direkt unfreundlich, aber auch nicht gerade erfreut. Ein bisschen so, wie man einen Apfel betrachtet, ob da nicht vielleicht irgendwo ein Wurm drin ist, bevor man reinbeißt. Auf jeden Fall würde ich mich am liebsten verdrücken.

Heinerbert hat die Holzkiste inzwischen an einer Ecke hochgehoben und schüttelt sie ein bisschen. Frau Kiekbusch nimmt sie ihm aus dem Maul. „Lass den Unfug und geh nach Hause“, sagt sie sehr liebevoll zu ihm. Er dreht sich tatsächlich um und zuckelt davon. Die Hunde springen auf und folgen ihm.

„Tschüss“, sage ich.

Frau Kiekbusch schmunzelt. „Möchtest du ein paar Kartoffeln und Bohnen mitnehmen? Sellerie und Lauch hab ich auch noch da.“

Sie wartet nicht auf meine Antwort, sondern geht einfach voraus. Mir bleibt nichts anderes übrig, als hinter ihr und der seltsamen Karawane herzutraben.

„Klar. Warum nicht?“ Ich schiebe das Handy in die Hosentasche.

Ich hab zwar keinen Schimmer, ob und wozu wir Kartoffeln, Bohnen, Sellerie und Lauch brauchen, aber irgendwie konnte ich nicht Nein sagen. Außerdem kann es nicht schaden, wenn ich mich ein bisschen mit den Hunden anfreunde. Vielleicht hören die dann endlich auf, mich ständig zu verfolgen.

„Hier ist Post für dich!", ruft Papa von Weitem, als ich eine halbe Stunde später mit einer vollen Gemüsekiste nach Hause zurückkehre. Er wedelt mit einem hellgrauen Briefumschlag. Vor Aufregung stolpere ich über meine eigenen Füße und lasse um ein Haar das Gemüse fallen. Ich fange mich, wanke auf Tom zu, drücke ihm die Kiste vor die Brust und reiße ihm in der nächsten Sekunde den Umschlag aus der Hand. Mein Herz klopft wie verrückt. Ich bekomme selten Post. Eigentlich so gut wie nie. Höchstens vielleicht mal eine Urlaubspostkarte von Gunhild oder ein Bücherpaket von Ulla. Dieser Brief muss wichtig sein!
Er ist wichtig. Das sehe ich an dem Absender.
„Hat es was mit eurem Schreibwettbewerb zu tun?" Tompa stellt die Kiste ab. Ich nicke stumm. Mama kommt aus dem Haus. Wir gucken uns an.
„Möchtest du ihn lieber alleine aufmachen?", fragt sie mich.
Zuerst will ich Ja sagen, aber dann überlege ich es mir anders.
„Nö", sage ich. „Ich lauf zurück zur Straße und ruf Maxi an. Dann machen wir das zusammen."

Tom reicht mir einen Schraubendreher. Ich schlitze den Umschlag auf und gebe ihm das Werkzeug zurück.

„Ich bin gleich wieder da", sage ich zu meinen Eltern und flitze vom Hof.

„Viel Glück!", ruft Mam hinter mir her.

Maxi meldet sich sofort, als wüsste sie genau, dass mein Anruf wichtig ist. „Was gibts?"

„Post vom Schreibwettbewerb", sage ich.

„Und was schreiben die?"

„Keine Ahnung."

„Was?? Lies mir sofort alles vor! Nein, halt! Nur, wenn es was Gutes ist." Sie hält die Luft an, das höre ich genau.

„Warte kurz. Ich steh hier mitten auf der Straße." Ich schaue mich um. Auf der anderen Seite ragt ein knubbeliger Baumstumpf aus dem Gras. Ich gehe rüber und setze mich hin. „Bist du noch da?"

„Ja", wispert Maxi.

„Okay, dann mal los." Ich ziehe den Brief aus dem Umschlag und falte ihn auseinander. Die Wörter tanzen vor meinen Augen. Ich zähle bis drei und fange an zu lesen.

Liebe Jella, liebe Maxima,
vielen Dank für Eure Klimageschichte. Wir freuen uns, Euch mitteilen zu können, dass Ihr in Eurer Altersstufe den 3. Platz belegt habt. Hiermit laden wir Euch ein …

Moment mal, wie bitte? Was steht da? Ich blinzele. Wir haben den 3. Platz in unserer Altersstufe belegt? Mit unserem Märchen? Aber das ist ja –

Ich springe auf.

„Jella!", bringt Maxi sich in Erinnerung. „Warum dauert das so lange?"

„Weil … wir leider nicht gewonnen haben", antworte ich. Ich presse die Lippen zusammen und muss mich beherrschen, nicht loszuprusten.

„Och, schade. Wenigstens haben wir's versucht." Maxi seufzt enttäuscht.

Ich halte es nicht länger aus und fange an zu lachen.

„Wie schön, dass du das so lustig findest", sagt sie spitz.

„Wir haben zwar nicht gewonnen", wiederhole ich langsam, „aber … wir sind auf dem 3. Platz in unserer Gruppe!"

„Was? Wirklich? Oh, du bist so gemein!" Maxi schimpft und jubelt abwechselnd. Ich kann sie kaum verstehen. „Was bedeutet das? Steht noch mehr in dem Brief?", japst sie.

„Ja! Wir sind zu der Preisverleihung eingeladen. Die Bahnfahrkarten werden uns noch zugeschickt. Außerdem nimmt unser Beitrag automatisch an einem bundesweiten Kurzgeschichtenwettbewerb teil, bei dem man eine dreitägige Reise nach Berlin gewinnen kann, inklusive eines Empfangs beim Bundespräsidenten."

„Oh, wow!“, sagt Maxi andächtig.

Ich nicke versonnen.

„Wann findet die Preisverleihung statt? Und wo?“, will Maxi wissen.

„Übernächste Woche, am Freitag in der Geschäftsstelle der Naturschutzorganisation. Es werden verschiedene Festredner erwartet und es gibt ein Büfett. Warte, hier steht noch mehr: Für interessierte Aktivisten besteht die Möglichkeit, schon vor der offiziellen Veranstaltung anzureisen und an einer *Fridays for Future*-Kundgebung in der Landeshauptstadt teilzunehmen“, lese ich laut vor. „Wie cool ist das denn!“

„Das ist total obercool“, bekräftigt Maxi. „Endlich kannst du dein Protestschild mal wieder benutzen!“

„Bis dahin malst du dir auch eins“, erwidere ich grinsend und füge hinzu: „Das wird der tollste Tag des Jahres!“

DAS ACHTZEHNTE KAPITEL,

in dem Maxi und ich Bahn fahren, demonstrieren, einen Preis entgegennehmen und der beste Tag meines Lebens fast noch in einer Katastrophe endet.

„Seid ihr wirklich sicher, dass ihr alleine zurechtkommt? Habt ihr die Fahrkarten? Die Einladung? Eure Handys? Genug Geld? Es tut mir so leid, dass euch niemand begleitet.“ Meine Mutter steht mit uns auf dem Bahnsteig. Sie hält angespannt nach dem Regionalzug Ausschau und tätschelt abwechselnd Maxis und meinen Scheitel. Maxi und ich grinsen uns verstohlen an.
„Alles gut, Mama“, sage ich zum ungefähr hundertsten Mal an diesem Morgen geduldig. „Mach dir keine Sorgen. Wir sind keine Babys mehr. Wir müssen doch nicht mal umsteigen.“
Maxi nickt feierlich. Unter ihrem Arm klemmt ein frisch gepinseltes Protestschild, gegen das meins schon arg mitgenommen aussieht. Aber das stört mich nicht die Bohne.
Ich schaue auf die Bahnhofsuhr. Der Zeiger hüpft von Sekunde zu Sekunde. Manchmal ist es gar nicht schlecht, dass die Zeit so schnell vergeht, dass man kaum hinterherkommt, finde ich. Besonders, wenn man etwas richtig Cooles vorhat. So wie Maxi

und ich. Heute ist unser Tag. Der Tag der Preisverleihung. Der Tag der Freitagsdemo. Maxis und mein größter Tag!
Wir streiken ganz offiziell und sind gleichzeitig vom Unterricht beurlaubt, damit wir den Frühzug nehmen können und pünktlich in der Stadt sind. Die Fehlstunden und Hausaufgaben müssen wir nachholen. Das nehmen wir gerne in Kauf. Dass unsere Eltern nicht mitkommen können, ist ein bisschen schade, aber es lässt sich nicht ändern. Tom hat heute die wichtigen Besprechungen wegen des Stallumbaus. Maxis Eltern müssen beide arbeiten. Eigentlich wollte Mama mitfahren, aber dann hat sich vorgestern plötzlich der Elektriker gemeldet, auf den wir schon so lange warten, damit er endlich einen neuen Sicherungskasten installiert.
„Dass der aber auch ausgerechnet heute kommen muss", brummt sie in dieser Sekunde mit gerunzelter Stirn.
„Freu dich doch", entgegne ich fröhlich. „Wenigstens fliegen uns die alten Sicherungen dann nicht länger um die Ohren."
„Ja, da hast du recht. Aber trotzdem –"
Zum Glück kommt in dieser Sekunde unser Zug.
„Ich wünsche euch einen ganz tollen Tag", sagt Mam, als wir einsteigen. „Passt auf euch auf und ruft an, wenn was ist. Bei Maxis Eltern in der Praxis oder auf Toms Handy."
„Machen wir", verspreche ich.
Maxi wedelt mit ihrem Demo-Schild, auf dem steht:

DIE ERDE IST KEIN ASCHENBECHER!

KLIMASCHUTZ – JETZT!!

Wir schieben uns auf zwei freie Plätze, nehmen unsere Rucksäcke ab und winken noch einmal durchs Fenster, bis es einen sanften Ruck gibt und der Zug losrollt. Wir gucken uns an. Maxis Augen funkeln, meine Wangen glühen. Mann, ist das spannend! Ich hab das Gefühl, dass wir vor Aufregung kurz vorm Platzen sind.

Helene, Jesper und Morris tun mir ein bisschen leid, weil sie nicht dabei sein können. Sie hatten keine Lust, an dem Schreibwettbewerb teilzunehmen, und hocken jetzt in der Schule. Na ja, selber schuld ...

Maxi und ich unterhalten uns darüber, was uns wohl alles erwartet, aber es dauert nicht lange und wir werden müde. Kein Wunder, schließlich mussten wir ganz schön früh aufstehen. Wir teilen uns die Ohrstöpsel meines Handys und hören Schlager. Maxi hat kein Problem mit meinem Musikgeschmack. Im Gegenteil, sie kennt die meisten Texte sogar auswendig und singt mit. Irgendwann nicken wir Kopf an Kopf ein.

Eine Lautsprecherdurchsage weckt uns: „Der Zug endet hier. Wir bitten alle Fahrgäste auszusteigen. Sie haben Anschluss an ...“

„Sind wir schon da?“, fragt Maxi verwirrt.

„Ja, sind wir!“ Ich ziehe sie am Ärmel hoch und nehme mein Schild und den Rucksack. „Vergiss deine Pappe nicht!“

Im Bahnhof sind unfassbar viele Kinder und Jugendliche unterwegs. Sie scheinen aus allen Richtungen zu kommen und streben lachend, rufend und winkend auf den Ausgang zu. Viele haben solche Schilder wie wir dabei. Maxi und ich haken uns ein und folgen ihnen nach draußen.

Der Treffpunkt für die Demo ist nur ein paar Schritte vom Bahnhof entfernt. Es gibt ein großes Gejohle und laustarke Begrüßungen, als wir dort eintreffen.

„Die kennen sich anscheinend alle", wundert sich Maxi.

„Na ja, wenn die jeden Freitag zusammen demonstrieren …", erwidere ich achselzuckend.

„WIR SIND HIER, WIR SIND LAUT, WEIL IHR UNS DIE ZUKUNFT KLAUT!", schallt es uns entgegen.

Ich muss breit grinsen, es geht nicht anders.

Wir machen Selfies von uns mit unseren Schildern, dann halten wir die Handys über unsere Köpfe, drehen uns langsam im Kreis und nehmen Videos auf, die wir zu Hause und in der Schule zeigen wollen.

Plötzlich klettert ein älterer Junge, ich schätze ihn auf 16 oder 17, auf eine Mauer. Er hat ein Megafon in der Hand und hält eine kurze Ansprache, bevor er uns den Ablauf der Demo erklärt. Ich höre kaum hin, weil ich viel zu sehr damit beschäftigt bin, die vielen tollen Sprüche auf den Schildern zu lesen. Manche sind lustig, andere ernst, aber alle sind richtig kreativ. Ich entdecke ein

WIR SIND HIER, WIR SIND LAUT, WEIL IHR UNS DIE ZUKUNFT KLAUT!
RUMMS!
KLING KLONG
ICH RÄUME MEIN ZIMMER NICHT AUF, SONDERN DIE ERDE!!!
Die ERDE ist KEIN ASCHENBECHER! KLIMASCHUTZ JETZT!!
BUMM BUMM BUMM
schepper
THERE IS NO PLANET B

Mädchen mit einem Karton, auf dem der gleiche Spruch wie auf meiner eselsohrigen Pappe steht:

ICH RÄUME MEIN ZIMMER NICHT AUF, SONDERN DIE ERDE!

Wir winken uns lachend zu. Minuten später setzt sich der Protestzug in Bewegung. Ein Polizeiauto fährt im Schritttempo mit Blaulicht voraus. Dahinter gehen Mädchen und Jungs mit riesigen *Fridays for Future*-Bannern und der Typ mit dem Megafon. Der WIR SIND HIER, WIR SIND LAUT!-Chor wird immer wieder von schrillen Pfiffen, Beifall und Jubelrufen unterbrochen. Manche haben Trommeln und Topfdeckel dabei, um richtig Krach zu machen. An den Straßenrändern bleiben Radfahrer und Fußgänger stehen. Einige schließen sich dem Zug spontan an. Maxi und ich heben unsere Schilder hoch. Schon bald fallen wir in die lauten Sprechchöre ein. Ich habe Gänsehaut von hier bis Grönland und zurück.

„Wieso haben wir keine Trillerpfeifen mitgenommen?", fragt Maxi mich von der Seite.

„Nächstes Mal", antworte ich mit wild pochendem Herzen. Daran, dass es ein nächstes Mal und einen weiteren Protestmarsch mit uns geben wird, habe ich keinen Zweifel.

Obwohl es um ein so wichtiges und eigentlich ernstes Anliegen geht, ist die Stimmung fröhlich und ausgelassen. Alle sind freundlich und hilfsbereit. Niemand schubst oder drängelt.

Nach einem einstündigen Marsch durch die Innenstadt erreichen wir ein großes Backsteingebäude. Auf einem Schild neben der Eingangstür steht LANDESREGIERUNG. Hier endet der Protestmarsch und die Kundgebung beginnt. Der Streifenwagen hält.
Wir stellen uns in einem Halbkreis auf, recken unsere Schilder dem Gebäude entgegen und rufen im Sprechchor „WIR SIND HIER, WIR SIND LAUT, WEIL IHR UNS DIE ZUKUNFT KLAUT!".
Niemand lässt sich blicken. Nur zwei Männer in Anzügen eilen mit ihren Aktentaschen vorbei und schieben sich verlegen grinsend durch die Eingangstür. Inzwischen ist auch ein Fernsehteam aufgetaucht. Eine schick angezogene Frau geht mit dem Mikrofon herum und führt Interviews. Als sie in unsere Nähe kommt, gucken Maxi und ich uns kichernd an und verschwinden schnell hinter unseren Pappschildern.
„Hast du eine Ahnung, wie weit es von hier bis zu der Naturschutzorganisation ist?", fragt Maxi mich, als die Interviewerin an uns vorbeigegangen ist. Ich klicke den Routenplaner auf meinem Handy an.
„Zu Fuß ungefähr eine Dreiviertelstunde", antworte ich. „Wir können aber auch mit dem Bus fahren, dann gehts vielleicht schneller. Da drüben ist eine Haltestelle."
„Dann nehmen wir den Bus", beschließt Maxi. „Für heute sind wir genug gelaufen."

Ich stimme ihr zu.
Wir bleiben noch etwa zwanzig Minuten und hören uns Reden an. Dann machen wir uns auf die Socken. Kaum stehen wir an der Haltestelle, kommt schon ein Bus. Ein Elektrobus – cool. Bevor wir einsteigen, fragen wir den Fahrer, in welche Richtung er fährt. Er will wissen, wohin wir wollen. Als wir es ihm sagen, nickt er und meint: „Das passt!" Wir müssen nicht mal bezahlen, weil unsere Bahnfahrkarten auch für den Stadtverkehr gültig sind.
„Das ist ja praktisch!", sage ich und bedanke mich für die Auskunft. Maxi zieht mich am Ärmel hinter sich her. Der Bus ist fast leer. Wir setzen uns in die Nähe der Ausgangstür. Als wir losfahren, blicken wir kurz zurück auf die Demo.
„Das war toll, oder?", meint Maxi.
„Supertoll!" Ich klappe mein Schild zusammen und nicke. In meinem Bauch habe ich ein warmes, sehr zufriedenes Gefühl.
Ein paar Haltestellen später steigen wir direkt vor dem Bürogebäude der Naturschutzorganisation aus. Wir sind ein bisschen zu früh dran.
„Besser zu früh als zu spät", sage ich. „Hauptsache, es gibt schon was zu futtern. Ich hab Hunger."
„Ich auch", sagt Maxi. „Aber ob wir schon ans Büfett dürfen?"
Nein, wir dürfen nicht. Das erfahren wir, als wir uns an der Rezeption anmelden und dort unsere Einladung vorzeigen.

„Der Festsaal ist bereits geöffnet. Geht ruhig schon rein“, sagt die freundliche Dame hinter dem Tresen und zeigt auf einen Pfeil.
„Und wo ist das Büfett?“, erkundigt sich Maxi. Ich trete ihr auf den Fuß. Die Empfangsdame lacht.
„Das befindet sich in einem Extraraum. Der ist leider noch abgeschlossen. Aber ihr dürft euch gerne ein Bonbon nehmen.“ Sie hält uns eine Glasschale hin.
Vitaminbonbons? Besser als nichts. Ich nehme mir eines. Maxi nimmt gleich zwei. Wir bedanken uns, geben unsere Rucksäcke und Pappschilder an der Garderobe ab und folgen anschließend dem Pfeil. Aus dem Festsaal dringt bereits gedämpftes Stimmengemurmel. Bevor wir hineingehen, verschwinden wir kurz im Waschraum, um uns ein bisschen frisch zu machen und uns zu kämmen. Wir stehen vor dem Spiegel – ich in meiner Lieblingslatzhose und einem himmelblauen T-Shirt, Maxi mit einer bunten Hippiebluse zu hellen Jeans – und grinsen uns an. Wir sind nicht besonders festlich angezogen, aber schließlich waren wir auf einer Demo, und da läuft man schließlich nicht in einem langen Samtkleid herum, oder?
„Ich finde, wir sehen gut aus.“ Ich zwinkere Maxis Spiegelbild zu.
„Authentisch“, meint sie nickend. „Nicht verkleidet, sondern so, wie wir nun mal sind.“
Dann machen wir uns auf den Weg zur Preisverleihung. Das zufriedene, warme Bauchgefühl von der Demo ist noch da. Jetzt

kommt ein aufgeregtes Kribbeln dazu. Vielleicht ist es auch der Hunger, der da kribbelt. Keine Ahnung. Auf jeden Fall bin ich froh, dass es endlich losgeht.

Wir werden an der Eingangstür begrüßt und bekommen Namensschilder angeheftet. Danach lernen wir einige andere Preisträger kennen und suchen unsere reservierten Plätze. Von dort aus hören wir uns die Reden der Jurymitglieder an und werden schließlich der Reihe nach auf die Bühne gebeten, wo wir etwas über unsere Wettbewerbsgeschichte erzählen sollen und unsere Preise entgegennehmen dürfen. Maxi und ich bekommen eine Urkunde, zwei Büchergutscheine und einen Karton mit Samenbomben für eine Wildblumen- und Bienenwiese überreicht.

„Yeah, cool!", sage ich begeistert.

„Die schmeißen wir in deinen Garten!", jubelt Maxi.

Wir klatschen uns ab.

„Hoffentlich gibts bald was zu essen", murrt ein segelohriger Junge neben uns. Er hat mit einer ziemlich gruseligen Climate-Fiction-Geschichte den ersten Platz in unserer Altersgruppe gewonnen. Der dunkle Anzug, in dem er steckt, ist ihm einige Nummern zu groß. Ich unterdrücke ein Prusten.

Plötzlich öffnet sich wie von Geisterhand eine Seitentür und gibt den Blick auf ein riesiges Büfett frei.

„Juhu!", ruft ein kleines Mädchen. „Futter!"

Die Grundschulkinder haben fast alle ihre Eltern dabei, was sie allerdings nicht davon abhält, sich spontan zusammenzurotten und wie wild zwischen den Tischen und Stühlen herumzutoben. Okay, in dem Alter konnte ich auch nicht lange still sitzen. Maxi und ich benehmen uns etwas gesitteter. Wir unterhalten uns mit den Mädchen und Jungs aus unserer Altersstufe und plaudern mit einigen älteren Preisträgern, die auch auf der Demo waren. Alle sind total locker drauf.

„Das war ein superschöner Tag“, stelle ich später am Nachmittag fest. Die offiziellen Feierlichkeiten sind vorbei. Nach dem gemeinsamen Essen, bei dem wir uns einmal komplett rauf und runter durch das Büfett gemampft haben, gab es noch eine Führung durch die oberen Räume der Naturschutzorganisation, wobei wir viele spannende Sachen erfahren haben. Es war wirklich viel Input. Mein Gehirn fühlt sich wie ein vollgesogener Schwamm an. Da geht nichts mehr rein. Genau wie in meinen Magen. Ich bin satt, müde und bereit für die Heimfahrt.

„Wann fährt unsere Bahn eigentlich?“, frage ich Maxi. Wir haben uns von allen verabschiedet und stehen draußen vor dem Gebäude. Urkunde, Gutscheine und die Samenbomben haben wir in den Rucksäcken verstaut. Die Protestschilder klemmen unter unseren Armen. Der Himmel ist grau und bewölkt. Die Luft ist kühl. Hab ich schon gesagt, dass ich müde bin? Ich gähne zweimal.

„Keine Ahnung. Wir haben doch ein Tagesticket. Wenn wir am

Bahnhof sind, steigen wir einfach in den nächsten passenden Zug“, murmelt Maxi. Sie checkt gerade die Fotos und Videos auf ihrem Handy, die sie heute gemacht hat, und ist ein bisschen weggetreten.
„Worauf warten wir dann noch?“ Ich bohre ihr den Ellbogen in die Seite. „Los, komm!“
Bis zum Bahnhof ist es nicht weit, weshalb wir zu Fuß gehen. Am Eingang werfen wir einen Blick auf die Anzeigetafel und stellen fest, dass in fünf Minuten tatsächlich ein Zug in unsere Richtung fährt.
„Heute ist unser Glückstag!“, rufe ich und hüpfe Richtung Bahnsteig. Maxi folgt mir lachend. Wir steigen ein, finden auf Anhieb zwei freie Plätze und klatschen uns ab.

Kennt ihr das auch, dass einem die Rückfahrt immer viel schneller vorkommt als die Hinfahrt? Dabei ist die Strecke doch die gleiche. Man fährt nur andersherum. Warum das so ist? Keine Ahnung, aber es ist so. Ich schwör’s.
Kaum sitzen wir, rollt der Zug los. Kaum fährt der Zug, kontrolliert ein Schaffner unsere Fahrkarte. Kaum ist der Schaffner weg, nähern wir uns schon unserem Ziel.
Unterwegs versuche ich ein paarmal Tom anzurufen, damit er uns abholt, aber sein Handy ist die ganze Zeit aus. Nicht mal die Mailbox springt an. Entweder ist er noch unterwegs oder schon

zurück auf dem Tilda-Hof, wo er natürlich keinen Empfang hat. Zum Glück hat Maxi ihre Mutter erreicht, die uns am Bahnhof einsammelt und mich bis zum Tilda-Hof kutschiert, obwohl es ein Umweg für sie ist. Aber das scheint ihr nichts auszumachen. Im Gegenteil, sie lässt Maxi und mich während der ganzen Fahrt haarklein berichten, was wir alles erlebt haben.

„Was für ein spannender Tag! Den vergesst ihr bestimmt nicht so schnell", sagt sie lächelnd, als ich aussteige.

„Garantiert nicht", antworte ich und ahne noch nicht, wie recht wir beide damit haben. Ich hole meine Sachen aus dem Kofferraum und hänge mir den Rucksack über die Schulter. „Tschüss – und danke fürs Mitnehmen!"

„Tschüss, bis morgen!", ruft Maxi. „Ich komme nachmittags zum Samenbombenwerfen vorbei!"

Frau Meier wendet den Kombi. Maxi winkt. Ich winke grinsend zurück und stapfe über die Einfahrt auf den Hof. Unser Auto ist noch nicht da. Anscheinend dauern Tompas Termine länger. Oder er hat einen Abstecher zum Baumarkt gemacht. Da kann er nämlich Stunden zubringen, ohne dass es ihm langweilig wird. Wenn man ihn ließe, vielleicht sogar Tage.

Die Haustür steht offen. Das ist hier auf dem Land ziemlich üblich. Außerdem haben wir eh noch kein richtiges Schloss.

Ich werfe den Rucksack in den Flur, lege das Pappschild daneben, rufe laut „Hallo! Ich bin da!" und lausche in die Stille.

„Jella?“, ruft Mama von irgendwoher. „Bist du das?“
Hä? Wer soll ich denn sonst sein? Eine fiese Einbrecherin vielleicht? Die würde bestimmt nicht so laut brüllen, sondern sich die Wertsachen schnappen und verschwinden!
„Ja-ha!“, rufe ich zurück. „Wo bist du?“
„Hier oben, in deinem Zimmer! Komm bitte mal ganz schnell rauf!“ Mams Stimme klingt anders. Irgendwie gepresst. Und wieso soll ich ganz schnell raufkommen?
Okay, das ist seltsam …
Ich nehme zwei Stufen auf einmal, spurte die Treppe in Rekordzeit hoch und flitze durch den oberen Flur. Swantje sitzt in meinem Zimmer auf dem Fußboden. Neben ihr liegt ein umgekippter Stuhl. An der Decke baumelt ein Lampenkabel mit einer einsamen Glühbirne.
„Was machst du da? Wieso hockst du auf dem Fußboden?“, will ich wissen.
Sie schnauft, ohne mir zu antworten. Ihr Gesicht ist blass, die Lippen sind schmal. Zwischen den Augenbrauen hat sie eine tiefe Falte, die sonst nur da ist, wenn sie wütend ist. Wütend sieht sie allerdings nicht aus. Eher erschöpft. „Puh“, sagt sie leise und atmet aus. „Endlich!“
Plötzlich fängt mein Gehirn an zu rattern. Mein Herz stolpert. In mir drin schrillt eine Alarmklingel. Ich hocke mich neben sie.
„Tut dir was weh?“, frage ich erschrocken. „Was ist denn passiert?

Wieso ist der Stuhl umgekippt? Soll ich dir hochhelfen?“ Meine Stimme überschlägt sich, weil so viel auf einmal aus mir heraussprudelt.
Mama lächelt, aber sie sieht dabei nicht besonders fröhlich aus. „Der Elektriker war doch heute da. Als er weg war, wollte ich die neuen Lampen aufhängen.“ Sie zeigt auf einen bunten Lampenschirm, den ich mir selbst ausgesucht habe. Er liegt neben ihr, als würde er ihr Gesellschaft leisten. „Dabei hab ich wohl das Gleichgewicht verloren.“ Sie stöhnt auf. Ich mag mir gar nicht vorstellen, wie lange sie hier schon sitzt und keiner ist da. Ohne Telefon, ohne uns, ganz allein! Am liebsten würde ich auf der Stelle losheulen, aber das nützt mir jetzt auch nichts. Ich schlucke die Tränen schnell hinunter.
„Kannst du aufstehen?“, frage ich ängstlich.
„Wenn du mir hilfst, vielleicht. Ich glaub, ich hab mir den Fuß verknackst. Er tut höllisch weh. Ich muss wohl zum Arzt.“ Mama beißt die Zähne zusammen, das kann ich sehen. Mein Blick fällt auf ihren Babybauch. Sie bemerkt es und lächelt wieder.
„Deinem Bruder ist nichts passiert“, beruhigt sie mich. „Er tritt mich fröhlich und hat ein bisschen Schluckauf. Wir haben uns die ganze Zeit unterhalten und Witze erzählt.“
„Ich kriege einen Bruder?“ Ich schnappe nach Luft.
„Ja, das hat der Arzt mir neulich verraten. Eigentlich sollte es eine Überraschung sein, aber jetzt weißt du’s.“

„Cool!" Ich vergesse kurz die krasse Situation, in der wir uns befinden, und fange an, mir Namen auszudenken. Huckleberry Finn vielleicht? Archibald? Hugo? Fiete? Mats? Mats-Fiete? Ja, Mats-Fiete gefällt mir!

„Jella, wir sollten jetzt wirklich versuchen, mich hochzuhieven. Und dann läufst du rüber zu Valentina und rufst Tom an. Und einen Krankenwagen. Okay?"

„Einen Krankenwagen? Aber du hast dir doch nur den Fuß verknackst, hast du gesagt!" Ich springe auf. Mama greift nach meiner Hand.

„Vielleicht ist er auch gebrochen. Auf jeden Fall sollte sich das ein Arzt angucken. Und jetzt hilf mir endlich hoch und setz mich auf diesen verdammten Stuhl da drüben!"

Ich ziehe den Stuhl heran und richte ihn auf. Dann ziehe ich Swantje auf die Füße – nein, nur auf einen Fuß, den heilen natürlich – und helfe ihr, sich langsam hinzusetzen.

„Ah, das ist schon besser", ächzt sie. „Jetzt lauf rüber und hol Hilfe."

Ich bin hin- und hergerissen. Kann ich sie wirklich alleine lassen? Ja, das muss ich wohl. Etwas anderes bleibt uns gar nicht übrig.

„Ich bin gleich wieder da!", verspreche ich und drehe mich um. Unten ziehe ich mit zitternden Fingern das Handy aus meinem Rucksack. Sekunden später renne ich über die leere Landstraße.

Meine Füße berühren kaum den Asphalt, so schnell laufe ich. Auf einmal schluchze ich laut. Ich kann die Tränen nicht länger zurückhalten. Ich spüre sie auf meinen Wangen und will sie mit dem Handrücken wegwischen, aber sofort fließen neue nach. Ich hab Angst wie noch nie zuvor in meinem ganzen Leben.

DAS NEUNZEHNTE KAPITEL,

in dem ich … Ach was, lest es am besten selbst!

„Warum läufst du wie ein aufgescheuchtes Hühnchen hier herum, das von einem verfressenen Marder verfolgt wird?“ Valentina Kiekbuschs Strohhut taucht hinter der Hecke auf wie das Sehrohr eines U-Bootes. Ich mache mir vor Scheck fast in die Hose. Von den Hunden ist nichts zu sehen.

„Hilfe!“, keuche ich. Ich stehe auf der Landstraße und halte mein Handy in die Luft. „Kein Netz!“

Unsere alte Nachbarin mustert mich, als hätte ich den Verstand verloren. Ein bisschen fühle ich mich auch so.

„Du kannst gerne bei mir telefonieren. Scheint ja was Wichtiges zu sein“, brummelt sie.

„Meine Mutter …“, krächze ich. Ich kann kaum sprechen, weil ich total aus der Puste bin und außerdem ein dicker Panik-Kloß in meinem Hals steckt. „Hilfe!“

Frau Kiekbusch stellt die Harke weg und kommt um die Ecke. „Was ist passiert?“

„Mama ist vom Stuhl gefallen. Sie hat sich vielleicht den Fuß gebrochen. Wir brauchen einen Krankenwagen. Ich –"
„Gaanz ruhig." Ich spüre eine Hand auf meiner Schulter. „Hol erst mal tief Luft und beruhige dich. Dann erzählst du mir, was los ist."
Ich schüttele die Hand ab. Für so was hab ich jetzt echt keine Zeit. Tief Luft hole ich aber trotzdem, weil ich sonst kein Wort herausbringe. „Meine Mutter muss schnell ins Krankenhaus. Tom ist noch nicht da. Wir haben kein Auto, und ich –"
„Bring mich mal ganz flott zu ihr!", befiehlt Frau Kiekbusch in einem Ton, der keine Widerworte duldet. Sie stapft schon voraus. Mir bleibt nichts anderes übrig, als hinter ihr herzustolpern.
„Ich muss telefonieren! Ich muss meinen Vater anrufen! Und einen Krankenwagen!", protestiere ich laut jammernd.
„Ich war früher Krankenschwester und bin ausgebildete Ersthelferin", knurrt Frau Kiekbusch über die Schulter.
Na gut, das beruhigt mich ein bisschen. Aber nur ein winzig kleines bisschen.

Mama sitzt aufrecht auf dem Stuhl, als ich mit Valentina Kiekbusch zurückkehre. Sie wirkt eigentlich ganz entspannt. Jedenfalls entspannter als ich. Frau Kiekbusch spricht so ruhig mit ihr, dass es glatt auf mich abfärbt. Sie fühlt Mams Puls, schaut ihr tief in die Augen und guckt sich schließlich den Knöchel an.

„Ich denke nicht, dass der gebrochen ist“, meint sie, als sie sich schnaufend wieder aufrichtet. „Wahrscheinlich ist das Gelenk verstaucht oder die Bänder sind überdehnt. Wir sollten in die Notaufnahme fahren. Da können die auch gleich den kleinen Frosch abhorchen. Nur zur Vorsicht, falls er sich erschreckt hat.“ Sie zwinkert Mam und mir zu.

„Der kleine Frosch ist mein Bruder!“, sage ich streng.

Mama und Valentina lachen. Dann werden sie wieder ernst.

„Wir bringen Swantje jetzt runter. Dann hole ich mein Auto. Damit sind wir schneller in der Klinik, als wenn wir auf einen Krankenwagen warten würden. Meint ihr, wir kriegen das hin?“, fragt Valentina.

Ich nicke. Mama auch. Mit vereinten Kräften helfen Valentina und ich ihr hoch und stützen sie, damit sie die Arme über unsere Schultern legen und auf dem gesunden Fuß hüpfen kann. Es dauert ungefähr hundert Stunden, bis wir sie auf diese Weise durch den Flur und die Treppe herunterbekommen – aber wir schaffen es. Unten setzen wir sie vorsichtig auf die Bank neben der Haustür und legen das Bein hoch. Dann wackelt Valentina los, um ihr Auto zu holen. Ich bringe Mam ein Glas Wasser und setze mich zu ihr. Immer wieder drücke ich auf die Wahlwiederholungstaste meines Handys, um Papa anzurufen.

„Vielleicht klappt es gleich unterwegs“, meint Mama aufmunternd. „Oder vom Krankenhaus aus.“

Ich staune, wie ruhig sie ist. Ob sie gar keine Angst hat? Reißt sie sich vielleicht nur wegen mir zusammen? Ich will sie gerade danach fragen, als ein knallrotes Auto über den knirschenden Kies in unsere Einfahrt rollt und genau vor uns hält. Ich war ja schon überrascht, dass Frau Kiekbusch überhaupt ein Auto besitzt – aber jetzt gleich so eins? Es ist keine verbeulte Rostlaube mit Hühnerkacke an den Reifen, sondern ein schicker Kleinwagen. Der Motor schnurrt so leise, dass man ihn kaum hört.
„Da staunst du, was? Du dachtest wohl, ich komme mit einer Pferdekutsche zurück!" Valentina lacht donnernd, nachdem sie sich etwas mühsam hinter dem Lenkrad hervorgearbeitet hat. „Den hab ich letztes Jahr in einem Preisausschreiben gewonnen. Ein kleines umweltfreundliches Elektroauto der neuesten Generation. Nur weil ich eine alte Frau bin und hinterm Mond lebe, genieße ich doch ganz gerne einige Errungenschaften der menschlichen Zivilisation. Filterkaffee zum Beispiel, Fernsehen, Telefon, mein Hörgerät und dieses Auto. – Aber jetzt klapp den Mund wieder zu und hilf deiner Mutter beim Einsteigen!"

Die Fahrt dauert nicht lange. Valentina telefoniert unterwegs mit der Klinik und meldet uns an. Mama sitzt auf dem Beifahrersitz neben ihr und streichelt meinen Bruder. Ich hab mich hinter ihr auf der Rückbank zusammengefaltet und versuche die ganze Zeit, Papa zu erreichen. Endlich habe ich Glück und er meldet sich.

„Hey, wo steckt ihr denn?“, fragt er fröhlich. „Ich komme gerade nach Hause und hier ist kein Mensch. Ich dachte …“

Ich unterbreche ihn. „Wir fahren gerade zum Krankenhaus. Es ist nämlich …“

„Was? Krankenhaus? Wieso? Jella, was ist passiert?“ Seine Stimme schnappt leicht über. Mama streckt die Hand aus.

„Gib mir mal das Telefon“, sagt sie ruhig.

Wir rollen auf ein mehrstöckiges, betongraues Gebäude zu und halten wenig später vor einem Seiteneingang, wo schon ein Rettungswagen steht. Ich muss schlucken, als ich an einer breiten Milchglastür das Wort NOTAUFNAHME lese.

Mama reicht mir mein Handy. „Tom ist gleich hier“, sagt sie.

Valentina nickt zufrieden. „Mal sehen, ob ich irgendwo einen Rollstuhl auftreiben kann“, meint sie und steigt aus.

„Hast du gar keine Angst?“, frage ich Mam, als wir alleine sind.

Sie schüttelt den Kopf.

„Vorhin, als ich alleine war, schon. Aber jetzt nicht mehr.“ Sie dreht sich halb zu mir um, was bei dem schmalen Sitz und ihrem dicken Bauch gar nicht so einfach ist. „Mach dir keine Sorgen, Jella. Es wird alles wieder gut.“

Tja, was soll ich sagen? Mama gehts gut. Meinem kleinen Bruder auch. Uns allen geht es gut. Bis auf Tom. Der wäre in der Notaufnahme fast ohnmächtig geworden. Angeblich hat er den Krankenhausgeruch nicht vertragen. Vielleicht war es auch die Aufregung, oder alles zusammen. Valentina hat sich um ihn gekümmert und seine Hand gehalten, während Mam untersucht wurde. Der Knöchel ist tatsächlich verstaucht. Das tut zwar richtig weh, musste aber zum Glück nicht operiert werden. Es sind seitdem ein paar Tage vergangen. Mam hat eine Bandage und Krücken bekommen und soll das Gelenk schonen. Das heißt nicht herumlaufen und das Bein möglichst hochlagern. Darum kümmere ich mich persönlich. Schließlich sind jetzt Herbstferien und ich hab jede Menge Zeit.

Morgens schlafe ich meistens aus. Dann spiele ich Mundharmonika, gehe runter und mache für uns alle Frühstück. Anschließend treffe ich mich mit meinen Freunden am Strand, um Müll zu sammeln und Aktionen zu planen. Oder ich laufe rüber zu Valentina, um ihr im Garten und bei den Tieren zu helfen. Das macht wirklich Spaß.

Mittlerweile habe ich mich nicht nur mit Schipper, Käpt'n und Heinerbert angefreundet, sondern habe auch Rudi und Hella kennengelernt, die beiden Ziegen. Dann sind da noch Elbe – so heißt die Gans, die eigentlich ein Ganter ist – und Scharmützel, Hegel und Kante, die Hühner. Zwei wollige Pensionsschafe gibt es auch noch. Die bekommen hier ihr Gnadenbrot.

Das rote Elektroauto wurde mit Brombeersaft auf den Namen Hoppetosse getauft – nach dem Piratenschiff von Pippi Langstrumpfs Vater. Meistens steht Hoppetosse im Schuppen, weil Valentina eigentlich kein Auto braucht. Aber dann hat sie überlegt, dass es im Notfall ja doch ganz praktisch ist, wenn eins da ist. Also behält sie es erst mal.

„Zur Not mach ich einen Hühnerstall daraus", hat sie neulich gesagt.

Ich lerne ganz viele Dinge von ihr. Über Pflanzen und Tiere, die Natur, das Wetter, das Klima und wie alles zusammenhängt. Als ich ihr irgendwann erzählt habe, dass ich mir zum Geburtstag eine Kuh, eine Hängematte, Hühner und einen Bienenstock wünsche, hat sie laut gelacht.

„Vergiss die Kuh! Kühe sind Herdentiere. Eine alleine geht nicht. Das wäre Tierquälerei. Eine Hängematte ist viel besser! Was die Hühner angeht: Scharmützel, Hegel und Kante büxen doch sowieso ständig aus und laufen zu euch rüber. Du darfst die Eier behalten, falls du welche findest. Und über die Bienen können wir uns auch gerne unterhalten. Wenn deine Eltern einverstanden sind, stellen wir im nächsten Frühjahr ein oder zwei von meinen Stöcken bei euch auf. Ich erkläre dir alles, und wenn du Expertin bist, gehören die Bienenvölker dir. Was hältst du davon?"

Was ich davon halte? Ich kann kaum erwarten, dass es so weit ist! Ich meine, hallo? Eigene Bienen! Swantje und Tom sind noch ein bisschen hin- und hergerissen von der Idee, aber das kriegen

Valentina und ich schon hin. Bis zum Frühjahr ist ja noch etwas Zeit. Bis dahin hab ich einen Bruder. Kaum zu glauben …
Manchmal muss ich mich kneifen, weil mein Leben sich inzwischen so anders anfühlt als früher. Wie es wohl ist, eine große Schwester zu sein? Kann ich das überhaupt? Was für eine Welt wird mein Bruder sehen, wenn er ein bisschen größer ist?
Ich hoffe, sie ist immer noch so wunderschön wie jetzt. Vielleicht sogar noch schöner. Heil und gesund, gerecht und friedlich. Mit klarer Luft, sauberem Wasser und grünen Wäldern. Wenn wir uns alle anstrengen, schaffen wir das. Das wünsch ich mir.
Morgen kommt übrigens Gunhild zu Besuch. Sie darf eine ganze Woche hierbleiben. Das ist so cool! Endlich kann ich ihr zeigen, wie ich jetzt lebe und was ich so mache. Sie kann Valentina und meine Freunde kennenlernen, die anderen vier der knallharten Fünf, und nächsten Freitag gehen wir alle auf eine *Fridays for Future*-Demo. Die organisieren wir zusammen mit einer neuen *Parents for Future*-Gruppe, die sich vor den Ferien an unserer Schule gebildet hat. Swantje und Tom sind sofort beigetreten. Das ist ja wohl klar.
Nach der Demo pflanzen wir dann die ersten jungen Bäume für unseren Zukunftswald. Die hat uns eine Gärtnerei spendiert. Ich werde irgendwann einen Ableger meines alten Lieblingsbaums einpflanzen, den ich selbst gezüchtet habe. Die Kastanie hab ich

letztes Jahr gefunden und in einen Blumentopf mit Erde gesteckt. Inzwischen ist das Bäumchen fast groß genug, um draußen weiterzuwachsen. Dann kann es bald Sauerstoff produzieren. Ulla will uns demnächst auch besuchen. Vielleicht bringt sie ja frische Kastanien mit. Und neue Bücher! Die Tage werden kürzer. Ich möchte unbedingt ganz viel lesen.

Ich sitze auf der Bank vor unserem Haus, blinzele in das milde Herbstlicht und fühle mich pudelwohl. Es riecht nach Kartoffelfeuer, Erde und Laub. Mama liegt in eine Wolldecke eingemummelt im Liegestuhl und schläft. Tompa schaut von dem Gartenzaun auf, den er gerade lackiert. Er legt den Pinsel weg, kommt über den Hof geschlendert und setzt sich neben mich.

„Sag mal, Jella", meint er und betrachtet mich von der Seite. „Kann es sein, dass du gewachsen bist?"

„Nö, keine Ahnung", antworte ich stirnrunzelnd. „Wieso?"

„Ich finde, du bist ein richtig großes kleines Mädchen geworden", fährt er fort. „Du trennst den Müll, putzt die Strände, pflanzt Bäume, rettest nicht nur das Klima, sondern auch deine Mutter … Das soll dir erst mal einer nachmachen."

Hoffentlich machen es mir ganz viele nach, denke ich im Stillen. „Am liebsten würde ich die ganze Welt retten!" Ich springe auf die Bank und breite Jella-Wirbella-mäßig die Arme aus.

Die Sonne scheint. Ich spüre ihre freundliche Wärme auf meinem

Gesicht und schließe die Augen. Ob ich wirklich alles schaffen kann, was ich mir vorgenommen habe? Ich weiß es nicht. Aber ich will es unbedingt versuchen. Wer soll den Planeten denn sonst retten, wenn nicht wir?
Wir sind nicht zu klein, um einen Unterschied zu machen.
Wir sind viele!

Ein herzliches Dankeschön an Lena Märtens und an die BUNDjugend Schleswig-Holstein für die Inspiration zu dem fiktiven Klimageschichten-Wettbewerb in diesem Buch.

Infos, Tipps, Mitmach-Projekte u. v. m.:
www.bundjugend.de/mitmachen
www.fridaysforfuture.de/mitmachen

Dagmar Hoßfeld lebt in einem kleinen Dorf zwischen Ostsee und Schlei und hat, wie sie selbst sagt, den schönsten Beruf der Welt: Autorin. Schon als Kind hat sie Mäuse, Kröten und Vögel gerettet. Das macht sie heute immer noch. Außerdem nimmt sie an Beach-Clean-ups und anderen Aktionen teil. Die *Fridays for Future*-Bewegung findet ihre volle Unterstützung.

„Klima-, Umwelt- und Naturschutz liegen mir sehr am Herzen. Dieses Thema geht uns alle an", sagt sie. „Ob klein oder groß – jeder kann etwas tun. Genau wie Jella in meinem Buch."

LESEPROBE

„Carlotta – Internat auf Probe“ von Dagmar Hoßfeld ist der erste Band einer auf mehrere Schuljahre angelegten Internatsgeschichte. In Band 1 kommt Carlotta in Klasse 5 und erlebt ihr erstes Jahr auf Schloss Prinzensee:

„… und deshalb im Namen aller Schüler und Lehrer: Herzlich willkommen auf Schloss Prinzensee!“, beendet Dr. Titus Brönne seine Ansprache. Freundlicher Applaus brandet auf. Carlotta zuckt zusammen. Sie hat der Begrüßungsrede des Internatsleiters gar nicht richtig zugehört. Zusammen mit den anderen neuen Fünftklässlern sitzt sie in der ersten Reihe der Aula. Die Eltern und Verwandten haben weiter hinten Platz genommen.
Carlotta schluckt. Von ihren Eltern ist nur Mama da. Papa ist schon in aller Frühe zu seiner großen Reise aufgebrochen. Vorher hat er Carlotta noch ganz fest in den Arm genommen.
„Pass auf dich auf, Carlotta“, hat er gebrummt. „Sei ein mutiges Mädchen.“
Carlotta konnte nur nicken, weil sie so doll heulen musste, dass sie nicht sprechen konnte. Und dann war Papa weg. Und Mama hat Frühstück gemacht und wenig später zum Aufbruch gedrängt.
Carlotta seufzt noch einmal.

Alles ging irgendwie viel zu schnell, denkt sie. Kaum hatte sie sich entschieden, aufs Internat zu gehen, waren die Ferien – wusch! – auch schon vorbei.

Das Mädchen neben ihr wirft ihr einen neugierigen Blick zu. Es ist ziemlich dünn und hat lange blonde Haare, die aussehen, als würden sie täglich mit mindestens hundert Bürstenstrichen auf Hochglanz gebracht.

Carlotta guckt angestrengt geradeaus. Sie hat jetzt schon Heimweh. Oder was ist das sonst für ein Kribbeln und Rumoren in ihrem Bauch? Ob Mama sie gleich wieder mit nach Hause nehmen kann? Papa hat doch gesagt, dass die ersten zwei Wochen im Internat Probewochen sind. Gilt das vielleicht auch für die ersten zwei Stunden?

„Ich werde jetzt eure Namen vorlesen und möchte euch bitten, zu uns auf die Bühne zu kommen, damit wir euch begrüßen können", sagt Dr. Brönne. „Eure neuen Lehrerinnen und Lehrer werden euch anschließend zu den Zimmern begleiten. Eure Eltern und Geschwister haben in der Zwischenzeit Gelegenheit, sich ein wenig umzusehen, bevor sie sich von euch verabschieden."

Pling!, macht es irgendwo in Carlottas Kopf. Jetzt wirds ernst!

In ihrem Magen grummelt es, in den Ohren hört sie ein leises Rauschen.

Als Dr. Brönne die ersten Namen vorliest, kommt Bewegung in

die Sitzreihe. Nach und nach stehen die Mädchen und Jungen auf und schieben sich nach vorn. Sie klettern auf die Bühne, geben dem Internatsleiter die Hand und stellen sich neben ihn.

Als Dr. Brönne den Namen Sofie Beauchamps vorliest, streicht sich die Dünne neben Carlotta die Haare aus der Stirn und steht auf. Sie wirft Carlotta einen scheuen Blick zu und murmelt ein leises „Pardon“, bevor sie nach vorn geht. Es dauert eine ganze Weile, bis sich das Alphabet endlich dem Buchstaben P nähert.

„Carlotta Prinz“, liest Dr. Brönne schließlich vor.

Carlotta schluckt und steht auf. Mit zittrigen Wackelpuddingknien schafft sie es irgendwie, auf die Bühne zu kommen und dem Schulleiter die Hand zu geben. Dann reiht sie sich in die Gruppe der Fünftklässler ein und versucht, ihren Herzschlag zu beruhigen.

Die blonde Sofie steht neben ihr, aber sie guckt blitzschnell zur Seite, als Carlotta ihr zulächelt. Pah, dann eben nicht, denkt Carlotta. Zum Glück bin ich ja nur auf Probe hier.

Endlich sind alle Fünftklässler auf der Bühne versammelt.

Dr. Brönne macht sie mit den Lehrern bekannt. Carlotta und Sofie werden einer jungen Lehrerin vorgestellt. Sie hat kurze schwarze Haare und ein pfiffiges Gesicht. Carlotta findet sie auf Anhieb sympathisch, nur ihren Namen hat sie nicht richtig verstanden. Frau Eselbein? Das kann doch wohl nicht sein, oder?

„Nachdem ihr die Zimmer besichtigt habt, könnt ihr euer Gepäck holen und euch von euren Familien verabschieden“, sagt Dr. Brönne.

Im Blitzlichtgewitter zahlreicher Fotoapparate und unter dem Beifall der Eltern wandern die frischgebackenen Sextaner von der Bühne und verschwinden in einem der langen Gänge.

Carlotta stapft hinter ihren neuen Mitschülern her und bezweifelt, dass sie hier jemals eine neue Freundin finden wird. Sofie ist die Einzige, deren Namen sie bisher kennt. Und ausgerechnet die ist total zickig und abweisend. Hoffentlich kommen wir nicht zusammen in ein Zimmer, denkt Carlotta. Bloß das nicht!

Sie umrunden ein paar Ecken, gehen eine Treppe hinauf und bleiben schließlich in einem langen Gang stehen.

Frau Heselein wendet sich an die Mädchen. „Sofie Beauchamps, Manuela von Bernberg und Carlotta Prinz: Ihr bekommt das Dreierzimmer.“

„Ist ja spitze“, brummt ein stämmiges, rothaariges Mädchen. Es tritt vor und nimmt Frau Heselein den Schlüssel aus der Hand.

Carlotta und Sofie wechseln einen kurzen Blick. Carlotta zuckt mit den Schultern. Pech gehabt!

Ohne ein weiteres Wort stapft Manuela voraus und schließt die Zimmertür auf. „Na, super“, knurrt sie und wirft sich auf das erste Bett. „Hat ungefähr die Größe einer Besenkammer und riecht auch so. Was dagegen, wenn ich das Bett hier nehme? Ich schlafe gerne neben der Tür. Ist praktisch, wenns brennt.“ Sie verschränkt die Arme unter dem Kopf, streckt die Beine lang aus und gähnt herzhaft. „Ach, noch was …“, brummt sie. „Nennt mich auf keinen Fall Manuela. Ich hasse meinen Namen.“

„Wie sollen wir dich dann nennen?“, fragt Carlotta mit gerunzelter Stirn.

„Manu von mir aus“, murmelt Manuela und klappt die Augen zu. „Oder sonst wie. Denkt euch was aus.“

Carlotta zieht die Augenbrauen hoch. Will die jetzt etwa ein Nickerchen machen?

Sie schaut sich im Zimmer um. Es ist mit hellen Möbeln gemütlich eingerichtet: drei Betten, drei Kleiderschränke, drei Schreibtische und drei halbhohe Regale, die das Zimmer so aufteilen, dass jedes Mädchen sein eigenes Reich hat. Gar nicht so übel. Die beiden Betten links und rechts neben dem Fenster sind noch frei.

„Welches möchtest du?“, wendet sie sich an Sofie.

Das dünne Mädchen hat bis jetzt noch kein Wort gesprochen. Hilfe, denkt Carlotta erschrocken. Hoffentlich ist die nicht stumm! Das Zimmer mit einem an Schlafkrankheit und schlechten Manieren leidenden rothaarigen und einem taubstummen blonden Mädchen zu teilen, ist nicht gerade das, was sie sich von ihrem unfreiwilligen Internatsleben erträumt hat.

„Was für ein Budenbruch“, sagt Sofie und streicht sich eine Haarsträhne hinters Ohr. „Ist es okay, wenn ich dieses Bett nehme?“

Budenbruch? Carlotta stutzt. Bestimmt meint sie Bruchbude. Stumm ist Sofie also schon mal nicht, zum Glück, aber was ist das für ein merkwürdiger Akzent?

„Kommst du zufällig aus Frankreich?“

„Non.“ Sofie schüttelt den Kopf. „Ich komme aus Belgique, aus einer kleinen Stadt bei Brüssel.“

„Ach so“, murmelt Carlotta. „Aus Belgien …“

Während Sofie einen Handspiegel aus ihrer Handtasche zieht und ihre sorgfältig gezupften Augenbrauen einer eingehenden Kontrolle unterzieht, fängt Manuela von Bernberg leise zu schnarchen an.

Na, toll! Carlotta verdreht die Augen und denkt an die zweiwöchige Probezeit. Wie soll sie es mit diesen beiden merkwürdigen Mädchen so lange aushalten? Eine schnarchende Miesepetrine und eine Schönheitskönigin. Und sie, Carlotta, mittendrin. Zusammengepfercht in einem Zimmer, das kaum größer ist als ihr Kinderzimmer zu Hause. Du meine Güte! Das kann ja heiter werden!

Carlotta – Internat auf Probe

ISBN 978-3-551-65091-7

Carlotta startet durch!

Band 1: Internat auf Probe
ISBN 978-3-551-65091-7

Band 2: Internat und plötzlich Freundinnen
ISBN 978-3-551-65092-4

Band 3: Film ab im Internat!
ISBN 978-3-551-65093-1

Band 4: Internat und Prinzenball
ISBN 978-3-551-65094-8

Band 5: Internat und tausend Baustellen
ISBN 978-3-551-65095-5

Band 6: Herzklopfen im Internat
ISBN 978-3-551-65096-2

Internat und Schneegestöber
ISBN 978-3-551-65045-0

Band 7: Internat auf Klassenfahrt
ISBN 978-3-551-65097-9

Band 8: Internat und Kuss und Schluss?
ISBN 978-3-551-65098-6

Vom Internat in die Welt
ISBN 978-3-551-65099-3

Carlotta ist gar kein Prinzessinnen-Typ. Wie soll sie es da nur im Internat auf Schloss Prinzensee aushalten? »Nur auf Probe! Und höchstens für ein Jahr!«, sagt Carlotta sich. Aber bis es so weit ist, wird ihr Leben erst einmal ordentlich auf den Kopf gestellt. Und schließlich erkennt Carlotta, dass sie genau hier ihren Platz gefunden hat: Sie hat jetzt zwei Zuhause.

CARLSEN

www.carlsen.de

Umschlag und Innenillustrationen: Daniela Kohl
Lektorat: Susanne Schürmann
Satz und Herstellung: Constanze Hinz und
Pinkuin Satz und Datentechnik, Berlin
ISBN 978-3-551-65145-7

KAUF
FUN
CHIPS
KAUF